महानगरी के नायक

महानगरी के नायक

मनोहर श्याम जोशी

वाणी प्रकाशन

वाणी प्रकाशन
4695, 21-ए, दरियागंज, नयी दिल्ली 110 002

शाखा

अशोक राजपथ, पटना 800 004

फ़ोन : +91 11 23273167 फ़ैक्स : +91 11 23275710

www.vaniprakashan.in
vaniprakashan@gmail.com
sales@vaniprakashan.in

MAHANAGARI KE NAYAK
by Manohar Shyam Joshi

ISBN : 978-93-5229-628-6
Interviews

प्रथम संस्करण
मूल्य : ₹ 395

हर्ष प्रिंटर्स, दिल्ली-110 093 में मुद्रित

वाणी प्रकाशन का लोगो मक़बूल फ़िदा हुसेन की कूची से

अनुक्रम

दिल के बहलाने को

मिर्ज़ा नौशा एक दिन सुरूर में कुछ इस तरह कह बैठे—'हमको मालूम है जन्नत की हक़ीक़त लेकिन, दिल के बहलाने को ग़ालिब यह ख़याल अच्छा है!' जन्नत की हक़ीक़त पर गाहे-बगाहे ग़ौर करना ही ग़ालिबन मिर्ज़ा ग़ालिब का महबूब मशगला रहा होगा। और आप शायद इस ख़याल से इत्तफ़ाक करें कि यह कुछ बहुत बुरा मशगला नहीं। यूँ सच पूछिये तो कौन शगल, कौन ख़याल ऐसा है जो दिल के बहलाने को अच्छा न हो? और कुछ न हो, तो चौराहे पर जा खड़े होइये और हाहाहूती नगरी के नक्कारखाने में अपनी निगाहों की तूती बजाइये। यह काम भी ठेठ ग़ालिबपन्थी है। बकौल शायर—'बनाकर फकीरों का हम भेस ग़ालिब तमाशाए अहले करम देखते हैं।'

ग़ालिब की इस परम्परा को आगे बढ़ाने वाले एक सज्जन मुझे चौपाटी पर विट्ठलभाई पटेल के पुतले से कमर टिकाये मिले। आप कुछ ऐसे अन्दाज़ से खड़े हुए थे कि मुझे शक हुआ, न हो आप कुछ न कुछ बेचते ज़रूर होंगे। लिहाज़ा मैं उनके करीब आन खड़ा हुआ। सज्जन कुछ देर तक वैसे ही धीरज के पुतले बने खड़े रहे, फिर उन्होंने सिर फेरा, मुझसे मुखातिब हुए और मन्द मुसकरा दिये। मैंने मुसकान का जवाब मुसकान से दिया और फिर संकोच मिटाने की नीयत से उनसे दियासलाई माँगी। उन्होंने अपनी जेबें टटोलीं और बोले, "माचिस तो मैं भी भूल आया हूँ। चलिए, सामने की दुकान से ले लें।"

हम सड़क पार करने के लिए कारों के रेले के रुकने का इन्तज़ार कर रहे थे कि वह सज्जन बोले, "साहब, बम्बई भी ख़ूब है! देखते जाओ, भूलते आओ। मेरी शामें इसी काम में कटती हैं।"

मुझे उनकी बातों में कुछ रस आने लगा। मैंने प्रस्ताव किया—"चलिए, एक-एक प्याला चाय हो जाये।" पुलिस के लघु इंगित पर यातायात की बाढ़ रुक गयी। हम सड़क के उस पार एक रेस्तराँ में जा बैठे। परिचय हुआ। सज्जन का नाम था **ओमप्रकाश**। चाय की चुस्कियाँ लेते हुए उन्होंने अपना बयान जारी रखा—"मुझे भीड़भाड़ वाले स्थान बहुत पसन्द हैं। एकान्त से मुझे चिढ़ है। मेरे मन में बेहद सूनापन है। मुझे अपने मन से भी चिढ़ है। मैं अपने मन को खोने आता हूँ चौपाटी जैसे कोलाहल भरे स्थानों में। यही मेरे मनोरंजन का एकमात्र साधन है।"

"कोई और हॉबी नहीं?"

"हॉबी?" सज्जन कुछ थियेटराना अन्दाज़ में बोले, "जिन्हें आप हॉबी कहते हैं, वो चन्द अमीरों के चोंचले हैं। हॉबी! ऐन विक्टोरियाई चीज़, अंग्रेज़ों की देन। आज की ताबड़तोड़ ज़िन्दगी में इस बेचारी हॉबी की हस्ती क्या? मनोरंजन, हाँ, वह भी ख़रीदा हुआ मनोरंजन! सिनेमा, थियेटर, कोठा, काबरे, रेस कोर्स, टेस्ट मैच। दूसरे कुछ करें और आप टिकट लेकर उसे देखें, अपना दिल बहलायें। और जो टिकट लेने की हैसियत न रखते हों, वे क्या करें? घर जाकर बीवी से लड़ें, बनिये को टालें, बच्चों से झूठे वादे करें, किसी पुस्तक या पत्रिका में किन्हीं औरों के बारे में, किसी और की कल्पना की उड़ान देखा करें? मैं कहता हूँ, साहब, जब 'पैसिव' ही रहना है, तो किताबें क्यों पढ़ें? क्यों न सड़क किनारे खड़े होकर चलते-फिरते चैप्टरों से आँखें चार करें। इस एक चौपाटी पर ही, सच मानिये, न जाने कितने उपन्यास, कितनी फ़िल्में बिखरी पड़ी हैं। जितने बालू के कण, उतनी कहानियाँ। आइये, आपको दिखाऊँ।

सज्जन झटपट उठ खड़े हुए और मुझे चौपाटी की ओर ले उड़े। किसी गाइडवाले अन्दाज़ में उन्होंने मुझे चौपाटी दिखानी शुरू की—वह जो दादी-अम्मा वहाँ बैठी हैं, वह दलालिन है। उसके साथ गोद में बच्चा लिए, बहू के पोज में जो औरत बैठी है वह वेश्या है। इर्द-गिर्द सगे-सम्बन्धी सरीखे जो लोग जमे हुए हैं, वे शौक़ीनों के एजेण्ट हैं। आइये, आगे चलें। ज़रा इन मालिश वालों की पुकार पर कान धरिये। कभी आपने सोचा है कि इनकी मद्धिम-सी, मानीखेज-सी आवाज़ में क्या राज़ है? ख़ैर, छोड़िये यह क़िस्सा।

दिल के बहलाने को

ज़रा उस लड़की की ओर देखिये जो भेलपूरी वाले के खोंचे के सामने खड़ी है। इस विस्मित भ्रमित-सी मुसकान में आप शायद आमन्त्रण देखें। लेकिन यह आपकी भूल होगी। यह लड़की पागल है। घण्टों चौपाटी पर डटी रहती है। हर आने-जाने वाले की ओर इसी तरह मुसकराकर एकटक देखती है। कभी-कभी समन्दर की लहरों की ओर बढ़ती ही जाती है। कोई लपककर इसे बचा लाता है। यह उसकी ओर टुकुर-टुकुर देखती रहती है। हर सवाल का जवाब वही मुसकराना। बड़ी रात गये, थके क़दम बढ़ाती है घर की ओर। आपसे छिपाना कैसा, एक दिन मैंने इसका पीछा किया। यह 'कनेडी ब्रिज' के पास एक अच्छे-से फ्लैट में रहती है। किसकी लड़की है यह? क्यों इसे इस तरह अकेले आने दिया जाता है? सोचिये और कहानी का आनन्द लीजिए। जैसी कहानियाँ चौपाटी पर हैं, वैसी बम्बई के हर कोने में हैं। माधव बाग़ के बाहर रोज़ शाम को पैंसठ-सत्तर साल का एक बूढ़ा एक बुढ़िया से मिलने आता है। वे एक-दूसरे से बोलते नहीं। बूढ़ा पास के एक पनवाड़ी से बीड़े बँधवाता है और धीरे-धीरे खाडिलकर रोड की ओर चला जाता है। बुढ़िया उसके पीछे-पीछे आती है। वे दोनों गायवाड़ी के एक कोठे में चले जाते हैं। एक दिन मैं भी उनके पीछे गया। पूछताछ की, तो मालूम हुआ कि कोठे में घण्टे-आध घण्टे के लिए कमरा रुपये-दो रुपये किराये पर मिलता है। बूढ़ा और बुढ़िया एक रुपया किराया देते हैं, आध घण्टे जाने क्या बातचीत करते हैं और फिर वैसे ही अलग-अलग चुपचाप चले जाते हैं। अब आप सोच लीजिए, वे कौन हैं और क्या हैं। ख़ैर, इनमें तो कुछ कहानी-तत्त्व है। मगर कुछ लोग सड़कों पर मिलते हैं जिनके आगे-पीछे कुछ नहीं हैं। बस, अस्तित्व है, किसी जड़वस्तु जैसा अस्तित्व। मसलन वह, जो अपनी लगभग नंगी देह पर मैल की मोटी-मोटी परतें ओढ़े हुए वार्डन रोड पर एक अरसे से लेटी हुई है। या वह साहब जो बम्बई के प्रमुख पार्कों में अपने आपसे बातें करते हुए जल्दी-जल्दी चलते नज़र आते हैं, जो सहसा आपके सामने रुककर कहते हैं—"ओ, आप! मैं तो समझा था...।" और फिर उतनी ही उतावली से क़दम बढ़ाने लगते हैं। या महालक्ष्मी मन्दिर के अहाते में बेंच पर बैठी रहने वाली वह सम्पन्न बुढ़िया, जो हर सूट-बूटधारी नवयुवक से तीन सवाल करती है—तुम अमरीका से आता है क्या? तुम्हारा

नाम भगवानदास पी. हिंगरोनी है क्या? तुम हमारा बेटा तो नहीं है? यह इंगित, वह भंगिमा, ये अकेले खिंचे-खिंचे चेहरे, वे मुसकराते पास आते-जाते होंठ, ये हौले-हौले कुछ खोजते हाट, वे जल्दी-जल्दी बढ़ते क़दम, ये लहरें, वे नियोन लाइट, ये लोग, वह शोर, यह लोकल की घड़घड़ाहट, वह बस की करकराहट यह बेतरतीब-सी हलचल, वह बेतहाशा सी जगमगाहट, यह अस्थिरता, यह अस्तित्वहीन अस्तित्व, पल-पल अर्थ बदलते अर्थहीन होते जाते ये आकार, यही तो आपकी आधुनिक अमूर्त्त कलाओं के आधार हैं न? इनमें मुझे आनन्द मिलता है—सूक्ष्मतम आनन्द।

कोलाहल के एक और प्रेमी निकले **श्री मनोहरलाल सेठी**। लेकिन आपको सब नहीं, ख़ास तरह के कोलाहल पसन्द हैं। रेस कोर्स का कोलाहल, ताश मंडली का कोलाहल, हिन्दी फ़िल्मों का कोलाहल। रेस खेलने में आपको विशेष रस आता है। मैंने उनसे पूछा, "क्या ये शौक आपको महँगे नहीं पड़ते?"

वे बोले, "देखिये, साहब, जुआरी दो तरह के होते हैं—एक हद से बाहर जाने वाले, एक हद में रहने वाले। मैं दूसरी बरादरी में शामिल हूँ। उधार लेकर या अपने परिवार का पेट काटकर दाँव लगाना मेरे उसूल के ख़िलाफ़ है। घर की ज़रूरत पूरी करने के बाद जो कुछ बचा रहता है, उससे क़िस्मत आजमायी कर देखते हैं। आप देखिये, बँटवारे से पहले हम लोग काफ़ी अमीर होते थे। वह ठाठ-बाट तो बँटवारे के साथ गया। चार-चार पैसे जोड़ के तो वह लौट नहीं सकता। तो ठीक है, कभी क़िस्मत आजमा लेते हैं, एक दाँव लगा देते हैं। क्या ख़बर, कभी ऐसे ही रुपया आ जाये।"

"कभी कुछ आया?"

"कभी आता भी है, कभी जाता भी है। ज़्यादातर बैलेन्स सिफर रहता है। छः रुपये एण्ट्रेन्स के गये, सो गये। आप देखिये, एक अजीब बात है, जब भी अच्छा जीता हूँ, अपने चार साल के बच्चे के बताये हुए घोड़ों पर जीता हूँ। और मैं इस बच्चे को 'अनलकी' समझता आता था। जनमते ही अपने माँ को खो बैठा। फिर एक दिन मैं घुड़दौड़ को जा रहा था कि एकाएक एक ख़याल आया दिमाग़ में, अरे, परमात्मा ने इस मासूम को आख़िर किसी बात में तो 'लक' दी होगी! मैंने झट घोड़ों के नाम की पर्चियाँ

बनवायीं और बच्चे से लॉटरी निकलवायी। आप देखिये, उस दिन जो भी घोड़ा उसने बताया, वही जीता। हैरान रह गया मैं। तबसे मैंने देखा है कि उसके 'प्रिडिक्शन' सत्तर-पिचहत्तर फी सदी सही आते हैं। और तमाशा क्या, 'प्रिडिक्शन' सही तभी आते हैं, जब मैं पर्चियाँ निकलवाऊँ।"

"तब तो आप काफ़ी जीत लेते होंगे।"

"नहीं जी, रोना तो यही है कि मैं हमेशा उसके बताये घोड़े नहीं खेलता! अकसर वह ऐसे बेकार-से घोड़े की पर्ची खींचता है कि मन कहता है कि वह जो पच्चीस फी सदी गलतियाँ इससे होती हैं, यह भी उनमें शामिल है और तमाशा क्या, वह घोड़ा न खेलो, तो जीत जाता है; खेलो, तो हार जाता है। अपनी मुकद्दर आख़िर अपनी मुकद्दर हुई ना! एक बार मैंने 'ट्रिपल पूल' के लिए अपने बच्चे से पर्चियाँ खिंचवायीं। इरादा था 'ट्रिपल पूल' खेलेंगे, एकाधी कोई और रेस खेलेंगे। आप देखिये 'ट्रिपल पूल' के लिए क्या चाहिए—सिर्फ़ पाँच रुपया! टिकट लो और तीन रेसों के लिए घोड़ा लगाओ। अगर पहली रेस में आपका घोड़ा जीता, तो जीत का सारा पैसा दूसरी रेस के घोड़े पर लग जाता है। वह भी जीता, तो दोनों जीतों का पैसा तीसरी रेस के घोड़े पर लग जाता है। यानी जीत हुई, तो लम्बी, हार हुई तो पाँच रुपये की। ख़ैर, तो उस दिन तीसरी, पाँचवी और आठवीं रेस 'ट्रिपल पूल' की थी। अब ज़रा देखिये मेरी क़िस्मत। मैं रेस कोर्स पहुँचा कि मुझे एक धाकड़ और जानकार रेस खेलने वाला मिल गया। अब मैं उसके पीछे-पीछे। देखें क्या खेलता है। किस पे खेलता है! पहली रेस के लिए उसने सस्ते भाव वाले एक घोड़े पर हज़ारों रुपये लगा दिये। मेरे पास कितने? कुल पचास! मैंने नाक का सुर देखा, हेड टेल किया। हर तरह से जीत के आसार नज़र आये। क्या करूँ। सोचा, बहुत सोचा। फिर आव देखा न ताव, लगा दिये पचास के पचास। रेस हुई, तो देखूँ घोड़ा आगे जा रहा है, सबसे आगे, बहुत आगे। मोड़ के पार साला 'फेवरिट' से मार खा गया। फिनिश पर 'फेवरिट' नाक भर आगे। मैंने कहा, इस की दुम में नमदा बाँध! पचास के पचास गये। अब 'ट्रिपल पूल' खेलूँ, तो कैसे? उधार लेना उसूल के ख़िलाफ़। घर लौटना नामुमकिन। खड़ा रहा हाथ पर हाथ धरे और तमाशा क्या, बच्चे के निकाले हुए तीनों घोड़े उस दिन जीते, तीनों। उस दिन पाँच लगाता, तो

सात हज़ार पाता। घर लौटा। सिर झुकाये बैठ गया। मन पर मातम छाया हुआ। न बोलना न चालना। कैसी चाय और कहाँ का खाना। बस, चुप। हमारी, आप देखिये, 'जाइण्ट फैमिली' है। सब आयें और पूछें। क्या हुआ मनोहर? मेरा एक ही जवाब, आज सात हज़ार हार आया। वे हँसें। कहें, अरे, सात हज़ार तेरे पास थे कहाँ? मैं कहूँ, थे समझो। तभी मेरा भतीजा आया। उसने सुना। क्या बोलता है चाचा, तेरे सात हज़ार कहीं गये नहीं, घर में ही हैं! कहता है और नोट की गड्डी सामने फेंक देता है। मैं हैरान हो गया। वह बोला, जब तुम पर्चियाँ निकलवाते होते थे, मैं चुपचाप नोट करता गया। जाकर पाँच का टिकट लिया और लो देखो! लो देखो! क्या जी, लो बोलो। मैं तो उस बेले जैसे ज़बान ही भूल गया। भतीजे को गले लगा लिया। तो आप देखिये, ऐसा करमों वाला है मेरा बच्चा। उसके बताये घोड़े पर मैं जो भी रकम जीतता हूँ, उसमें से आधी उसके नाम रखवा देता हूँ। आख़िर उसके नसीब का है न, उस बदनसीब के नसीब का।"

"सेठी साहब, आपके और क्या शगल रहते हैं?"

"अजी, शगल क्या! गम गलत करने के ढंग हैं। जबसे घरवाली गुज़री है मैं ऐसे ही वक़्त गुज़ार देता हूँ। एक बच्चा है, सो सारे परिवार का लाड़ला है। उसकी फिकर करनी नहीं। उसकी वजह से ही शादी भी दूसरी बनानी नहीं। यार दोस्त—यही अढ़ाई पौने तीन। वैसे बम्बई में कौन किसका यार, कौन किसका दोस्त! तो फिर ख़ाली वक़्त करना क्या हुआ—रेस खेल आये, ताश खेल आये, बस। कभी-कभी किसी रात तबीयत बहुत घबड़ायी, तो उठे और सिनेमा हाल में जा बैठे। चाहे कोई पिक्चर हो, कैसी पिक्चर हो। वक़्त काटना हुआ न, जोशी साहब, दिल को बहलाना हुआ न!" सेठी के होठों पर एक फीकी मुसकान खेल गयी।

सेठी साहब की तरह कोई भी कैसी भी फ़िल्म देखने के कायल हैं मेरठ के हज़रत **अब्दुल हमीद**, जो इधर पाँच बरस से बम्बई-वास कर रहे हैं। आप वार्डन रोड की एक 'एयर कण्डीशण्ड सैलून' में मुलाजिम हैं। सैलून से छुट्टी पाते ही आप कोई सिनेमा देखने पहुँच जाते हैं, मगर सेठी साहब की तरह महज वक़्त काटने की गरज से नहीं। आपके शगल के पीछे एक मक़सद

है। इन्शाअल्लाह किसी न किसी दिन हीरो बनने का। उस दिन हमीद साहब कंघी-कैंची लेकर मेरे बालों से मुखातिब हुए और फिर सामने आईने में उनका अक्स कुछ इस तरह कह उठा, कोई पिक्चर छूटता नहीं मुझ से। अमूमन प्रीमियर के मौक़े पर देखता हूँ, टिकट चाहे कितने का ही मिले। मैं साहब अपनी निगाहों से शहर बम्बई में एक ताल्बे-इल्म की हैसियत रखता हूँ। सिनेमा घर मेरे स्कूल हैं। एक्टिंग से मुझे बहुत शौक है और आप यह समझ लीजिए, मैं जब भी कोई सिनमा देखता हूँ, एक्टिंग के नज़रिये से देखता हूँ। एक्टिंग की तालीम पाने की गरज से देखता हूँ। काम? काम मुझे देव साहब का बहुत पसन्द है। दिलीप साहब का भी बेहतरीन है, मगर मैं न मालूम क्यों देव साहब के हर अन्दाज़ पर फिदा हूँ। आप मुझे देव का दीवाना कह लीजिए, आपकी मरजी साहब, मैं तो देव साहब की हर पिक्चर देखता हूँ। कई मर्तबा देखता हूँ, बहुत ग़ौर से देखता हूँ। सांग पर देव साहब का एक्शन देखकर कुर्बान हो जाने की तबीयत होती है। देव साहब के डॉयलाग के डॉयलाग, उन पर फ़िल्माये गये गाने के गाने जबानी याद हैं। यहाँ सैलून में एक्शन के साथ डॉयलाग और सांग कैसे सुनाऊँ? और बगैर एक्शन के डॉयलाग कैसा? आख़िर एक्शन ही तो एक्टिंग की जान है। जुमेरात मेरी छुट्टी होती है, तब कहीं मिलिएगा। आप जितने कहें, उतने डॉयलाग आपको सुनाऊँगा। और साहब, सांग भी। और साहब, एक बार देव साहब से मुलाकात हुई, 'असली नकली' के सेट पर। आगाजान कश्मीरी का नाम सुना होगा आपने; वह हमारे 'कस्टमर' हैं। उनकी इनायत से ही देव साहब से तवारुफ हो सका। कहता क्या साहब, मैं तो उस शख्सियत के करीब पहुँचकर गूँगा हो गया। आप ताज्जुब करेंगे, पहले तो आदाब अर्ज करना भी भूल गया। ख़ैर साहब, फिर दुआ-सलाम हुई। मैं कुछ कह सकने की हिम्मत करता कि इससे पहले ही देव साहब रुखसत हो गये। आगा साहब मुखर्जी साहब से बातचीत में मशगूल हो गये। मैं चला आया। ख़ैर, यही क्या कम है कि देव साहब को देखा, मुखर्जी साहब से मिला। जी हाँ, ऋषिकेश मुखर्जी। मुझे 'असली नकली' बहुत पसन्द आयी। जी नहीं, स्टूडियोज की ओर मैं नहीं जाता। वो चक्कर काटनेवाले और ही होते हैं। मैं तो कहता हूँ, मालिक की मरजी होगी, तो एक दिन फ़िल्मवाले

खुद ही बुलाने आयेंगे। यहाँ दुकान में साहब मुझे सब हीरो-हीरो कहते हैं। एक दिन शम्मी साहब ने सुना—जी हाँ, वह भी हमारे 'कस्टमर' हैं, ख़ैर साहब, उन्होंने सुना, तो कैफियत तलब की। मैंने सब कुछ उनसे बताया। बोले, म्यां, ये इरादे छोड़ दो। अपना काम करो। फ़िल्म-विल्म के चक्कर में कुछ नहीं धरा है। मैंने उनसे भी यही कहा कि शम्मी साहब, मैं चक्कर में न पड़ा हूँ, न पड़ूँगा। मैं तो अपना काम किये जा रहा हूँ, अपनी प्रैक्टिस जारी रखे हूँ और उस दिन के इन्तज़ार में हूँ जिस दिन कोई ख़ुदा का बन्दा आकर कहेगा—चलो हमीद, हमारी फ़िल्म में पार्ट करो...हीरोइन? साहब, पहली पिक्चर में कोई भी मिल जाय। शुरू में कौन अपनी मरज़ी का मालिक होता है? हाँ, अगर मुझसे पूछकर 'कास्टिंग' करें, तो मैं वैजयन्तीमाला या मीनाजी के साथ काम करना चाहूँगा। वैजयन्तीमाला ने 'गंगा जमुना' में जो काम किया है, मैं भूल नहीं सकता। मीनाजी ने 'साहेब बीवी गुलाम' में अपनी अदाकारी का कमाल दिखाया। जी हाँ, यही दो हीरोइन मुझे पसन्द हैं। ऐसी फ़िल्म कि उसमें वैजयन्ती और मीना दोनों हों, और देव साहब और मैं होऊँ। अजी साहब आप तो जन्नत के नजारे दिखा रहे हैं! और डायरेक्टर ऋषिकेश मुखर्जी हों, तो वाह, क्या कहने!

हमीद मेरठी ने तौलिये से मेरी गरदन पोंछी और फिर आईना पीछे रखकर उसकी मुड़ी छवि दिखलाते हुए बोले, "अजी साहब, आप तो मज़ाक़ करते हैं। लेकिन इन्शा अल्लाह कुछ न कुछ होगा ज़रूर।" सैलून के दरवाज़े से मैंने घूमकर देखा, मियाँ हमीद जेब से सांग व स्टोरीवाली कोई किताब निकाल रहे हैं। मुझे ख़याल आया कि गुजिश्ता ज़माने में कोई एकलव्य हुआ करते थे।

सिनेमा के इन शौक़ीनों से मुलाकात करने के बाद मेरे मन में यह विचार उठा कि जो लोग जनता के मनोरंजन के लिए फ़िल्में बनाते है, वे ख़ुद अपना मनोरंजन कैसे करते हैं? इस सवाल का जवाब पाने के लिए मैं हमीद मेरठी के फेवरिट डायरेक्टर **ऋषिकेश मुखर्जी** के यहाँ पहुँचा। भीतर क़दम रखते ही जात-जात और भाँत-भाँत के कुत्तों से मेरा साक्षात् हुआ। कुत्ते पालना

दिल के बहलाने को

ऋषि बाबू के शौकों की लम्बी फेहरिश्त में चौथे-पाँचवें नम्बर पर आता है। इसका सिलसिला तब शुरू हुआ जब कुछ वर्ष पहले नूतन ने उन्हें एक पेकनीज भेंट किया। आज उनके पास इस पेकनीज के अलावा एक और अफगान हाउण्ड, एक एलसेशियन और कोई आधा दर्जन कांकर स्पेनियल हैं। जब मैंने ऋषि बाबू से मनोरंजन की बाबत पूछताछ की, तो वह बोले, “मनोरंजन? बात यह है कि बहुधा मनोरंजन से ऐसे काम ध्वनित होते हैं जो फुरसत के वक़्त में किये जाते हों, मुख्य व्यवसाय की अपेक्षा गैरज़रूरी समझे जाते हों। लेकिन मेरे यहाँ हिसाब कुछ उलटा है। यूँ कह लीजिए कि फ़िल्मों का दिग्दर्शन-सम्पादन मेरा व्यवसाय भले हो, साहित्य, संगीत और कला ही मेरी मुख्य वृत्तियाँ हैं। मैं हर युग के हर तरह के साहित्य में रुचि लेता रहा हूँ। यों आधुनिक कविता और उपन्यास से कुछ ज़्यादा लगाव है। इधर मैं लारेन्स, ड्यूरेल और आलबेर कामू के उपन्यासों के अध्ययन में जुटा हूँ। अध्ययन शब्द मैंने इसलिए इस्तेमाल किया कि मैं किताबों का एक बार सरसरी तौर पर पढ़ने का कायल नहीं। मैं उन्हें बार-बार और अच्छी तरह से पढ़ता हूँ। इधर मैंने चित्रकारी भी शुरू की है। एक सान्त्वना-साधन समझिये इसे। अपने से कहता हूँ कि चलचित्र बनाने के मामले में अपनी मरज़ी का मालिक न सही, चित्र तो अपनी मरज़ी के मुताबिक आँक सकता हूँ। किसी ज़माने में सितार भी बजा लिया करता था। और यह पारिवारिक देन है। और कार लेकर सफ़र पर निकलना, देश के छोटे-छोटे गाँवों और क़स्बों की ज़िन्दगी को नजदीक से देखना मुझे बहुत पसन्द है। विविधता में एकता और भारत की प्राचीनता वाली बातें हम बुद्धिजीवियों को बहुत पिटी-पिटायी-सी मालूम होती हैं, लेकिन इनके प्रत्यक्ष प्रमाण पाकर सारा ‘सिनिसिज़्म’ धरा रह जाता है। मैं संशयवादी हूँ, फिर भी जब किसी अनजान गाँव में किसी बहुत पुराने मन्दिर में जाता हूँ, तो वहाँ की रहस्यमयी शान्ति मेरे अन्तर को छू जाती है। इस बार दक्षिण के दौरे में यह देखकर दुःख हुआ कि बड़े-बड़े मन्दिरों में नियोन लाइट्स लगा दी गयी हैं, मूर्त्तियों की कलात्मकता को मिलों के कपड़े से ढक दिया गया है।”

सैर-सपाटे के एक और शौक़ीन मुझे गेस्ट हाउस में कमरा साथी के रूप में

मिले हैं। यह सज्जन, जिनका सिन साठ से ऊपर है, सूरत और सेहत से पचास से कम के मालूम होते हैं। नाम है **सोहनलाल तिरखा**, लेकिन गेस्ट हाउस में चाचाजी करके मशहूर हैं। होम्योपैथी और सिम्पैथी से अपने ग्यारह हज़ार भतीजे बना डाले हैं। अपनी अराजकता की तुलना में मुझे चाचाजी का जीवन बहुत हो नियमित लगता है, मगर वह उसे अनियमित मानते हैं। उनका कहना है, मेरी ज़िन्दगी के दो हिस्से हैं—एक सन् 1947 से पहले का, एक उससे पीछे का। मेरी रेगुलर लाइफ तो 1947 में ख़त्म हो गयी। अब कहाँ वह लाहौर, वह गली हिंगना, वह पुश्तैनी मकान! सुबह पाँच से सात तक सैर करना, सात से साढ़े आठ तक घर के कामकाज निपटाना, नौ बजे दफ़्तर जा पहुँचना। शाम को दोस्तों के साथ कभी लॉरन्स गार्डन का चक्कर लगता था, कभी कैनाल का। सुबह दरिया रावी की तरफ निकल जाते थे। दो तिहाई रास्ता तय होने के बाद सड़क के दायें-बायें खेत-खलिहान, बगीचियाँ और कोठियाँ नज़र आती थीं। गर्मियों में रहट चलाते और वहीं नहाते। लौटते वक़्त सैद मिट्ठा बाज़ार में निक्कूशाह हलवाई के यहाँ नाश्ता हुआ करता था। निक्कू के हलवे का ज़ायक़ा आज तक मेरी ज़बान पर है। अनारकली के छोटे लाल पनवाड़ी के बीड़े भी मैं नहीं भूला हूँ। पैसे के दो मघई मिलते होते थे। दिन भर में पान पर मेरा दो पैसे का ख़र्च, चार ही बीड़े जो खाने हुए। जवानी में मैं सुबह सैर करने की बजाय गोकुल पण्डित के अखाड़े में जाता रहा था। अकसर दरिया रावी पर बोटिंग भी हुआ करती थी। लम्बे सैर-सपाटे पर मैं साल में कई बार जाता रहता था। ख्यूड़ा साल्ट माइन, हुसेनीवाला डैम, पंचनद, माधोपुर, जल्लो रोजन फैक्टरी सभी जगहें देखीं। पंजाब के आसपास के सूबों में भी ख़ूब चक्कर लगाते थे। हिमाचल प्रदेश और कश्मीर में भी मैं ख़ूब पैदल घूमा हूँ।

"चाचाजी, सैर-सपाटे पर तो अब भी काफ़ी जाते हैं। मैं आपसे एक बात पूछना चाहता हूँ—बम्बई में आप सैर करने के वास्ते ख़ामोश और ख़ुशनुमा जगहों में नहीं जाते! सो क्यों?"

"अरे भई, वहाँ तो तुम्हारे वर्गे जवानों ने, वह क्या कहते हैं, प्रेमनगर बसा छोड़े हैं।' चाचाजी ने हँसते हुए कहा और फिर, शायद बम्बइया प्रेमनगरों

में देखे दृश्यों की याद मिटाने के लिए गेटे और लोट्टकी दिव्य प्रेमगाथा पढ़ने में संलग्न हो गये।

प्रेमनगर के बारे में मेरी जिज्ञासा का समाधान किया, बम्बई-6 और बम्बई-26 के अमरीकीकट बाँकों के सरदार **आलविस** ने। आलविस (एलविस प्रैसली) का अपभ्रंश है। यह खिताब बाँकों के सरदार को गुलमुच्छ की वजह से मिला है। ख़ैर, तो आलविस बोले, "प्रेमनगर? अरे, यह वह अपना, क्या नाम उसका, हार्कनेस रोड से आगे का दरिया का किनारा! उधर में शाम को 'लव इन डार्क' चलता है। ...हाँ, फिर।"

'हाँ, फिर!' आलविस का तकिया कलाम है। उसकी गरगराती आवाज़ में, धाराप्रवाह अमरीकी अंग्रेज़ी के बीच-बीच यह बचकाना-सा, 'हाँ, फिर' बहुत ही ख़ूबसूरत लगता है। वैसे उसकी हर चीज़ में ख़ूबसूरती है और वह उस ख़ूबसूरती को छिपाने की कोई कोशिश नहीं करता। इसलिए मुझे आश्चर्य हुआ कि एलविस का तखल्लुस पाने के बावजूद वह अपने नाच-गाने का प्रदर्शन करने को तैयार नहीं।

"आप न मानो राकेन रोल किंग, लेकिन अपना नाच-गाना आज तलक किसी ने देखा-सुना नहीं।...समझे? कभी-कभी कुछ लड़कियों को इस बारे में कुछ शक भी गुज़रा, लेकिन मेरी शक्ल देखकर सब शक-मक भूल गया।...हाँ, फिर।"

"तुम्हारी गर्ल फ्रेण्ड्स कितनी हैं?"

"अपन हिसाब रखने में कमज़ोर है।"

"तुम्हारी हॉबी क्या है?"

"शाम को काम पर से आवे, चाय-माय पीवे, कपड़ा-मपड़ा लाइटमारू पहने और बीच कैण्डी चला जावे। दोस्तों के साथ बाकड़े में बैठ, फिर लाइन मारना चालू हो जावे। जब तक अपना गर्ल फ्रेण्ड न आवे, तब तक खिचड़ी खाता जावे। जो मिले सो ठीक। लड़की लोग दो तरह का—एक खिचड़ी, एक खजूर। खजूर ऊँचा, गिराना मुश्किल। खिचड़ी आसान, पकाओ खाओ।"

"लड़कियों के बारे में तुम्हारा क्या ख़याल है?"

"ख़याल ख़ूबसूरत! जब अपन लड़कियों से बात करता, अपना रंग दूसरा ही होता। हाँ, फिर। छोकरी लोग सब घमण्डी, खुशामदपसन्द। ज़रा तुम वूह-वाह, ऊह-आह किया कि तुम्हारी। उससे बोलने का, तेरी जैसी दूसरी कोई नहीं। इस मॉडल को ख़ुदा एक बनाया। तू बीच कैण्डी का ब्रिगिट बारडो, तू मलाबार हिल्स का मैरलीन मनरो। छोकरी-छोकरा लोग का इश्क, बेवकूफ बनने-बनाने का खेल। दोनों सीरियस नहीं। दोनों चाहता, दूसरा सीरियस हो। अपन इसका सारा टेकनिक समझेला है। चर्च गेट के पास एक हालीवुड लेन बोलके है। उधर का एक छोकरी बहुत ही फूँ-फाँ था, समझे! उधर का सारा छोकरा लोग घबराता था, समझे। अपन गया और जाकर इधर में बीच कैण्डी उसको ले आया। फिर 'चर्चगेट क्राउंड' हाथ जोड़ा, तो उनका उससे दोस्ती बनवा दिया, भेज दिया, अपने को क्या करने का! हाँ फिर।''

"आप लोग अपनी गर्ल फ्रेण्ड्स के साथ जाते कहाँ हैं?"

"हैंगिंग गार्डन, प्रेमनगर, वर्ली सी फेस, आरे कॉलोनी, नरिमान पोइण्ट, कहीं भी। कभी-कभी पिक्चर भी, अगर वे टिकट लें तो। कभी मड आयलैण्ड या किधर और में पिकनिक बनाते। अपने पास कार नहीं, लेकिन चेला लोग कार देने को हमेशा तैयार।"

"वहाँ होता क्या है?"

"वही जो मंजूरे ख़ुदा! चलता-पुर्जा हो तो चलता। नहीं तो फिर देखेंगे, फिर मिलेंगे। लेकिन अपन कभी किसी छोकरी को बिगाड़ा नहीं, समझे। हाँ, पहले का बिगड़ेला हो तो उसे सुधारने भी नहीं बैठा। अपन औरों से थोड़ा जुदा, समझे। अपने लड़के लोग का इज्ज़त ज़रूर करता।"

"तुमने कभी किसी लड़की से सचमुच प्यार किया है?"

"पहली बार, आख़िरी बार। दो साल दो महीने चला चक्कर। देखो, अपन छोकरी में जास्ती फूँ-फाँ नहीं मँगता। इज्ज़तवाली हो, भरोसेवाली हो, समझे...भेजे में कुछ हो उसके, क्या? बस, ऐसा माफिक लड़की अपने को चलेगा फ़ौरन शादी बनाऊँगा। वह लड़की ऐसा माफिक था और ख़ुदा कसम ख़ूबसूरत भी।"

"अब कहाँ है वह?"

"यहीं है। अब भी अपना फ्रेण्ड है। लेकिन वह बात नहीं,

'मिसअण्डरस्टैण्डिंग' हो गया साला। सब दूसरा छोकरी लोग ने कराया।" यह कहकर आलविस कुछ गमगीन हो गया। खुद के बनाये हुए रेफरिजेरेटर में से पानी की बोतल निकाली और पानी गिलास में कुछ इस अन्दाज़ से उँडेलने लगा जैसे वह ड्राई जिन हो। अपनी तंग मोहरी और बिना जेबवाली अमरीकी पतलून, एक-एक बटन खुली हुई स्पोर्ट शर्ट और लोफर शूज में वह उस वक्त वाकई एक लड़कैंधा हीरो लग रहा था, लेकिन एलविस प्रैसली नहीं, टानी कर्टिस!

एलविस प्रैसली की एक फैन, **नफीसा हुसेन** मुझे पहले पहल कम्पूस कॉर्नर में रिकार्डों की एक दुकान में मिली। एलविस का 'फीवर' सुन और ख़रीद कर उसके दूधिया चेहरे पर हरारत की लाली झलमलाने लगी थी। बाद में इण्टरव्यू के दौरान मुझे यह जानकर हैरानी हुई कि अमरीकी एलविस की यह पुजारिन स्थानिक एलविसों के बिल्कुल ख़िलाफ़ है। यह सुन्दर षोडषी, ओंठ बिचकाते हुए, शुद्ध अमरीकी बीट मुहावरे में 'बीच केण्डी क्राउड' पर वह लानतें भेजने लगी कि सुनकर तबीयत साफ़ हो गयी। यहाँ अनुवाद देकर ही सन्तोष करना पड़ेगा—"परले दर्जे का बेवकूफ लोग! एलविस की नकल करता! पैलू अपना सूरत देखे! तंग मोहरी का पतलून पहनता! सोफिया लारेन का माफिक मटक-मटक कर चलता। टैडी बॉय जैसा सीटी मारता। समझता लड़की लोग उनपर मरेगा। अरे, तुममें कुछ होईगा जभी तो तुम पे मरेगा। कौन देखता उनकी ओर, सिर पीछू फेंकता, सीधू चला जाता।

"फालतू समय में आप लोग क्या करती हैं?"

"रिकार्ड सुनता है। एलविस, क्लिफ रिचर्ड्स, जॉनी मार्टिन हमेरा फेवरेट। मुकेश भी अच्छा लगता। कभी सिनेमा जाता। महीने में चार-पाँच पिक्चर्स देखता। डांस भी करता हम लोग। पार्टी बनाता। कभी इधर में कभी सहेली के यहाँ में। 'चा-चा-चा' और 'ट्विस्ट हमेरा फेवरेट'। कभी सहेली लोग नहीं में आता, मौसम खराब होता तो किताब पढ़ता। कार्टर ब्राउन का थ्रिलर्स, आर्चीज, और रोमांसेंज़ वाला कॉमिक्स, एनिड ब्लाइटन का नावेल। पन सबसे जास्ती शौक रिकार्ड ख़रीदने का, बार-बार सुनने का। हमेरे के पास तीस से ज़्यादा एलपीज। कितना ही माना हम टेप भी किया। हमेरे पास

टेप रेकॉर्डर भी है। हमेरे को एलविस का 'लोनसोम काउबॉय' बजाने दुनिया भूल जाने का। ड्रीमी-ड्रीमी, स्वीट-स्वीट।"

"लोनसम काउबॉय, आपको याद है?"

"ओ याद में तो नहीं है। बजा के सुना देता।"

"आपने जाज़ सीखा है कभी? हॉट और कूल में, स्विंग और ब्लूज में क्या फ़र्क़ है, जानती हैं?"

"नहीं।"

"कॉनी फेंसिज के राकेन रॉल नम्बर्स आपको कैसे लगते हैं?"

"बण्डल, मुझे एलविस देने का, हर वक़्त।"

"नफीसाजी, आपको एलविस का गाना नहीं, शक्ल पसन्द है। आप पॉप म्यूजिक की बारीकियाँ जानती नहीं, एलविस के गानों के शब्द आपके लिए अहमियत रखते नहीं, तो बच क्या रहा, खुद एलविस ही न?"

"तो मैंने मने कब किया? हमेरे लोग एलविस पर जान देता। हम भी। हमेरा सबसे बड़ा ख्वाहिश अमरीका जावे, एलविस से दोस्ती बनवावे। हम उसको लेटर डाला। वह जवाब नहीं दिया। हमारा एक सहेली बोलता कि एलविस हिन्दुस्तानी लोग का ख़िलाफ़।"

"तो आप एलविस के ख़िलाफ़ हो जाइये। अच्छा, नफीसाजी, आपको चूल्हा-चक्की और सूई-धागे वाले कुछ पुराने ढंग के भी शौक हैं?"

"गुड हेवन्स नो!" अपने ख़ास ढंग की खिलखिलाहट, दोनों हाथ उठा देने की यह विशेष मुद्रा, भूरी-सी आँखों में वह भीगी-भीगी-सी मरमरी-सी चमक और नेपथ्य में कहीं 'इट्स नॉउ ऑर नेवर' की धुन, मुझे ऐसा प्रतीत हुआ कि मैं बम्बई में नफीसा हुसेन से नहीं, हालीवुड में सान्ड्रा डी. से बात कर रहा हूँ। मैं अपने को ज़रूरत से ज़्यादा अधेड़ महसूस करने लगा।

असली चेहरा

टी.एस. इलियट ने इस आशय की एक पंक्ति लिखी है कि दूसरे चेहरों से मिलने के लिए एक चेहरा बनाना चाहिए। खुद की यह नक़ाबपोशी, आज की दन्त मंजन-मुसकान-दुनिया में फ़ैशन बन चली है। इसके चलते हम असती चेहरे को घिनौने और खौफ़नाक का पर्याय बना बैठे हैं। अब हक़ीक़त यह है कि जो आनन्द, जो रोमांच असली चेहरे में है, वह नकली में नहीं। मसलन बम्बई के कवि श्री **रामरिख मनहर** का एक सार्वजनिक चेहरा है, जो कविताएँ सुनते-सुनाते हुए, मालाएँ पहनते-पहनाते हुए अख़बारों में प्रकट होता है। अभिनन्दनीय-वन्दनीय वातावरण में प्रातःस्मरणीय पोज बनाते हुए यह चेहरा भावशून्य व मूर्त्तिवत हुआ जाता है। वह यों कि मनहर का असली चेहरा अज्ञेय मुसकानों की दुनिया के लिए अजनबी है। वह ठहाकों की भूली-बिसरी सभ्यता का आख़िरी, अगर्चे अव्वल दर्ज़े का, नुमाइन्दा है। मनहर का ठहाका देखने-सुनने और अचरज करते रहने से ताल्लुक रखता है। किन्वदन्ती है कि एक बार सेंट्रल स्टूडियोज में शर्त लगने पर आठ अदद फ़िल्मी जीव अपनी श्रद्धा और सामर्थ्य अनुसार बारी-बारी से हँसे और इस दौरान में मनहर का ठहाका बराबर बेतुकी बलन्दियों से बात करता रहा। कद्रदां लोगों ने इस अद्‌भुत दृश्य-श्रव्य साधन की कीमत पहचानी है और अब आप जल्द ही मनहर के ठहाकों को स्थायित्व प्राप्त रूप में सुन सकेंगे।

मैंने मनहर से पूछा—"इस हँसी के पीछे कोई ख़ास फलसफा है?"

जवाब मिला—"प्यारे, इस हँसी के पीछे कुछ नहीं है और आगे भी तुम सरीखा जो भी होता है, ज़्यादा टिक नहीं पाता।"

"जो जितना ज़्यादा हँसता है, वह भीतर ही भीतर उतना ही ज़्यादा दुखी होता है। तुम्हारा क्या कहना है?"

"यही कि ऐसे सवाल औरतों के मुँह से अच्छे लगते हैं।"

"हँसने से तुम्हें कुछ हासिल हुआ है?"

"तुमसे किसने कहा कि मैं हासिल करने को हँसा? मैं तो इसलिए हँसता हूँ कि दुनिया कहती है, जो करे सो पछताये, जो न करे सो पछताये। इन पछतावों पर ही मैं ठहाका मारता हूँ। ठहाकों की बदौलत स्नेह और सहयोग का एक दायरा ज़रूर बन गया है, बन्धु, सो उससे लाभ भी है, हानि भी। लाभ मसलन यह कि मारवाड़ी सम्मेलन बम्बई में वोटिंग के वक़्त लोगों से सिर्फ़ इतना कहकर मैं चुनाव जीत जाता हूँ कि साहब, ध्यान दीजिए, यहाँ मैं भी खड़ा हूँ। हानि यही कि इसी दायरे के कारण मेरी बैठक सुबह-शाम श्री ख़ैरातीलाल दवाखाना बनी रहती है। श्रीमतीजी मेरी इस पब्लिक (डिस्पेन्सरी) लाइफ से कभी-कभी दुखी हो उठती हैं और कहती हैं—"अच्छा जी, आप यही समझ लीजिए, हम भी बाहर से आये हैं।" इतना कहकर मनहर ने इजाज़त ली। उसे किसी बड़े अधिकारी से मिलने जाना था। जाते-जाते बोला, "यार, इन साहब लोगों से मिलने टाइम पर न पहुँचो, तो बार-बार उलाहना देते हैं और फिर मजबूरन मुझे कहना पड़ता है कि देर इसीलिए हुई होगी कि कोई आपसे अच्छा मिल गया होगा!"

सामाजिक परिभाषा के अनुसार **श्री रघुनन्दन जोशी** भी साहब लोगों की जमात में आते हैं। आप आई.ए.एस. के वरिष्ठ सदस्य और खादी कमीशन के वित्त सलाहकार हैं। लेकिन आपकी असली सूरत फ़ाइलों की नहीं, फूलों की दुनिया में उभरती है। बाग-बगीचों से, बागबानी से आपको बेहद प्यार है और यह प्यार, आपके ही शब्दों में, "बचपन की मोहब्बत में शुमार है। बीच में एक अरसे तक यह शौक पनप नहीं पाया। बागबानी का बीज मन की माटी में कहीं गहरे दबा रहा। फिर 1955 में, क्या कहते हैं, अँकुआ फूट निकला। उन दिनों मैं लखनऊ, फुल्टन रोड में रहता था। बँगले के चारों ओर इतनी ज़मीन थी कि उसमें बागबानी क्या, खेती भी की जा सकती थी। लेकिन आलम यह कि हम लक्ष्मी स्टोर्स से नकली फूल ला-लाकर ड्राइंग

रूम सजाया करते। ऑडिट वाले आदमी ठहरे, नकली फूलों के असली बिल देकर काफ़ी कोफ्त हुई। और तुम जानो तब शेले, कीट्स, वर्डस्वर्थ का असर भी मन पर काफ़ी ताज़ा था, इसलिए बँगले के चारों ओर बियाबान देखकर रूहानी परेशानी हुआ करती थी। लिहाज़ा बागबानी नये सिरे से अपनाने की ठानी।''

बगीचे के बिना जोशीजी को जो बेचैनी हुआ करती होगी, उसे मैं बख़ूबी समझ सकता हूँ। जब बम्बई आने पर आपको फ्लैट अलाट हुआ, तो बगीचे के अभाव में वह कतई फ्लैट हो गये। लाख कोशिश करने पर भी गमलों में उनके ग्लैडिओलाई, कैकटाई और गुलाब पनप नहीं पाये। गमले सींचने के लिए बाथरूम से बालकनी तक पानी लाते-लाते और इस साधना में ख़ुद को, औरों को और ड्राइंग रूम को भिगाते-भिगाते आप आजिज आ गये। नाक-भौं सिकोड़ कर कहना शुरू किया–''कुछ नहीं, यार, तुम्हारा बम्बई!'' कुछ इस तरह मानो पुर्तगाली मेरे ही पुरखों को बम्बई दहेज में दे गये थे! बम्बई से जोशीजी की बोरियत खार में बँगला पाकर घट चली है। कारण वहाँ बगीचा लगाने के लिए जगह है। आजकल आप क्रीपर्स, क्रौटन्स, फर्न्स और पाम्स में मगन हैं। काव्य और संगीत के प्रति आपका सारा अनुराग फूलों में सिमट आया है, जैसा कि आपने कहा, "वे मादक वे मोहक शब्द अब कहाँ! बस, ये फूल हैं। और हम आभारी हैं इन अकिंचन अनुकम्पाओं के लिए।"

मादक स्वरों और मोहक शब्दों का प्यार **रंजन भट्टाचार्य** ने, परिस्थितियों की मार के बावजूद, नहीं छोड़ा है। रंजन एक कैंटीन में वेटर है। दिन में आप उसे गन्दी हाफपैंट-कमीज़ पहने हुए, त्यौरियों पर आक्रोश और आँतों में अलसर धारण किये हुए, दर्जनों ट्रे एक साथ उठाये हुए कैंटीन से दफ़्तर और दफ़्तर से कैंटीन जाते हुए पायेंगे। लेकिन साँझ-ढले रंजन कुछ और ही नज़र आयेगा। पीछे को सँवारे घुँघराले केश, पान से रचे हुए ओंठ, चिकन का कुरता, बढ़िया लट्ठे का पायजामा, जयपुरी पगरखी। यह हैं संगीत-साधक रंजन भट्टाचार्य–आपेरा हाउस के एक संगीत विद्यालय के छात्र। इस असली रंजन का कहना है–"ए जो संगीत के शौख में मुझे

कहाँ से कहाँ लायी। रानाघाट में जनम हुआ हमारा। फिन, क्या बोलते, कालकता गिया। उधर में पढ़ा भी, संगीत का तालीम भी लिया। कालकता रेडियो से, आपका क्या बोलते, स्कूल ब्राडकास्ट में गाने का प्रोग्राम भी किया एकाध बारी। फिन ऐसे ही एक जान-पहचान का था, पारिख बोलके, उसने ही बम्बई लाया। फिफटी सेवन में, हम, माने ठीक-ठीक से संगीत तालीम इधर में शुरू किया। बीच-बीच में छोड़ भी दिये। काम की वजह से टाइम मिलना बहुत मुसकिल। तो भी गन्धर्व महाविद्यालय का मध्यमा दूसरा पास कर लिया हम। अभी चार साल और रह गिया कोर्स। शंकर जयकिशन के पास भी हम एक साल तक ट्रेनिंग लेता था। छोड़ दिये। ए जो टाइम का बहुत मुसकिल। पढ़ाई भी चालू है जो। एस.एस.सी. देते हैं इसी साल। नाइट स्कूल में जाते। जब पढ़ेगा-लिखेगा, तभी तो बनेगा इनसान। प्लैबैक में जायगा या म्यूजिक डायरेक्टर होने का देखेगा। कुछ हम कम्पोज भी किये हैं। धुन बनाकर रखे हैं। इसीलिए हम, फिलिम मानी बहुत जास्ती देखते—महीने में बीस।"

इस जोश और हिम्मत की दाद देते हुए हम कुछ बोलते कि बस आ गयी और रंजन म्यूजिक स्कूल जाते नज़र आये। वेटर रंजन के बाद अब हम आपकी मुलाकात करायें रेस्तराँ-मालिक शमशेर सिंह से। आप बम्बई में मौजा गोरो, ज़िला जौनपुर की अन्यतम देन हैं। हमरो यहाँ दूध, दही, पंजाबी लस्सी, पूरी-भाजी, भजिया-कचौरी, बर्फ़ी-गुलाब जामुन, बेसन लाडू हमेशा ताजा तैयार मिलेगा, दूसरा सभी मिठाई आर्डर मिलने पर ख़ातिरी से बनाया जायेगा' के साइन बोर्ड तले, गुल्लक के ढिग आपका ठाकुरों वाला ठाठ ठगा जाता है। लेकिन दुकान के बाहर, दोस्तों के बीच वह मूँछों पर ताव देता नज़र आता है। कहते हैं—"बाउजी, सौखों में कौन-सा सौख है जो हम नहीं किया हूँ? ठोकर खा-खाकर घर-गिरस्ती में पड़कर बनिया बन गया हूँ, वरना हम यू.पी. साइड का लोग हूँ, ठाकुर हूँ। हमारा बाप हमसे कहा था कि बेटा, किसी की कच्ची खेती मत करना, किसी की चोरी मत करना, किसी की बहू-बेटी पर नज़र मत रखना, और चाहे जो बड़े सौख करना। तो हम पिता का आज्ञा का पालन करा हूँ। गाना सुनने का सौख हुआ, तो आप यह देखिये अट्ठारह-अट्ठारह सौ रुपया एक बार में बाई

लोगों को इनाम दे दिया है। सोलह मात्रे, बारह मात्रे, तीन ताल, एक ताल, ख्याल, ठुमरी, ग़ज़ल, दादरा, कजरी, खिमटा, बस यही सब होता रहा है। बनारस दालमण्डी की और बम्बई के ताड़देव कच्चरपट्टी की कौन बाई ऐसी थी जिसे हम सुना नहीं हूँ? खबसूरती में ज़्यादा में ज़्यादा थी केतकी। ऐसी कि आज की हीरोनिनें उसका चप्पल धोवें। हरमुनिया, खंजड़ी, जोड़ी तबला, गिरामाफून, रेडियो, सभी साज और बाजा हम ख़रीदा हूँ। बजाया सिर्फ़ रेडियो हूँ। फिर जब ताश में तबीयत रमी, तो यह होता रहा कि दुकान से उतरता और फल्लास में फँस जाता। जानवर बम्बई में वह पाला हूँ जिसका नाम आज भी अँधेरी में मसहूर है। बत्तीस हज़ार जानवरों के अन्दर उसका रिकाड पहला रहा। हमारा गंगाराम भैंसा क्या है, बहादुर शेर है। अब भी हटा नहीं है उसका नाम। कोई उसका मुकाबला आज दिन तक नहीं किया, कोई से वह पीछा नहीं खाया। पचासों जानवर मारा है उसने। एक लँगोटी में तीन-तीन को धाड़ा है। बारह-बारह हज़ार की बाजी जिताया है। चार बरस में हम उसे तैयार किया। पीवर घी चालीस हण्डे रोज़ का दिया। दो सेर हफ्ते का सूअर का तेल। उसका मालिश होता था राई के तेल से। तेल मलकर पाँच आदमी उसे लाठी से बाक्सिंग मारता था। तभी न कड़ियल हुआ जवान, चिलमपीयन का बाप! बहुतों की नज़र लगी उस पर। हम पाँच कुत्ता उसकी रक्षा को पाला। फिर भी लाठियाँ चलीं कई बार। सात-सात आदमी घायल हुआ है! अब? अब तो गंगाराम बुढ़ाय गया और गंगाराम का मालिक भी...हाँ, साहब के पैसे बोलो, छोकरा!"

मेरा ख़याल था कि बेहतरीन रेस्तराओं में बैठने वाले मेरे मित्र **मानवेन्द्र चिटणीस 'मीना'** का ठाकुर **शमशेर सिंह** के जैसे 'भैया डेरी फार्मों' से कभी कोई ताल्लुक न ही रहा होगा। लेकिन मीना का तो अस्तित्व ही मानो अपने सम्बन्ध में हर अनुमान को गलत साबित करने के लिए है। बाम्बेली के बैरा को फिर वही पानी का आर्डर देकर, ऐनक उतारकर अपनी कमज़ोर लेकिन बड़ी-बड़ी आँखों को मिचमिचाते हुए मीना बोला, "दोस्त, मैं हर तरह की रेस्तराँ में बैठा हूँ। इलियट का नायक अपनी ज़िन्दगी कॉफी की चम्मचों से नापता है, तो मेरी ज़िन्दगी रेस्तराओं से नापी और आँकी जा सकती है।

जब मैं बुद्धू बच्चा था, तो भैया रेस्तराओ में दूध-जलेबी का सेवन करता पाया जाता था। फिर लंगरहीन लड़के के रूप में ईरानी रेस्तराओं में बन्द मस्का पेशल चाय पीता रहा। फिर अराजकतावादी के रूप में मैं पुराने कॉफी हाउस में बैठने लगा। अनन्तर अराजकतावादी होकर गूर्दों और पेरेशियन डेरी जाने लगा। फिर बौद्धिक विभ्रम का दौर शुरू हुआ और मैंने नेपोली को आजमाया। सनातन श्रद्धा के फेर में गेलॉर्ड में बैठन लगा। और अब प्रेम और रहस्यवाद की अलख जगाने के लिए बाम्बेली में अड्डा ज़माने लगा हूँ। मेरे रेस्तराओं की कहानी मेरे आर्थिक और मानसिक विकास की कहानी है," मीना ने कहा और चश्मा फिर सुपुर्द नाक करते हुए, ब्लैक कॉफी का आर्डर देकर बैरे की बोरियत को आख़िर दूर कर दिया। मीना अपनी माता लीला चिटणीस के पदचिह्नों पर चलते हुए बम्बई के रंगमंच पर अभिनेता के रूप में प्रसिद्धि पा चुके हैं। लेकिन आपकी असली सूरत रंगमंच, फ़िल्म स्टूडियो या रिकार्डिंग थियेटर में नहीं, रेस्तराँ में प्रकट होती है। यह सूरत है एक नाराज़ और नासाज नवयुवक की, कोलिन विल्सन के 'आउटसाइडर' की, उस बुद्धिजीवी की जो विभिन्न है, पर विभिन्न नहीं होना चाहता, सामान्य से किसी ऊँचे स्तर पर जीवन से समन्वय का जीवशक्ति के प्रति समर्पण का स्थान बनाया चाहता है। ब्लैक कॉफी की कड़वी घूँट लेते हुए मीना ने अपना भाष्य जारी रखा—"मैं अस्तित्व से नहीं डरता। मैं पीड़ा से नहीं भागता। मैंने विद्रोह किया है, ख़ूब विद्रोह किया है। पूल रूम, बाक्सिग रिंग, क्रिकेट फील्ड, रंगमंच, कोठा, सस्ता होटल, हर जगह मैंने अपने अस्तित्व को सान चढ़ाने की, अपने पुरुषत्व का आधिपत्य ज़माने की कोशिश की है। और यही, सिर्फ़ यही पाया है कि मेरा विद्रोह नपुंसक है, मैं खुद नपुंसक हूँ। मैं खुद ही अपना खलनायक हूँ। चिन्तक खलनायक होता है। चिकित्साशास्त्र, योग, सनातन धर्म, मनोविज्ञान और कुछ निजी नुस्खों की मदद से मैं स्वस्थ होने की कोशिश कर रहा हूँ। कुछ सफलता भी मिली है। अब मुझे अपेक्षा है 'प्रेम में भगवान' की। प्रेम की प्रखरता में गुमनामी को प्राप्त हो जाने की। इस दिशा में मेरा अन्तिम प्रयोग चल रहा है। वह सफल हो, तो यह इण्टरव्यू छाप देना, नहीं तो...नहीं तो मीना इस दुनिया में मिलेगा ही नहीं।" मीना ने फिर पानी का आर्डर दिया और जेब से कुछ

गोलियाँ निकालीं और उन्हें मुँह में डालने लगा। मैंने लपककर उसका हाथ पकड़ा। गोलियाँ छीन लीं—सिरदर्द की गोलियाँ।

मीना का यह सूक्ष्म रूप देखने के बाद मुझे **मियाँ अब्दुल लतीफ** का लखनवी रूप देखने को मिला—शायद मुआवज़े के बतौर। लतीफ साहब भायखला में रहते हैं और बम्बई के एक सरकारी दफ़्तर में मुलाजिम हैं। आपसे एक बार किसी मुशायरे में मुलाकात हुई थी। दूसरी बार साक्षात भिण्डी बाज़ार में एक पनवाड़ी के यहाँ हुआ। साहब-सलामत के बाद मैंने पूछा—"कहिये, नवाब साहब, खैरियत तो है?"

त्योरी पर बल डालते हुए आपने फरमाया—"अजी, हज़रत खलील खाँ फाख्ता उड़ा चुके हैं! आप जैसे चन्द मुखलिस लोग मिल जाते हैं जो ख़ैराफियत भी पूछ लेते हैं, वरना बम्बई की इस कारोबारी दुनिया में किसी को दम मारने की फुरसत कहाँ! ख़ुदा झूठ न बुलवाये तो अपने लखनऊ में सारी ज़िन्दगी ही तफरीह थी। तफरीहें दो किस्म की हुआ करती थीं—बाजी और ग़ैरबाजी। बाजी में बटेरबाजी, कनकउबाजी, तीतर-बाजी और मुर्गबाजी और क्या नाम कहते है, क्या! गैरबाजी में नाच-गाना, थेटर, दंगल, कसरत, मुशायरे। और दावतें भी तो तफरीहें हुआ करती थीं। अब मैं तुमसे क्या बताऊँ! सिर्फ़ कबूतरों की फेहरिस्त लिखाने बैठूँ, तो दफ़्तर के दफ़्तर स्याह हो जायें! अभी उँगलियों पर गिनकर चन्द नाम बता देता हूँ—पालू, लक्का, लोटन, शीराजी, गिरहबाज, पिलखा, अबलका, तीरा, सेंधा, जालदार, गण्डेदार, वग़ैरह-वग़ैरह। ये तो चन्द कबूतर हैं। इनके अलावा भी हम लखनऊवाले कबूतर पालने और कबूतर बाजी में दूसरों को ख़ातिर में नहीं लाते। कबूतरों को दवाई खिलायी जाती थी, चिकनाव दिया जाता था, ताकि वे जब टुकड़ी में उड़ें, तो परगत मिलाकर उड़ें। गिरहबाज वगैरह ऐसे कबूतर होते हैं जो बड़ी ऊँचाई पर उड़ते हैं और अपने मालिक के मकान की सरहद नहीं छोड़ते। शिराजी, लका और लोटन यूँ समझ लो, इन्दराइन के फल हैं। बस नुमाइशी। अब मैं तुमसे क्या बताऊँ कि इन कबूतरों के पीछे अपनी जवानी में मैंने कैसे-कैसे पापड़ बेले हैं! फराकत के वे दिन और इतमीनान की वो रातें अब तो खाबो ख़याल हो गयी हैं।"

मैंने अर्ज किया—"नवाब साहब, लगे हाथों ज़रा कनकव्वे के बारे में भी कुछ फरमा दीजिए।"

कहने लगे—"मियाँ साहबजादे, कनकव्वे का जिक्र शुरू करूँगा, तो तुम कहोगे, बक रहा है जुनूँ में क्या-क्या कुछ। ख़ैर, अभी जेहन दौड़ाता हूँ, तो चन्द नाम ज़बान पर आते हैं, लिख डालो। बांची, धेलची, धमड़ची, पौन्ताई, सवाकी तीन, अद्धा, इकतावा, अलफिया, तौकिया, चाँदतारा, नालदार, तारेदार, करंजिवी और न जाने क्या-क्या! इन कनकव्वे में रेशमवाले, मुक्कैशवाले, मोतियोंवाले ऐसे ख़ूबसूरत फुन्नें लगे होते हैं कि हसीनों के रोस भी रश्क करें! कैसी-कैसी शर्तें हुआ करती थीं। महीनों की तैयारी के बाद कैसे-कैसे मैदान बदे जाते थे। दरियाँ बिछा दी जाती थीं और क्या मजाल कि कनकव्वा उड़ानेवाले के क़दम अपनी दरी से बाहर निकल जायें! ढील, घसीट, पचनाना, पार करना, कद मारना, आज भी वो पेंच याद आते हैं, तो हाथ में जुम्बिश होने लगती है। एक कनकव्वे से अगर नौ कनकव्वे काट दिये, तो महल्ले-महल्ले शोहरा होता था। ख़ैरख़्वाहों में मिठाइयाँ तकसीम की जाती थीं। कभी खुदा न खास्ता नौशेरवां ही कट गया, तो उसे वापस पाने के लिए मुँहमाँगी रकमें, यहाँ तक कि जागीरें, दे दी जाती थीं। जी हाँ, नये कनकव्वे से पुराने कनकव्वों की कद्रोकीमत ज़्यादा हुआ करती थी, क्योंकि रसपे आये हुए कनकव्वों की कांवे और कन्न मौसम के सर्दोगर्म की सधी हुई होती है। मियाँ साहबजादे, अब मैं तुमसे क्या बताऊँ, अपनी ज़िन्दगी तो खुद कटी हुई पतंग होकर रह गयी है। बरसों पहले वहाँ अमीनाबाद में जो नौशेरवां कटा था, वह तुम्हें यहाँ बाज़ार में किसी कीमत नहीं मिलेगा।"

इतना कहकर नवाब बन्ने मियाँ आदाब तस्लीम करते हुए रुख़्सत हो गये—भिण्डी बाज़ार की भीड़ में कहीं खो गये। और तब मुझे ख़याल आया कि मैंने उनका पता नहीं पूछा। फोटोग्राफर को कहाँ भेजेंगे? फिर मैंने सोचा, जिसके दिल में भी बीते दिनों का दर्द है, उसके दिमाग़ में बन्ने मियाँ की तसवीर खुद-ब-खुद उभर आयेगी।

भारतीय मध्यवर्ग कहाँ तक भारतीय है?

उस दिन सन-एन-सेण्ड के एक आलीशान कमरे में प्रसिद्ध लेखिका पर्ल एस. बक से बातें कर रहा था। उनके कमरे में रवीन्द्रनाथ टैगोर और गाँधी की दो अनूठी प्रतिमाएँ थीं और वह उन्हें बार-बार देखे जा रही थीं। भारत की संस्कृति और समृद्धि से उन्हें प्यार है। उन्होंने कहा था—"यह एक बड़ा देश है, जहाँ की संस्कृति बरगद के पेड़ की तरह युगों से खड़ी है।" पर्ल बक जैसी महान लेखिका के मुँह से अपने देश का गौरवगान सुनकर मैं बेहद खुश हुआ था। वह संस्कृति ही तो है जो आदमी की रग-रग में घूमकर उसे व्यक्तित्व प्रदान करती है और वही संस्कृति देश को ऊँचा उठाती है। मुझे याद है, एक अमरीकी प्रोफेसर ने मुझसे एक बार कहा था—"इस देश का पिछड़ापन भी मुझे रुचा है, क्योंकि यहाँ की झोंपड़ियों में भी मैंने राग और अनुराग के दिये जलते देखे हैं।"

संस्कृति का यही प्रश्न आज एक दूसरे रूप में हमारे सामने फिर हाजिर है—हमारे ही देश के लोग अपनी संस्कृति के बारे में क्या सोचते हैं? आदमी जिस माहौल में रहता है, उससे ऊब भी जाता है और उससे बँधकर प्यार भी पैदा कर लेता है। इसीलिए किसी को इस देश में हर जगह पिछड़ापन दिखाई देता है, तो कोई पाटन के पटोले अब से लेकर वृन्दावन के खटोले तक और भोजपुरी गीतों से लेकर भांगड़ा के मजमे तक ज़िन्दगी की एक बड़ी धड़कन को बोलता हुआ सुनता है। और पहले खेमे में आते हैं **दलजीत जगतियानी**। उन्नीस साल का यह नौजवान अपने मुहल्ले की युवा टोली में 'बेबू' के नाम से मशहूर है। गोरा रंग, गुलाबी गाल, भूरे सुनहरे बाल, इकहरा मगर गठीला बदन, अमरीकी कट तंग कपड़ों की सिलाई पर सरासर

जुलम ढाती हुई "पंजा खोल, सीना तान" चाल, कुल मिलाकर आप बेबी मिल्क पाउडर के इश्तहार मालूम होते हैं। एस.एस.सी. करके एक स्थानिक बैंक में क्लर्क हो गये हैं। वायुसेना में पायलट बनने की ठानी थी, मगर मेडिकल बोर्ड वालों ने इस अरमान पर पानी फेर दिया। लिहाज़ा जब गम की जगह गलतफहमी देने को इनके पास कोई गर्ल फ्रेण्ड नहीं हो तो, तो यह अपने गैंग के साथ सागर तट पर आ धमकते हैं—"वेल सन, यू आर ए बेचलर ब्वाय एण्ड दैट्स द वे यू गॉट टू स्टे," जैसे गीत गुनगुनाते हैं, चलती-फिरती गुड़ियों पर 'हे गुड लुकिन ह्वाट्स कुकिंग' जैसे फिकरे कसते जाते हैं, 'इट वाज सम मूवी इट वाज', 'इट सार्ट आव हिट्स्यू एन हाव' जैसे विचार प्रकटाते हैं और फिर धुएँ के छल्ले छोड़ते हुए खो जाते हैं विदेश जा बसने के सपने में।

"यू.एस.ए., कैनेडा, ब्रिटेन, कहीं भी जा बसूँगा मैं तो। आप पूछते हो, भारतीयता क्या है। मैं कहता हूँ, पहले आप यह देखो, भारत क्या है? एक पिछड़ा हुआ, ज़रूरत से ज़्यादा पुराना देश। गरीबी से छुट्टी पाते, इन अमरीकी लोगों के बराबर आते अभी हम लोग को सौ पचास बरस और लगेंगे। तब तक अपना ख़ुदागंज का टिकट कट जायेगा। इस जनम में मौज-मस्ती करनी होवे तो बाहर जाना ही पड़ेगा। इधर क्या है? क्लर्क तो जिनगी भर क्लर्क। मिडिल क्लास तो मिडिल क्लास। पैर दाबना कि पेट भरना। रोना कि रुलाना! पैसा होवे तो बिजनेस करे, दूध में पानी डाले, गरम मसाले में बुरादा। काका-मामा कोई बड़ा आदमी होवे तो बड़ी नौकरी पावे। कोई जिम्मेदारी नहीं होवे तो भभूत गले और बोले बमभोले। लेकिन हम क्या करें? ऐसी ही लटका रहवे? इस मरियल, खटारा, मिडिल क्लास जिनगी को जिनगी कहवे? हमेरा एक कजन उधर से इंगलैण्ड बस गया है, बहुत ख़ुश है। उधर में तनखाह अच्छी, रहन-सहन ऊँचा, ख़ूब रम्मत-गम्मत, धूम-धड़ाका। इधर क्या? फिस्स फिस्स, फिस्स! नये ज़माने की बुराइयाँ इधर तमाम हैं, अच्छाई एक नहीं। क्या बोलते, ट्रांजीशन? अरे, तुम्हारे ट्रांजीशन में हम लोअर डिवीजन (क्लर्क) होते जाते। एक मुसीबत और है इधर में बुजुर्ग लोगों के मारे—ऐसा नहीं करना, ऐसा नहीं कहना, ऐसी जगह नहीं जाना! हर बात में नहीं नहीं, नहीं, सारी जिनगी नहीं में कटे। ऊपर वालों

में कोई वांदा नहीं, नीचे वालों में चलता है, बस हम बीच वाले बचे रहें। धरम-नियम कायदा-कानून सब हमारा। मैं इस सबको छोड़कर चला जाना चाहता हूँ। मैं एक हूँ, मेरी जिनगी एक है, मुझे उसे इधर रहकर बरबाद नहीं करना है। अरे जोशी साहब, आप क्या ताज, अजन्ता, वेद-पुराण, इन सबकी बात करते हैं! उन्हें जिसने बनाया वह आज किधर है? वह जो बड़ा-बड़ा फिलासफी है पुराना, उनका हमारी जिनगी में जगह कहाँ है?

"फाइव इयर प्लान वेद-पुराण से नहीं चलते, उनके लिए उद्योग और विज्ञान चाहिए। उद्योग-विज्ञान में जात-पाँत देश-धरम ये सब वहम, बेकार! पश्चिम का ज्ञान-विज्ञान लेवेगा तो रहन-सहन खान-पान भी सब पश्चिम वालों को जैसा होयेगा। क्लब होयेगा तो बाल डान्स भी होयेगा। गलत क्या है इसमें? अरे जोशी साहब, धर्म, इतिहास ये सब टूरिस्ट लोग का वास्ते है। उन्हें दिखाओ न। हम तो चले उधर, जिधर से ये टूरिस्ट लोग आते हैं।"

और बेबू साहब चल पड़े फिलहाल अमरीका की ओर तो नहीं, एक नयी अमरीकी फ़िल्म की ओर। बेबू से बिलकुल विपरीत विचार हैं **श्री शान्तिलाल पुराणी** के। शान्तिभाई गुजरात के एक छोटे-से गाँव में जन्मे, ग्यारहवें में अनाथ हो गये, स्कूली शिक्षा भी पूरी नहीं कर पाये। अपनी मेहनत और काबलियत से आगे बढ़ते हुए आप आज भारत की एक प्रमुख कन्स्ट्रक्शन कम्पनी में सीनियर एकाउण्टेण्ट हैं। आप स्वभाव से उग्र, सामर्थ्य से उद्दाम, अनुशासन से कठोर, धर्म से शाक्त और मर्म से कुछ कोमल हैं। अपने काम के सिलसिले में आप देश के सभी हिस्सों में रह चुके हैं, ज़माने भर की लेखा-परीक्षा कर चुके हैं। मेरे प्रश्न का उत्तर देते हुए बोले, "भारतीयता ये नाम है, सनातन श्रद्धा अने अटूट आस्था का। मीन्स आध्यात्मिक विकास ही हमेरे लोग का ख़ास चीज़ रया है। पाश्चात्य देशों में पन ये कभी रया होयगा, पन हमारे देश का माफिक नहीं। बड़ा-बड़ा रुषि-मुनि, कैसा-कैसा महापुरुष भारत में होया। दीन-धरम यही अपना है, इसको छोड़ने से बहुत मुश्किल होयगा। कौन ने कहा छोड़ दिया! अरे तुम ज़रा अपना शहरों, अपना पोथियों से बाहिर निकलो तो सरी। ज़रा गाँवों में जाकर देखो तो कैसा सहज जीवन, कितनी गहन श्रद्धा है वहाँ में। तुम लोग तो पढ़-लिख

गिया है, मीन्स नयी रोशनी में पुराना चावल भूल गिया है। तमेरा पूँछ कट गया है, एसे तुम बोलता सबका पूँछ कटवा दो के। ऐसा नहीं चलेगा भाई साहब! ऐसा होयगा भी नहीं। बड़ा-बड़ा पूँछकटा आइया ने गिया भारतीयता बदली नहीं। वह बदलेगा तो साहित्य, संस्क्रुति, मीन्स हमेरा सर्वस्व खल्लास हो जावेगा। पश्चिम में यही हुआ। खुद पश्चिमवाला ऐसा कहता है। भाई, तमने बताऊँ इधर एक बहुत सरस चौपड़ी बाचता था मैं, 'मैन द अननोन'। इसका लेखक एलेक्सिस कैरल मीन्स बरोबर फस्ट क्लास साइन्टिस्ट है। वह बोलता है कि क्रुत्रिमता से अने आध्यात्म की अवहेलना से पश्चिम का हर रीत से पतन हो गिया है। जो कहता है कि प्राचीन संस्कार आर्थिक प्रगति में बाधा डालता है, वह मीन्स एकदम बुद्धू है। अरे क्या हमेरे लोग प्राचीन काल में गरीब था? क्या सम्रुद्ध नहीं था इधर? भाई साहब, घी-दूध की नदियाँ बहता था, ये कहावतों नहीं सच्ची बातां हैं। क्या ज्ञान-विज्ञान नहीं था हमारे लोग में? क्या कर्मयोगी नहीं था भारत? सन्तुलित मीन्स बरोबर बैलेन्स्ड जीवन था हमेरे लोग का। ये आजकल का सरफरा नौजवान है जो साहस जानता है न संकल्प, जो मान जानता है, न मर्यादा। वह स्वच्छन्द है जानवरों की माफिक, व पराधीन है मशीन पुर्जों के सरीखा। आध्यात्म छोड़ के भाई साहब आपने क्या प्रगति कर लिया है? हर चीज़ का हाय, हाय कण्ट्रोल अने कण्टाला। जो अपने पास है उससे सन्तोष नहीं, उससे ज़्यादा कुछ पा सकें, मीन्स ईमानदारी से पा सकें, ऐसी कर्मठता नहीं। ज़रूरत बढ़ा रया है। मौज-शौक की मृगतृष्णा पाछे भाग रया है। पैसा, पैसा, चाहे जैसा हो पैसा। पैसे की नीति अने पैसे की नैतिकता और मीडील क्लास में तो मीन्स ऐसा लफड़ा बहुत जादा हो गिया है। मां-बाप में संस्कार नहीं, बेटे-बेटियों में किधर से होय? हम के-टू बस से रोजीना दफ़्तर जाते हैं। देखते हैं छोकरे-छोकरी लोग का तमाशा। ऐसा छिछोरा लोग कि बस में पन मीन्स बेबस। एक बाई हम देखा, एकदम दुबला पतरी छड़ी के सरीखा, चेहरा मीन्स प्रसूता की माफिक। क्यू में, बस में बरोबर हमें, ऐसा माफिक ठोंसा मारता था। आप हमारा जबान तो जानते हो, एक दिन हम उसको कह दिया कि पहले हमारा उमर देख ने पीछे घर में जाकर आइना में अपना सिक्कल देख! पैसे के लिए सब कुछ करेगा। कहता है क़रपशन है, सीधा

से पैसा नहीं मिलता। अरे करपशन है तो हमेरा-तुमेरा है। हम सीधा होगा तो समाज पन सीधा रहेगा। कहता है कि नया ज़माना की हवा ऐसी है। अरे हवा है तो तुम क्या पेड़-पत्ता है? आदमी है कम्मर सीधा रखो ने। हम आज तलक अपना कोई नियम-व्रत नहीं छोड़ा। असन्तोष कभी नहीं जाना। जो पाया उसमें ख़ुश रया। प्रार्थना से शान्ति पाया अने संस्कार से संकल्प। हमेरे घर में मीन्स सब जना बरोबर फस्ट क्लास रीत से धर्म-नियम का पालन करता है। लड़की का लड़की है, चार साल का, वह पन सूर्य को ऐसा माफिक चन्दन का छांटा मारता है। अपने संस्कार से रयेगा तो अपने में रयेगा, स्वस्थ रयेगा, नहीं बहुत मुश्किल हो जायेगा, लफड़ा हो जायेगा। ज़रूरी नहीं कि रेशमी पीताम्बर पहने अने टीला टपका लगाये, अने मन्दिर में जाकर घण्टियो बजाये। ये तो मन का चीज़ है, भीतरी सफाई की बात है। जो मन का है, जो आध्यात्म का है, जो उदारता का है, जो इहलोक अने परलोक दोनों का है, वही भारतीय है, असली है, बाकी सब वनस्पति ब्राण्ड है।"

कुमारी कुमकुम सूद पुराणी साहेब की इस पुरातनपन्थी भारतीयता की कायल नहीं। पत्रकारिता जगत की यह उभरती हुई प्रतिभा "राष्ट्रवाद" को एक संकुचित धारणा मानती है और इस विषय में एच.जी. वेल्स का हवाला देते हुए कहती है कि राष्ट्रवाद युद्ध का जन्मदाता है। आज जब संचारके चमत्कार से सीमाएँ मिट रही हैं, संसार सिमट रहा है, तब भारतीयता की बात करना कालक्षेप का उदाहरण प्रस्तुत करना होगा। बेबू साहब के मुकाबले में, कुमकुम जी देखने-सुनने में ज़्यादा भारतीय हैं लेकिन जहाँ बेबू साहब दसवीं तक पढ़ी हिन्दी से वार्तालाप में काम चला लेते हैं, वहाँ कुमकुम जी के लिए हिन्दी में विचार व्यक्त करना बहुत 'अनकम्फर्टेबल' हो जाता है। इस कमज़ोरी को वह तहेदिल से दूर करना चाहती हैं, लेकिन काम काफ़ी मुश्किल साबित हो रहा है। 'गोदान' पढ़ने बैठीं तो कुछ समझ में ही नहीं आया। तैराकी और टेनिस, हास्य साहित्य और कार्टून-काज, प्राचीन संगीत और आधुनिक चित्रकला, सिनेमा और समाजसेवा, सबमें समान रूप से श्रद्धा रखने वाली कुमकुम जी भारतीय मध्यवर्ग के उच्चतर और परिमार्जित खण्ड की प्रतिनिधि हैं। सादा मगर

महँगा लिबास, बहुत हलका-सा मेकअप, 'वेल, आइ सपोज, इट्स ए क्वेश्चन ऑव...' जैसे तकियाकलामों से भरा अन्दाज़े बयां, आपकी हर बात उस अति-परिष्कार की याद दिलाती है, जो अंग्रेज़ी में छपनेवाली भारतीय महिला पत्रिकाओं के कवर पर आये दिन साकार होता रहता है।

कुमकुम जी ने कहा, "अच्छी हिन्दी न आने का मुझे दुख है। मैं समझती हूँ, यह सब हमारी शिक्षा-व्यवस्था का कसूर है। मैं शुरू से कॉन्वेन्ट में पढ़ी हूँ। हिन्दी हमें सिखायी ज़रूर गयी, मगर बहुत मामूली-सी। मैं समझती हूँ, अपनी भाषा, अपनी परम्परा और अपने इतिहास का ज्ञान काफ़ी ज़रूरी है। परम्परा के बारे में मैं थोड़ा-बहुत जो भी जानती हूँ, वह मैंने अपनी दादी से सीखा। इतिहास तो ख़ैर मेरा ऑनर्स का विषय ही था। अपनी माटी को, अपनी जड़ों को जानना ज़रूरी है, मगर लकीर का फकीर बनना या परम्परा को लेकर आक्रामक रूप से अहंकारी बनना यह सब ठीक नहीं। देखिये न, राष्ट्रवाद और रूढ़िवाद में भेद कर पाना अकसर मुश्किल हो जाता है। मुझे याद है लाहौर की वह रात जिसमें रक्तपात हुआ, अग्निकाण्ड हुआ। आप भारतीयता की बात करते हैं। मैं समझती हूँ, बिल्कुल वैसे ही आग लगाने वाले और कत्ल करने वाले उन लोगों ने पाकिस्तानियत की बात सोची होगी। आज हमें वैज्ञानिक उपलब्धियों के सहारे सारी दुनिया के दुख-दर्द दूर करने हैं। एक संसार, एक सरकार के स्वप्न को साकार करना है। ऐसे में भारतीयता की दुहाई देना निरर्थक जान पड़ता है। मैं चाहूँगी कि हम विश्व नागरिक बनें, जहाँ जो अच्छा है उसे अपनायें, ज़्यादा से ज़्यादा आज़ाद वातावरण में रहें और उचित-अनुचित के बारे में विवेक से काम लें। पाश्चात्य देशों की कुछ बातें मुझे पसन्द नहीं, मसलन पारिवारिक जीवन का विघटन, तलाक, ताबड़तोड़ जीवन-यापन। लेकिन मैं नहीं समझती कि यह विज्ञान की देन है। यह देन, मेरे ख्याल से, समाज-व्यवस्था की है। कोशिश करने से यह दूर हो सकती है, सुख-शान्ति का संसार बसाया जा सकता है। मैंने इसीलिए पत्रकारिता का पेशा अपनाया है कि मैं ज़्यादा से ज़्यादा लोगों को पुराने भेदभाव भुलाकर, नयी ज़िन्दगी के लिए, नवनिर्माण के महान आन्दोलन के लिए, तैयार कर सकूँ। मैं चाहूँगी कि लोग ईमानदार, सदाचारी, कर्मठ और आशावान बनें। भारतीयता सीखें न सीखें, मानवीयता

ज़रूर सीख लें। मैंने गाँवों और शहरों का, गरीबों और अमीरों का, सबका जीवन देखा है। उनमें से किसी एक को भारतीय कहना संकुचित दृष्टि का परिचय देना है। हमें यह रोमाण्टिसिज्म त्यागना होगा। भावुकता भुला कर इस बौद्धिक युग के अनुरूप बनना होगा।"

डाक्यूमेण्टरी फ़िल्मों के कुशल डायरेक्टर और शौकिया चित्रकार **श्री गोविन्द सरैया** रूप विधा को महत्त्वपूर्ण मानते हैं और समझते हैं कि बगैर संस्कार के कोई संस्कृति नहीं हो सकती। जब तक रहन-सहन का एक ख़ास ढंग न हो, अनुशासन और आदर्श न हो, अच्छे और बुरे की कोई स्पष्ट और वस्तुपरक पहचान न हो, तब तक इनसान इनसान नहीं हो सकता। श्री सरैया के विचार से 'इनसानियत की भावना' ही भारतीयता की आत्मा है। वह बोले, "एक निश्चित जीवन-दर्शन है भारतीयता। यह दर्शन है, निःस्वार्थ और निस्संग का। 'कर्मण्येवाधिकारस्ते' वगैरह हमें-तुम्हें शायद महज शब्द-जाल मालूम होता हो, मगर हमारे देश में लाखों लोग इसे अन्तिम सत्य मानकर चले हैं और आज भी चल रहे हैं। यह कोई नियतिवाद का चक्कर नहीं, सुख-सन्तोष का कोई सस्ता साधन भी नहीं, सामर्थ्य और सीमा की सही पहचान है। जीवन की सच्चाई को ज्यों का त्यों स्वीकार कर सकने के साहस वाली बात है। मेरे पिता मेरे लिए भारतीयता के प्रतीक रहे हैं। आज 82 वर्ष की आयु में भी वह अपने धर्म-नियम का पूरा पालन करते हैं, अपना सब काम खुद करते हैं। उनमें जाने कहाँ से इतनी ताकत है कि काम करने में मैं उनकी बराबरी नहीं कर पाता। यह ताकत किसी विटामिन से नहीं मिली है, यह अनुशासन की, आत्मा की ताकत है, मैं तो ऐसा ही समझता हूँ। पिताजी एक रियासत में अच्छे नौकर थे। चाहते तो ख़ूब भोग-विलास कर सकते थे। पैसे की कभी कोई कमी नहीं रही। लेकिन उन्होंने सादा रहन-सहन और खान-पान कभी नहीं छोड़ा। पहनने को कुल तीन जोड़ा कपड़े। खुद धोना, इस्तरी करना और पहन लेना। आप उन्हें कंजूस नहीं कह सकते। उन्होंने जो कमाया, दूसरों को खुले हाथों से दिया। बात यह है भारतीयता में महत्त्व व्यक्ति का नहीं, व्यक्ति-धर्म का है। और यह व्यक्ति-धर्म पश्चिम की स्वार्थ और संग्रहवृत्ति से अछूता है। उन्होंने व्यक्तिगत आकांक्षा को सब कुछ माना

है, हमने मानवीय आदर्श को। मैं तो बरसों तक कनाडा, अमरीका और फ्रांस में रहा हूँ। वहाँ जितनी समृद्धि है, उससे दुगुना असन्तोष है। एक रैट रेस है, सफलता देवी की एक दम न लेने-देने वाली साधना है। इश्तहारबाजी है, कृत्रिम और अन्तहीन माँगें हैं। वह हायर-पर्चेज की सभ्यता है जिसमें हर आदमी अपनी हैसियत से ज़्यादा ख़र्च करता है। मैं कोई समाजशास्त्री या दार्शनिक नहीं, फिर भी मैं यही कहूँगा कि क्या ज़रूरत है, हम भी इस सारी कड़वाहट से होकर गुज़रें? क्यों न हम वक़्त रहते सँभलें? गरीबी से मुक्ति मिलनी चाहिए, ठीक है, कल-कारखाने होने चाहिए, यह भी ठीक है, लेकिन क्यों हम उनके साथ पश्चिम के गलत मूल्य भी सीने से चिपकायें? अपने प्रतिमानों की रक्षा का आन्दोलन हमें अपने घरों में शुरू करना चाहिए। परिवार हमारी जीवन-पद्धति का आधार है और हम उसकी रक्षा करें तो भारत के मूल स्वरूप की रक्षा हो सकेगी।"

इस घरेलू आन्दोलन में सरैया साहब अग्रणी हैं। विदेश-प्रवास के बावजूद आपका उस साहबियत से सरोकार नहीं, जो ख़याली पुलाव भी छुरी-काँटे से खाती है। घर का वातावरण ठेठ गुजराती ठाठ का है। डैडी, मम्मी, अंकल, टाटा जैसे शब्द यहाँ नहीं सुनाई पड़ते। सुबह शाम पूजा होती है जिसमें सारा परिवार शामिल होता है। सरैया साहब का कहना है—'यह सब दिखावा नहीं, मेरी मान्यताओं की अभिव्यक्ति है। बच्चे अपनी मरजी से पूजा में शामिल होते हैं। जिस दिन नहीं चाहेंगे, नहीं होंगे। कोई दबाव नहीं, हर तरह की छूट है। लेकिन साथ ही उन्हें अच्छे-बुरे की, सम्भव-असम्भव की पहचान बताने की कोशिश भी है। वह कहा है न, जिसे बदल सकते हो बदलो, जिसे न बदल सकते हो उसे मानो और इन दोनों में भेद कर सकने की कला जानो, बच्चों के लिए मेरा यही मूल मन्त्र है। मैं चाहता हूँ कि वे यह समझें कि आदमी जो कुछ करता है, वही महत्त्वपूर्ण है। वह उससे क्या पाता है, इसकी कोई अहमियत नहीं। यही भारतीयता है। इसी ने अजन्ता के चित्र बनाये। इसी ने गीता के श्लोक लिखे।"

"आपने देखा होगा कि भारत के पिछले ज़माने के कलाकार अपनी कृतियाँ छोड़ गये हैं, अपना नाम नहीं। आकांक्षा से वे अछूते थे। शिला मिली, छैनी से उसका संस्कार किया, थोड़ा-सा शिल्प, थोड़ा-सा सौन्दर्य रच

लिया कि देखनेवाला देखे और आनन्द पाये। किसने बनाया, क्यों बनाया, कब बनाया, यह सब दीगर और महत्त्वहीन समझा गया। हमारे संगीत में भी यही विशुद्ध साधनावाली बात रही। कुछ स्वर हैं, उन्हें सिद्ध कीजिए, उन्हें मिलाकर तरह-तरह के ध्वन्याकार दीजिए, सुनिये, सुनाइये और बस। कम्पोजर, कन्डक्टर, यह सब धूम-धड़ाका, टीमटाम हमारे यहाँ कभी नहीं रहा। पश्चिम का प्रतीक-शब्द चुस्ती-फुरती, स्मार्टनेस है, तो भारत का प्रतीक शब्द लगन, समर्पण, डेडिकेशन है। फ़िल्म कला? जी हाँ, उसका भी एक विशुद्ध भारतीय रूप हो सकता है। सत्यजीत राय की फ़िल्मों में किस कदर वह उभरा भी है। अगर विषय-वस्तु 'भारतीय' हो और फिर उसकी धारणा भी भारतीय ढंग से की जाये, तो निश्चय ही छवि-अंकन और सम्पादन के कुछ नये प्रतिमान सामने आयेंगे। अभी तो हमारी फ़िल्म कला विषय वस्तु में ही भारतीय नहीं, तो रूपविधा में कहाँ से भारतीय होने लगी! वही हीरोइन का 'विलन' द्वारा सताया जाना, वही हीरो का दौड़ा आना, वही समानान्तर सम्पादन!"

श्रीमती शुक्ला रुद्र भारतीयता के प्रश्न पर श्री गोविन्द सरैया से बहुत हद तक सहमत हैं। उनके पति स्टेट बैंक में बड़े अधिकारी हैं, स्वयं भी एक विज्ञापन एजेन्सो में कापी राइटर के पद पर काम करती हैं। ड्रामावॉइस और एनाउन्सर की हैसियत से आकाशवाणी से भी उनका काफ़ी सम्बन्ध रह चुका है। दिल्ली स्टेशन वाले उनकी आवाज़ की मिठास अभी भूले न होंगे। शुक्ला जी हिन्दी की विद्यार्थी रही हैं, हिन्दी में काफ़ी कुछ लिखती भी रहती है। हिन्दी बोलने में थोड़ा-सा, बहुत ही सुन्दर-सा, बंगालीपन झलक-झलक जाता है। विराम चिह्नों की जगह वह एक निःश्वासनुमा हँसी इस्तेमाल करती हैं—अ ह ह ह हा।

"जोशीजी, आप मेरा इण्टरव्यू लेने आ पँहुचे, ख़ूब! मैंने तो समझा था, मिलने आये हैं। मैं तो रेडियो स्टार भी नहीं बनी, इण्टरव्यू तो फ़िल्म स्टारों के लिए जाते हैं। फल लेने गयी थी बाज़ार, आपको बहुत इन्तज़ार तो नहीं करना पड़ा? ये मेरा कृतित्व—मल्लिका, शान्तनु, मालती। तीनों पढ़ने जाते हैं। इनके पिताजी? वह तो विदेश गये हुए हैं। मुझे भी जाना था, हो

नहीं सका। अकेली क्यों? बच्चे हैं, मैं खुद हूँ। क्या यह काफ़ी नहीं? पुराने ज़मानेवालों की तरह अबला नहीं कि डरूँ। नये ज़मानेवालों की तरह खुद से ऊबी हुई नहीं कि बेचैन होकर कुछ रोमांस ढूँढ़ती फिरूँ। मेरा विवाह? पति कहते हैं प्रेम-विवाह है। मैं कहती हूँ, ठहरायी हुई शादी है। दोनों के परिवार एक-दूसरे को जानते थे। मेरे पति कहते हैं कि उन्होंने अपनी पसन्द से शादी की है। राम जाने! रोमान्म-वोमान्स कुछ नहीं। अगर प्रेम-विवाह का मतलब लम्बी-चौड़ी कोर्टशीप हो, तो मैं उसके पक्ष में नहीं। जी हाँ, जानना ज़रूरी है, मगर जानने की कोई सीमा तो हो। अगर मेरी बिटियाँ ऐसी करेंगी? वह ऐसा क्यों करने लगीं? आख़िर अपने संस्कार मैंने उन्हें भी तो दिये हैं। अगर उनके बावजूद ऐसा करेंगी, तो मैं उन्हें समझाऊँगी, देखो बेटा...। अगर बेटा न माना, तो मैं कर ही क्या सकती हूँ। शादी दो प्राणियों के बीच ही नहीं, दो परिवारों के बीच होनी चाहिए। शादी परिवार के लिए है, रोमानपरवर सपनों में भीगे षोडषवर्षीय प्यार के लिए नहीं। आजकल के लोग आज़ादी ही आज़ादी पाना चाहते हैं, जिम्मेदारी नहीं। बच्चों को मैं जिम्मेदार और जागरूक नागरिक बनाना चाहती हूँ। ग़लती करते हैं, तो डाँटती भी हूँ। नहीं, मारती नहीं। डाँट तो मैं अपने पति को भी देती हूँ। हाँ, वह भी डाँटते हैं। इस हद तक स्त्री-पुरुष की समानता मुझे स्वीकार है। लकिन ब्रह्मा के विधान को झुठलाने की कोशिश करने वाली आ़धुनिक नारियों में से मैं नहीं। मैं नौकरी करती हूँ, तो इसलिए नहीं कि पति से बराबरी करूँ या दफ़्तर जाकर दिल बहला आया करूँ। मैं नौकरी इसीलिए करती हूँ कि मेरा परिवार ज़्यादा खुशहाल हो। नम्रता, शालीनता, सहनशीलता और सेवाभाव, महिलाओं के लिए यही भारतीयता है। किसी झूठीं तड़क-भड़क लिए, तितलीपन के लिए मैं इसे नहीं खोना चाहती।"

"जी हाँ तितलीपन बढ़ता जा रहा है। इसकी वजह? ऊब। कुछ करने को ही नहीं है। जो करने को है, यानी रोज़मर्रा के कामकाज, वह निहायत ही बेकार मालूम होते हैं आधुनिकाओं को। पिछले ज़माने की औरतें उन्हें ही काफ़ी समझ लेती थीं। तीज-त्योहार, शादी-सालगिरह। उसका कैलेण्डर कितना भरा-पूरा होता था न? आजकल की सारी शिक्षा, सारे मूल्य, हमारे मन में महत्त्वाकांक्षा जगाते हैं, बड़े ऊँचे सब्ज़बाग दिखाते हैं। अन्त में वही नून-तेल

लकड़ीवाला चक्कर ही मिलता है। इसी से ऊब होती है, छटपटाहट होती है, रसहीन रोमान्स होते हैं, जूह में कॉटेज रिजर्व करायी जाती है, कारें कहीं अँधेरे में पार्क कर दी जाती हैं। स्वाधीनता ठीक है, लेकिन उच्छृंखलता और स्वच्छन्दता में कोई फ़र्क़ भी तो है न? जी, मैं तो अपने घरमें नियम-बन्धन रखूँगी ही। बम्बई के पश्चिमी वातावरण के बीच होते हुए भी मेरा यह छोटा-सा फ्लैट नये ज़माने की रफ्तार से अछूता रहेगा। नदी का द्वीप? आप चाहे जो कह लीजिए। और...अरे वाह, मैं आपसे चाय के लिए पूछना तो भूल ही गयी! चलिए, तो अब चाय हो ही जाये!"

भारतीयता नेताओं की नज़र में

उस रात जब आख़िरकार मैंने नींद को न्यौता दिया, तो पलकों में कितने ही टूटे हुए, बिखरे हुए बिम्बों-प्रतिबिम्बों को कैद पाया। पिछले दो दिनों में बहुत कुछ देखा था, सुना था। सुबह पहले कमरा-साथी, जगत-चाचाजी तिरखा साहब के सप्तशती-पाठ के स्वर सुनकर आँख खुली—सर्व मंगल मांगल्ये शिवे सर्वार्थ साधिके...। मन ही मन मैंने दूसरा पद दुहराया—शरण्ये त्र्यम्बके गौरी नारायणी नमोस्तुते। यह पूर्वजों की वाणी थी। तभी बगलवाले कमरे से एक शोर उठा—“ओ बेबी माइन इफ आइ कुड ओनली पुट माई...” और मन ही मन मैंने आगे की पंक्ति दुहरायी—“आर्म्स एबाउट यू लाइफ बुड बी सो फाइन।” यह अनुजों की आवाज़ थी। मेरे स्वर पूर्वजों और अनुजों में समान रूप से खोये हुए थे। मेरी वाणी विरोधाभास की वाणी थी, या शायद समन्वय की। नहाकर मैंने अगरबत्ती जलायी और पूर्वजों की परम्परा निभाते हुए श्री महालक्ष्मी प्रीत्यर्थे मध्यम चरित्र-पाठ शुरू किया। कुछ देर बाद बगल के कमरेवालों को श्री मनोरंजनार्थ ट्रांजिस्टर-श्रवण की सूझी। तेजस्तेनजायात तन्मुखम् और चश्मेबद्दूर ओवरलैप होने लगे। यह सहअस्तित्व पहले हास्यास्पद और अन्ततः असम्भव हो चला। ट्रांजिस्टर बन्द होने के इन्तज़ार में मैं सेलिग हैरिसन की ‘इण्डिया द डेन्जर्स डिकेड्स’ पढ़ने लगा जिसमें कहा गया है कि भारत की एकता भ्रम है; भारत में जितनी पीढ़ियाँ, जातियाँ और प्रान्त हैं, उतने ही राष्ट्र हैं। इस बारे में कुछ विचार कर रहा था कि ‘सारिका’ से फोन आया कि इण्टरव्यू की किस्त जल्दी भेजिये। विचार की दुनिया छोड़कर मैं व्यवहार की दुनिया में जा पहुँचा। अँगुलियाँ फोन का डायल घुमाने लगीं। एनगेज्ड, नो रिप्लाई और अगर कभी गलती से उत्तर

मिल भी गया तो बहुत ही निराशाजनक—पाटिल साहब जयपुर कांग्रेस के सम्बन्ध में बहुत व्यस्त हैं, कामरेड डांगे दिल्ली गये हुए हैं, रविशंकर अभी विदेश से लौटे नहीं, हेब्बार किसी कान्फरेन्स में गये हुए हैं। हर क्षेत्र के नेतागण व्यस्त हैं। ज़िन्दगी बहुत तेज़, बहुत पेचीदा हो गयी है। वे दिन गये जब बुज़ुर्गवार वटवृक्ष तले इतमीनान से बैठे हुए दुनिया-जहान की बातें करने को तैयार रहते थे। आज हर कोई अपने सीमित क्षेत्र का विशेषज्ञ है; हर किसी का अपना एक निश्चित धन्धा है। कमरे में लौटा, तो देखा कि श्रीमान बगलवाले टाई की नॉट जल्दी-जल्दी बाँधते हुए कुमारी सामनेवाली पर उड़ती-उड़ती निगाहें डाल रहे हैं। नज़र मिलाने के लिए समय नहीं। नीचे गया, तो देखा कि लड़कों के दो दलों में झगड़ा हुआ है; एक लड़के का सिर फूट गया है। मैंने पाया कि बस पकड़ने के लिए दौड़ती भीड़ के साथ मैं भी इस दृश्य पर एक निगाह डालकर आगे चला जा रहा हूँ। न्याय कराने के लिए समय नहीं।

मोहन स्टूडियोज में सार्वजनीन दुर्गापूजा की धूम थी। वृद्धाएँ महिषासुर मर्दिनी की प्रतिमा के आगे नतमस्तक खड़ी थीं और नवोढ़ाएँ अन्यमनस्क भाव से साड़ियों के पल्लू गिराते-सम्हालते हुए यह जिज्ञासा कर रही थीं कि वेराइटी प्रोग्राम में फ़िल्म स्टार और गायक सचमुच आयेंगे क्या? तभी उन्हें आश्वस्त करने के लिए **हेमन्त कुमार** आ पहुँचे। हेमन्त कुमार की सूरत और सीरत, दोनों समय से अछूती रही हैं। बीस साल पहले रवीन्द्रगान से ख्याति प्राप्त करनेवाले नवयुवक गायक हेमन्त और 'बीस साल बाद' बनाने वाले सफल फ़िल्म-निर्माता हेमन्त में कोई अन्तर नहीं है। वही धोती-कमीज का अनोखा कॉम्बिनेशन, वही चप्पल, चश्मा और पीछे को सँवारे हुए केश। वही सरसता, सहृदयता (हेमन्त का घर आज भी कलाकारों के लिए धर्मशाला है)। ऊँचे कद और बड़े नाम के बावजूद वही विनम्रता। कुछ बदला है, तो सिगरेट का ब्राण्ड। इस ब्राण्ड का ज़ायक़ा लेते हुए पत्रकार ने कहा, "भारतीयता क्या है, इस बारे में आपकी राय जानना चाहता था।"

"तुम लोग मेरा मज़ाक़ उड़वाना चाहते हो क्या? मैं कोई दार्शनिक हूँ जो इस विषय पर विचार प्रकट करूँ? और मेरे विचारों का महत्त्व क्या है?

लोग ताने देंगे—गाने गा गाने, यह विचार-फिचार तेरे नहीं चाहिए हमें। तुम पत्रकार अजीब-से सवाल लेकर आते हो। मैं जवाब क्या दूँ और क्यों दूँ? हमारी क्या कद्र है? हमें पूछता कौन है? सरकार? जनता? कौन? हमारी ज़रूरत है सिर्फ़ मनोरजंन के लिए, ज्ञानवर्धन के लिए नहीं। तो मैं अब स्टेज पर जाता हूँ।"

हेमन्त स्टेज पर गये। उन्होंने चार गीत सुनाये। जनता ने उनकी कद्र की, उनकी यानी हेमन्त की, लेकिन शायद हेमन्त कहें कि उनकी यानी गीतों की। ख़ैर, वह जब लौटे, तो मैंने कहा, "गायक, संगीतकार और लोकगीत-विशेषज्ञ के रूप में आपका एक विशिष्ट स्थान है। संगीत के सन्दर्भ में आप भारतीयता के बारे में विचार प्रकट कर सकते हैं।"

चाय का प्याला एक घूँट में ख़त्म करके हेमन्त बोले, "नहीं बिल्कुल नहीं। मैं किसी बात का विशेषज्ञ नहीं। बंगाल सरकार ने मुझसे एक बार बालोपयोगी संगीत पुस्तकें लिखने के लिए कहा था। मैंने मना कर दिया। क्या मालूम मैं कुछ गलत लिख जाऊँ और हज़ारों बच्चों की संगीत की बुनियाद ही गलत हो जाये। किसी और ने वे पुस्तकें निश्चय ही लिख दी होंगी। विनम्रता का मर्ज अपने देश में बहुत कम है। फ़िल्मी और लोकप्रिय संगीत के बारे में मैं कुछ नहीं कहना चाहता अलावा इसके कि जो कान को अच्छा सुनाई दे, वही अच्छा है। फ़िल्मों के बारे में भी मैं कुछ नहीं कहना चाहता अलावा इसके कि जो चल जाये, वही अच्छी है। आज की परिस्थिति में यही सच्चे उत्तर हैं। सिद्धान्तों से, लम्बी-चौड़ी बातों से कोई फ़र्क़ नहीं पड़ता। मेरे विचार और आपका कॉलम, दोनों ही स्थिति में कोई परिवर्तन नहीं कर सकते।" यह कहकर हेमन्त चल दिये। नयी ब्राण्ड की सिगरेट का कश खींचते हुए पत्रकार ने सोचा, ऐसी भी जल्दी क्या! फिर सोचा, मुमकिन है, हवाई जहाज पकड़ना हो। हेमन्त दा सबसे ज़्यादा हवाई सफ़र करने का इनाम पा चुके हैं, बम्बई से कलकत्ता, कलकत्ता से बम्बई। फ़िल्में बनती हैं, धुनें बनती हैं और किसी के विचारों का उन पर कोई असर नहीं पड़ता। कला भी व्यवसाय है। स्टूडियोज के सार्वजनिक फोन से मैंने कई और महानुभावों के नम्बर मिलाये और दूसरे दिन के लिए कुछ एपाइन्टमेन्ट लेकर गेस्ट हाउस लौटा। लिफ्ट से निकला, तो बगल के कमरे वाले बन्धु

मिले। उनसे पूछा—"चाचाजी कहाँ हैं?" उन्होंने बताया कि चाचाजी कमरे में ही है और मंकी चैप्स (बन्दरों) वाली बुक पढ़ रहे हैं। कमरे में जाकर देखा, चाचाजी के हाथ में रामायण थी।

जब मैंने यह क़िस्सा, भूतपूर्व सूचना तथा प्रसारण मंत्री **श्री बेजुवाड़ा गोपाल रेड्डी** को सुनाया, तो वह मुसकरा दिये और बोले, "चलो, वह इतना तो जानता है कि रामायण में बन्दरों का कहीं कोई जिक्र है! कुछ उमर बढ़ेगी, अनुभव होगा ज़माने का, तो शायद यह जानने की भी ज़रूरत समझने लगेगा कि वे मंकी चैप्स कौन थे, क्या थे? जवानी को आधुनिकता प्यारी है। अवज्ञा का उसके लिए विशेष आकर्षण है। इसीलिए आजकल के लड़के-लड़कियाँ अपने पाश्चात्यीकरण का इतने जोरशोर से प्रदर्शन करते हैं। उमर के साथ उनमें परम्परा के प्रति अनुराग अपने आप जागेगा। खान-पान, रहन-सहन, लिबास, आचार-व्यवहार का परिवर्तन महत्त्वपूर्ण दिखता भले ही हो, वास्तव में महत्त्वपूर्ण नहीं। तंग मोहरी की पतलून पहन लेने से ही भारतीयता समाप्त हो जाती हो, तो भारतीयता बहुत ही नाजुक-सी कोई चीज़ होगी। आधुनिक रहन-सहन अपनाने वालों को हम क्यों दोष दें? क्या हमने अपने समय में आधुनिक समझा जानेवाला रहन-सहन नहीं अपनाया था? मेरी पीढ़ी के दक्षिण भारतीयों ने अपने पुरखों की तरह लुंगी-धोती तो पहनी, लेकिन उनकी तरह लम्बी मोटी शिखा कहाँ रखी?" बाहर टेलीफोन बज उठा। रेड्डी साहब से एक फ़िल्म-निर्माता बात करना चाहते थे। रेड्डी साहब उनसे मुखातिब हुए और मैं कमरे की सजावट पर ग़ौर करने लगा—नक्काशीदार लकड़ी की कुरसियाँ, विशालकाय झाड़फानूस, भारी गलीचे दो-एक कांस्य प्रतिमाएँ और विक्टोरिया युग की याद ताजा करने वाली इन तमाम चीज़ों के बीच एक नये फ़ैशन का सोफा सेट। मलबर हिल्स की यह हवेली, जिसमें रेड्डी साहब ठहरे हुए थे, महारानी के राज में बम्बई की शान रही होगी। लेकिन आज यह ओनरशिप फ्लैट्सवाली ऊँची-ऊँची इमारतों से घिरी-दबी थी। हवेली का परिवेश बदल गया है और शायद उसके साथ हवेली में रहने वालों का परिप्रेक्ष्य भी। तभी रेड्डी साहब ने फोन रखा और जैसे मेरे मन की बात ताड़ते हुए कहा "मेरे मेज़बान जैन व्यवसायी हैं। यहाँ भी नयी पीढ़ी पुरानी

पीढ़ी से कुछ भिन्न नज़र आती है, लेकिन पुरानी पीढ़ी की तरह वह भी मूलतः जैन है, व्यवसायी है। युगधर्म और सनातन धर्म में भेद करना ज़रूरी है। आज हमारा देश और हमारा देश ही क्यों, सारा संसार संक्रान्ति के दौर से गुज़र रहा है। परिवर्तन सदा से होते आये हैं, मगर आज उनकी गति बहुत ही तीव्र हो गयी है। इसीलिए कुछ लोग घबरा उठते हैं और कहते हैं कि भारतीयता समाप्त हो रही है। मगर यह एक भ्रान्ति है। यह भी सवाल उठता है कि भारतीयता से हमारा तात्पर्य क्या है, उसके कौन से तत्त्व ऐसे हैं, जो मात्र बाह्याडम्बर के हैं और कौन-से तत्त्व ऐसे हैं, जो उसकी आत्मा के हैं? क्या है जिसे हमें छोड़ना है? क्या है जिसे बनाये रखना है?"

रेड्डी साहब खामोश हो गये। सोफे की पीठ पर सिर टिकाकर उन्होंने आँखें मूँद लीं। फिर बोलना शुरू करते हुए उन्होंने हाथ से संकेत किया कि लिखते जाइये। कामा, स्टाप, पैरा वाले अन्दाज़ में डिक्टेशन देते हुए उन्होंने कहा, "गरीबी, पिछड़ेपन और रूढ़ियों से हमें कोई लगाव नहीं हो सकता। अपने देश को वैज्ञानिक प्रगति के पथ पर आगे बढ़ाना चाहते हैं। विराट औद्योगीकरण अनिवार्य है। मात्र खेतिहर अर्थव्यवस्था से हमारा देश सुखी और समद्ध नहीं बन सकता। औद्योगिक अर्थव्यवस्था में हमारे मूल्य और प्रतिमान निश्चय ही बदलेंगे। यह परिवर्तन न रोका जा सकता है, न रोका जाना चाहिए। कल तक पुराण और कर्मकाण्ड का महत्त्व था, तो आज उद्योग और विज्ञान का है। आपका पड़ोसी रामायण नहीं जानता मगर शायद रेडियो ऐक्टिविटी जानता होगा और यही जानकारी उसके लिए, युग के लिए ज़्यादा आवश्यक है। वह जात-पाँत और छुआछूत भी नहीं जानता, अन्धविश्वास से वह अपरिचित है। वह समय के अनुसार बदला है, अन्य लोगों को भी बदलना पड़ेगा। जाति-व्यवस्था हमारी एकता को आँच पहुँचाती रही है। इसका प्राचीन वर्णव्यवस्था से कोई सम्बन्ध नहीं। यह महज एक गुटबन्दी होकर रह गयी है। आधुनिकता का आग्रह जात-पाँत और अस्पृश्यता को बिल्कुल मिटा दे, तो मुझे बहुत खुशी होगी। तथाकथित अछूत और पिछड़ वर्ग देश में बहुसंख्यक हैं। उन्हें समाज में बराबरी के दर्जे से वंचित रखना बहुत ही गलत बात है।

"इसका मतलब यह नहीं कि मैं समस्त प्राचीन व्यवस्था के ख़िलाफ़ हूँ।

मेरा यही कहना है कि लकीर के फकीर बने रहने से काम नहीं चलेगा। अतीत की दुहाई देकर वर्तमान और भविष्य का अनदेखा नहीं किया जा सकता। हमारी सभ्यता महलों की नहीं, आश्रमों की सभ्यता रही है। राजा-महाराजा हमारे यहाँ भी हुए, लेकिन उन्हें भी ऋषियों-मुनियों ने अनुशासित किया, सद्मार्ग दिखाया। हमने महाराज की सत्ता के सामने डर से शीश नवाया तो, महर्षि की महीमा के सामने हम श्रद्धा से नतमस्तक हुए। त्यागी, तपस्वी और ज्ञानीजनों में श्रद्धा की यह परम्परा अच्छी है। इसे बनाये रखा जाना चाहिए। संन्यास का आदर समृद्धि की आकांक्षा को सन्तुलित रखे।

"भारतीयता का दूसरा गुण है सहिष्णुता। इसे भी हमें बनाये रखना और बढ़ाना होगा। भारत धर्मों का धाम है। किसी और देश में इतने धर्मों के लोग इतनी स्वाधीनता और सहयोग से नहीं रह पाये हैं। हमारा संविधान धर्मनिरपेक्ष है। हम नहीं चाहते कि हमारे देश में किसी एक धर्म को प्रमुखता मिले, मगर हम यह निश्चय ही चाहते हैं कि सभी लोग धार्मिक हों, नीति-नियम से रहें। जिस सहिष्णुता की हम चर्चा कर रहे हैं, वह उदारता पर, समन्वय करने के गुण पर आधारित है। पुरखों का यह गुण हमें नहीं छोड़ना चाहिए। विविधता में एकता देखनी चहिए। हर धर्म, हर प्रान्त, हर भाषा को फलने-फूलने का पूरा अवसर मिलना चाहिए। हमारी भाषाएँ समृद्ध हैं, सांस्कृतिक कार्यों के लिए उनका पूरा-पूरा उपयोग होना चाहिए। हिन्दी को अन्य भारतीय भाषाओं से कुछ ऊँचा दर्जा मिलना चाहिए और सब राजनीतिक और प्रशासनिक कार्यों में उसका उपयोग किया जाना चाहिए। मेरे विचार से तो राज्य विधानमण्डलों में भी हिन्दी का उपयोग करना अच्छा होगा। लेकिन यह परिवर्तन क्रमशः होना चाहिए। अंग्रेज़ी का स्थान फ़ौरन हिन्दी को दे देना न सम्भव है, न वांछनीय।

'इलस्ट्रेटेड वीकली आफ इण्डिया' के सम्पादक **श्री अवधानम् सीतारामन रेड्डी** साहब के जितने समन्वयवादी तो ज़रूर हैं, लेकिन उनके जितने आशावादी नहीं। नयी पीढ़ी के पाश्चात्यीकरण को आप चिन्ता का विषय मानते हैं—"आज देश में जो कुछ हो रहा है, उसे देखकर मुझे दुःख होता है। हर देश का अपना एक निश्चित व्यक्तित्व होता है। यह व्यक्तित्व सामाजिक

या आर्थिक या धार्मिक तन्त्र से निर्दिष्ट नहीं होता। उसका एक अपना अलग अस्तित्व होता है और वह परम्परा का अभिन्न अंग होता है। आज हमें अपने देश के उस व्यक्तित्व को भुला रहे हैं। भारत में ही भारतीयता प्रधान पद से हट रही है। भारतीयता शब्दों से अभिव्यक्त करने की नहीं, मन से अनुभव करने की वस्तु है। आज अगर उसके स्वरूप के विषय में प्रश्न उठाया जा रहा है, तो इसका मतलब यही है कि हमने उसकी सहज अनुभूति खो दी है। भारतीयता हमारे मन प्राण में समायी हुई है और हम चाहे कितनी ही कोशिश क्यों न कर लें, कभी भी पूरे और सच्चे मानों में पश्चिमी नहीं बन सकते। राइन और सीन के किनारे खड़े होकर भी हमें गंगा-यमुना की याद आकर रहेगी। अंग्रेज़ी या अंग्रेज़ियत से हमारी भारतीयता समाप्त नहीं हो सकती।"

श्री रामन कहते गये—"हमारे कलाकार, साहित्यकार और दूसरे बुद्धिजीवी पश्चिम के अन्धानुकरण में जुटे हैं। नकल करके वे अपनी धुरीहीनता का, खोखलेपन का परिचय दे रहे हैं। उनका कृतित्व एक भद्दे कैरीकेचर, एक भोंड़ी पैरोडी का दर्जा रखता है। देश की परम्परा-परिस्थिति, माटी और जड़ों से अनभिज्ञ रहकर कला-सृजन करना प्रगति नहीं, प्रगति का परिहास है। ल कूरबुजिये जैसा महान वास्तुकार भी अपने पश्चिमी प्रतिमानों को भारतीय नींव पर खड़ा नहीं कर सका। उसके द्वारा परिकल्पित चण्डीगढ़ एक प्रतीक है उस अनर्थ का जिसे देश-काल से हटी हुई कला जन्म देती है। ल कूरबुजिये तो ख़ैर एक चण्डीगढ़ बनाकर चला गया, लेकिन हमारे पाश्चात्य-प्रभावित कलाकार शब्दों और रंगों से नित नये जो चण्डीगढ़ खड़े कर रहे हैं, हमें उनकी चिन्ता करनी चाहिए। कला ही नहीं, ज्ञान-विज्ञान के हर क्षेत्र में हम जितने ही भारतीय होंगे, उतने ही सच्चे मानों में प्रगतिशील होंगे। हमारे वैज्ञानिकों, इंजीनियरों, अर्थशास्त्रियों सबको देश की विशेष परिस्थितियों के, विशिष्ट व्यक्ति के सन्दर्भ में चिन्तन और सृजन करना चाहिए। मैं आधुनिकता या औद्योगीकरण का विरोधी नहीं, मैं विनोबाजी की जैसी आत्यन्तिक विचारधारा का पक्षधर नहीं, मैं तो सिर्फ़ इतना कहता हूँ कि काल का आग्रह समझने में हम देश का आग्रह न भुला बैठें। मैं समझता हूँ कि औद्योगिक अर्थव्यवस्था और हमारे आध्यात्मिक आदर्शों का

सहअस्तित्व सम्भव है, सम्भव ही नहीं, वांछनीय भी है। जिस भारतीयता को कितने ही आक्रमण, युद्ध और विदेशी शासन समाप्त नहीं कर पाये, उसे कोई भी कैसी भी व्यवस्था जड़ से उखाड़ नहीं सकती। इतिहास हमारी साँसों में बसा है। पूर्वजों की परम्परा हमारी रगों में दौड़ती है। धर्म, भाषा और संस्कृति के प्रति हमारा अनुराग, हमारी आस्था, कभी चुक नहीं सकती। बाह्य रूप पहले भी बदला है, आज भी बदल रहा है, लेकिन हमारी आत्मा बदल नहीं सकती। आधुनिक कला के इस युग में भी घरेलू अल्पना का स्थान बना हुआ है। हमारे यहाँ बाल डांसिंग और बैले के चन्द फैन हैं तो कथकलि और भरतनाट्यम् के भक्त असंख्यक हैं। धर्मनिरपेक्षता के तमाम नारों के बावजूद मन्दिरों में, तीर्थस्थानों में, कुम्भ मेलों में आज भी जबरदस्त भीड़ होती है, आज भी लोग धर्म के नाम पर मरने-मारने को तैयार हो जाते हैं। नया और पुराना, प्रगति और परम्परा, पाश्चात्य और प्राच्य, सभी आज के भारत में आसान रूप से विद्यमान हैं। अगर हम इनमें विरोधाभास ही देखते रहेंगे, तो देश दिशाहीन हो जायेगा। हमें मध्यमार्ग खोजना होगा। हमें समन्वय का सिद्धान्त अपनाना होगा। हमें आधुनिकता को भारतीयता के अनुरूप बनाना होगा। हमें विज्ञान के परिवेश में अपना विशिष्ट व्यक्तित्व उभारना होगा। अगर ऐसा नहीं किया गया—और मैं देखता हूँ कि आज ऐसा नहीं किया जा रहा है—तो हमारा भविष्य अन्धकारमय हो जायेगा। अगर हम भारतीय न रहे, तो भारत किसी भी क्षेत्र में, किसी भी स्तर पर, भारत नहीं रह जायेगा।

मराठी के वयोवृद्ध साहित्यकार, संसद सदस्य **मामा वरेरकर** भी भारतीयता के पक्षधर हैं, लेकिन वे समझते हैं कि भारतीयता को ख़तरा पश्चिम से प्रभावित कलाकारों से नहीं, अंग्रेज़ी और अंग्रेज़ियत से आक्रान्त देशी साहब लोगों से है। मामा साहब से जब मैं उनके बम्बई निवास में मिलने पहुँचा तो, वह लेटे हुए थे। उन्होंने बताया कि दिल्ली में सख्त बीमार हो गये, अस्पताल में रहने और आक्सीजन लेने की ज़रूरत पड़ी। बीमारी के दो ही लक्षण वह बम्बई साथ लाये थे—खाँसी की उपस्थिति और बीड़ियों की अनुपस्थिति। बीमारी के बावजूद चेहरे पर वही आभा थी। वाणी में वही

ओज था। अंग्रेज़ियत की भर्त्सना करने के लिए मामा साहब खटिया छोड़ बैठे और बोले, "तुम लिखो कि मामा कहता है, जब तक भारत से अंग्रेज़ी नहीं जायेगी तब तक भारत भारतीय नहीं हो सकेगा। आज हमारे देश में दफ़्तरशाही लोकशाही का गला घोंट रही हैं। राजकाज आई.सी.एस. और उसकी औलाद के हाथ में है। बड़ी से बड़ी योजना, अच्छे से अच्छा सिद्धान्त यहाँ फ़ाइलों में कहीं खो जाता है। अधिकांश मन्त्रिगण अच्छे प्रशासक नहीं हैं, उन्हें बस सेक्रेटरी के ड्राफ्ट पर दस्तखत करना आता है। यह देखो! मामा साहब कुर्सी पर बैठ गये और उन्होंने अपने बैग से कुछ कागजात निकाल कर मुझे दिये। किन्हीं मन्त्री महोदय के नाम मामा साहब की शिकायती चिट्ठी और उसका विशुद्ध दफ़्तरी शैली में लिखा हुआ जवाब—ऐसा है मगर ऐसा नहीं है, इसलिए शिकायतें निराधार हैं, दिलचस्पी लेने के लिए धन्यवाद। मामा साहब बोले, "इस जवाब में मन्त्री महोदय का योगदान हस्ताक्षर तक सीमित है। जब मैंने उन्हें अपना मूल पत्र और उसमें उद्धृत अकाट्य तथ्य दिखाये, तो बोले कि मैं देखूँगा, मुझे तो मन्त्रालय से जो मालूमात हासिल हुई, मैंने लिख भेजी। यह भी ख़ूब रही! इन्हीं हरकतों से देश में सिनिसिज्म फैलता है। गुलामी के वर्षों में जी हुजूरी और 'समरथ को नहिं दोष गुसाईं' का इतना बोलबाला रहा कि हम कायर हो गयें। अंग्रेज़ी और अंग्रेज़ियत का ऐसा आडम्बर रचा गया कि हम अपनी भाषा, अपनी संस्कृति के प्रति अनास्थावान हो बैठे। हीनभावना हममें कूट-कूटकर भरी गयी। आज़ादी भी हमने लड़कर या क्रान्ति से नहीं पायी। राष्ट्रवाद का जो थोड़ा बहुत जोश था, वह पिछली पीढ़ी के साथ समाप्त हो रहा है। बयालीस के बाद के कांग्रेसियों और पुराने आई.सी. एसों का कुनबा पनप रहा है। 'सब चलता है, कुछ नहीं बदला जा सकता,' ऐसा सोचने-समझनेवाली हीनभावना और कायरता आज हममें शायद पहले से ज़्यादा है।

"इसके लिए मैं काले साहबों और उनकी लाड़ली अंग्रेज़ी को जिम्मेदार ठहराता हूँ। जो लोग रात-दिन लोगों के मन में अपनी ही भाषा के प्रति अश्रद्धा और अविश्वास जगाते फिरते हों, जो यह कहते हुए नहीं थकते हों कि भारतीय भाषाओं में वैज्ञानिक और प्रशासनिक काम नहीं हो सकेगा, उन लोगों की भारतीयता सन्दिग्ध है। जो अपनी भाषा को हीन ठहराता है

वह उसी अनुपात से अपने देश को हीन ठहराता है। अंग्रेज़ी हटवाओ, यह गुलामी की भाषा है, यह भेदभाव की भाषा है, यह वह भाषा है जो गाँव के किसान को गँवार और शहर के बाबू को साहब बनाती है। इस भाषा से लोकतन्त्र नहीं चल सकता। अंग्रेजी की जगह हिन्दी को दी जाये और फ़ौरन दी जाये। एक अनुरोध और हिन्दी को अंग्रेज़ी के अनुवाद की, गोलमोल बात बनाने की भाषा न बनाया जाये। लोकतन्त्र में जिसे जो कुछ कहना हो साफ़ कहे, 'एक्टिव कन्सीडरेशन', 'बीइंग लुक्ड इण्ट', 'हाउएवर' यह सब बहुत हो चुका। हमें छिपाने की भाषा नहीं चाहिए, बताने की भाषा चाहिए। हिन्दी के विरोधी दक्षिण भारतीय नहीं, बंगाली हैं। पता नहीं, उन्हें क्या हो गया है! उन्हें अपनी बँगला पर इस कदर नाज है, उन्हें अपनी अंग्रेज़ी से इतना अनुराग है कि अन्य कोई भाषा उन्हें भाषा ही नहीं लगती! साहित्य अकादमी बंगला की साठ पुस्तकों का अन्य भाषाओं में अनुवाद करा चुकी है। अन्य भाषाओं की सिर्फ़ दो पुस्तकों का—वह भी बहुत मुश्किल से—वह बंगला में अनुवाद करवा पायी है। कोई बंगाली ख़ुद दूसरी भाषा सीखकर उससे अपनी भाषा में अनुवाद करने के लिए तैयार नहीं। कोई दूसरा अपनी भाषा, उनकी भाषा में अनुवाद करे, यह बंगालियों को स्वीकार नहीं। मेरे एक उपन्यास का एक बंगलाभाषी मराठी ने बंगला में अनुवाद किया, तो प्रकाशक महोदय का यह आग्रह रहा कि लेखक को नहीं तो अनुवादक को तो कोई बंगाली नाम दे ही दिया जाये। कमाल है! आख़िर मामा भी, 'मैंन ऑफ लेटर्स' रहा है इसी नाते सही कि उसने जवानी में डाकखाने में नौकरी की है। यारो, कुछ तो...!" तभी मराठी कवि अनन्त काणकर, कहानीकार पद्माकर डावरे और अभिनेता दत्ताराम आ गये। "या! या!" का नारा बुलन्द करते हुए, मामा साहब उस बंगाली प्रकाशक और इस हिन्दी पत्रकार को भूल गये।

अब तक मैं जिन महानुभावों से मिला था, वे सब जन्मजात भारतीय थे। मैंने सोचा, अन्त में किसी ऐसे व्यक्ति से मिलना चाहिए जिसने विदेशी होते हुए भी भारत और भारतीयता को अपनाया हो। इसीलिए मैं **श्रीमती सोफिया वाडिया** से मिलने थियोसोफिकल सोसायटी के दफ़्तर गया। श्रीमती

वाडिया जन्मना स्वीजरलैण्ड की हैं। आपकी शिक्षा-दीक्षा पेरिस, न्यूयार्क और लन्दन में हुई। आध्यात्मिकता का आकर्षण आपको भारत खींच लाया। आप थियोसोफिकल सोसायटी की कार्यकर्त्री बनीं। आप इण्डियन इन्स्टीट्यूट आफ वर्ल्ड कलचर की संस्थापिका और अध्यक्षा हैं, 'आर्यन पाथ' और 'द इण्डियन पी.ई.एन.' इन दो पत्रिकाओं की सम्पादिका हैं। इसके अतिरिरक्त आप शिक्षा, समाज-सुधार और सांस्कृतिक कार्यकलाप में भी अग्रणी रही हैं और इस नाते 'पद्मभूषण' से विभूषित की गयी हैं।

जिस वक़्त मैं श्री राजेन्द्र अवस्थी के साथ श्रीमती वाडिया से मिलने पहुँचा, वह 'आर्यन पाथ' के सम्पादन में व्यस्त थीं। क़ागज़ों को एक किनारे करके वह बोलीं, "तो इण्टरव्यू लिया जायेगा! हैं? फोटोग्राफर, रिपोर्टर, उपसम्पादक सभी मौजूद हैं! ऐसा भारी क्या इण्टरव्यू है?" श्रीमती वाडिया मुसकुरा दीं। पतले से ओंठ, तीखे नाक-नक्श, गोरा-चिट्टा रंग, छोटी-छोटी मगर चमकती आँखें, गालों पर चर्बी या झुर्री का नाम नहीं। बासठ वर्ष, देखने के बावजूद स्वस्थ, सौम्य और सहृदय। चेहरे पर ताजगी, आँखों में कुतूहल। हमारी सारी बातचीत उनसे अंग्रेज़ी में हुई।

श्रीमती वाडिया ने कहा, "जन्मना भारतीय न होने से मेरी स्थिति आप लोगों से कुछ भिन्न है। इस स्थिति में कुछ बुराइयाँ हैं तो अच्छाइयाँ भी हैं। मैं प्रान्तीयता जैसी उन प्रवृत्तियों से अछूती रह सकी हूँ जो आज भारत की एकता को ख़तरे में डाल रही हैं। यहाँ लोग अपने को पहले गुजराती, मराठी...आदि कहलाना चाहते हैं, फिर भारतीय, मैं एकदम भारतीय हूँ। व्यक्ति की तरह राष्ट्र की भी एक काया होती है, मानस होता है, आत्मा होती है। मुझे भारत की आत्मा आकर्षित करती है। इसी को मैं अपनी माता मानती हूँ। भारत की काया में बहुत कुछ ऐसा है जो अस्वस्थ है, जिसका उपचार अपेक्षित है। भारत के मानस में भी बहुत कुछ ऐसा है जो रूढ़िग्रस्त है, जिसे बदला जाना चाहिए लेकिन भारत की आत्मा सनातन है और रहेगी। जैसे व्यक्ति की आत्मा पूर्व जन्मों के संस्कारों के सम्मिश्रण से बनती है, वैसे ही राष्ट्र की आत्मा उसके इतिहास और दर्शन से अनुशासित होती है। हम देखते हैं कि भारत ही दुनिया का एकमात्र ऐसा देश है जिसके इतिहास की धारा कभी टूटी नहीं है। यही एक ऐसा देश है जहाँ प्रचीन सभ्यता की

परम्परा बराबर चलती चली आयी है। अन्य सभी प्राचीन सभ्यताएँ विस्मृति में दब चुकी हैं। भारत की इसी आत्मा की रक्षा करना भारत की सन्तान का कर्तव्य है।

"हमारी आज हालत यह है कि हमारे पास एक उत्तम औषधि रखी है, मगर हम उसका सेवन नहीं करते। गहन आस्था का भण्डार भरा है, मगर हम उसे नहीं खोलते। अपनी परम्परा और भौतिक प्रगति का समन्वय कर सकने की योजना हम लगभग छोड़ बैठे हैं। निराश होने से कोई सिद्धि नहीं हो सकती। बगैर चले किसी भी मंज़िल पर नहीं पहुँचा जा सकता। आवश्यकता इस बात की है कि हम स्वस्थ हों, अपने में स्थित रहें, अपराजेय मानवीयता को पहचानें, आशावान और आस्थावान बनें। लोग आज समझौते की ओर, सुविधा की ओर बढ़ रहे हैं, फल की चिन्ता न करते हुए कर्मरत होने का सिद्धान्त उन्होंने छोड़ दिया है। बातें हमारे देश में बड़ी-बड़ी बनायी जाती हैं, पुरखों की जयन्तियाँ भी धूमधाम से मनायी जाती हैं, लेकिन पुरखों के पदचिह्नों पर कोई चलना नहीं चाहता। हम बनावट छोड़ें, ढोंग छोड़ें, कुछ करें, कुछ हों।" श्रीमती सोफिया वाडिया की वाणी में ओज था और हर बात वह पूरी आस्था और विश्वास के साथ कह रही थीं। इस देश की पुरातन संस्कृति, सभ्यता और उसकी गहन मान्यताएँ ही उन्हें यहाँ खींच लायीं और इस पर उन्हें नाज है। वह कहती हैं—''मुझसे बड़ा भारतीय और कौन होगा? मैंने उसके उसूलों को समझा है और अपने जीवन में उतारने की कोशिश की है।" श्रीमती वाडिया 'आर्यन पाथ' द्वारा इसी का प्रचार विदेशों में भी कर रही हैं। जब हम अपनी बात पूरी कर चुके, तो बड़े स्नेह से उठकर उन्होंने हाथ जोड़े और कहा, "अब आगे आप देख लीजिए।"

जब मैं घर लौट रहा था, रास्ते में एक इण्टेलेक्चुएल मिल गये। उन्हेंने इण्टरव्यू की बात सुनी, तो बोले, "तुमने इस सिलसिले में कई क्लिशेज सुने होंगे आज। जाते-जाते एक क्लिशे मेरा भी सुन जाओ—भारत क्लिशेज और कॉम्प्रोमाइज का (पिटे-पिटाये सूक्तों और समझौतों) का देश है। तो उस रात जब मैं सोने लगा, मैंने सोचा भारतीयता आख़िर है क्या? और मुझे उत्तर मिला—वह एक पहेली है; बहुत ही दिलचस्प, बहुत ही दुखदायी।

साहब, बीवी और बच्चे

इसे इश्तहार न समझा जाये, मगर यह इण्टरव्यूकार हर आम व ख़ास पर ज़ाहिर किया चाहता है कि वह एक अरसे से अविवाहित है। इस क्रानिक कुँवारेपन के कारण कई हैं। कुछ तो माशा अल्लाह सूरत और सीरत ही वह पायी है कि हर सम्भावित सास अपने पतिदेव से यही उवाचे–"के जी इससे तो अपनी बिटिया हनुमानजी के मन्दिर में न चढ़ा आयें?" फिर तमाम पारिवारिक और आर्थिक कारण भी हैं। नून-तेल-लकड़ीवाली बातें, जिनका जिक्र करना बेकार है। कुछ कारण बौद्धिक और आध्यात्मिक किस्म के भी हैं, जिनके चलते प्रेम-विवाह और ठहराऊ विवाह, भृगु संहिता और फ्रायड संहिता, मथुरा और माथेरान सब गड्डमड्ड हुए जाते हैं, एक ऐसा काढ़ा बना जाता है जो हलक तले उतारे नहीं उतरता। राबर्ट लुई स्टीवेन्सन ने कहीं कहा है कि आज का इनसान ज़िन्दगी से इतना डरता है कि उसे न विवाह करने की हिम्मत होती है, न क्वाँरा रहने की। बस वही हाल अपना है। इण्टरव्यूकार की इस इण्टर-व्यू (अन्तर-झाँकी) से आप समझ जायेंगे कि आख़िर उसे इस बार दूसरों के घरों में ताक-झाँक करने की क्या सूझी? जी हाँ, जब अभिभावकों से विवाह सम्बन्धी अल्टीमेटम मिला, तो बक़लम ख़ुद इण्टरव्यू के बहाने यह जानने के लिए निकला कि जिन्होंने गाय बजाय के काठ में पाँव दे ही दिया है, उनके क्या हाल हैं?

सबसे पहले वह पहुँचा **नीलकण्ठ तिवारी** की मिजाजपुरसी के लिए। तिवारी जी अन्यतम कवि और अनुभवी पति हैं। आपने अपनी 'भावना के फूल' बरसाकर बड़े-बड़े 'कवि सम्मैदान' मारे हैं, मगर घरेलू मैदान में आप उन्नीस रहे हैं। पत्नी के सामने आपको 'भावना की भूल' माननी

पड़ी है। यह सूचना स्वयं तिवारीजी के एक लेख से मिली जिसमें उन्होंने श्रीमती-सम्मुख निज स्थिति का वर्णन करते हुए भीगी हुई बिल्लियों और उनके दुम हिलाते हुए भाई-बन्दों का स्मरण किया है। सौभाग्यवती **रमादेवी तिवारी** से साक्षात्कार होने पर प्रमाणित हुआ कि तिवारी जी पद्य में ही नहीं, गद्य में भी अतिशयोक्ति का अच्छा उपयोग कर लेते हैं। रमाजी बहुत ही सौम्य और स्नेहमयी निकलीं। उनके हाव-भाव में, उनकी बातचीत में कहीं भी तानाशाही नज़र नहीं आयी, ताना-शाही अलबत्ता ज़रूर दिखायी दी। तिवारी-परिवार ताड़देव में एक बड़े-से क़मरे में रहता है। कमरा तब का है जब तिवारीजी अकेले थे। 1944 में दुकेले हुए तो बड़ा मकान लेने की सोचने लगे। तबसे जो सोचना शुरू किया है, तो आज भी सोच ही रहे हैं। कमरा एक ही सही, रमाजी के गृह-कौशल ने उसमें से पूरा फ्लैट निकाल डाला है। कविवर अपनी गिरस्तन पत्नी की यूँ दाद देते हैं—"भई, मैं तो बिलकुल अव्यावहारिक हूँ। मेरा सौभाग्य कि मुझे इतनी व्यवहारकुशल पत्नी मिली है। ये हैं बहुत सख्त मिजाज़, नियन्त्रण पूरा रखनेवाली। इसीलिए कभी लड़ाई हो जाती है, लेकिन वही हिसाब है कि लड़े और फिर मना लिया।"

रमाजी उस वक़्त पानदान से मुखातिब थीं। मेंहदी-रंगे पाँवों से लेकर पान-रचे दाँतों तक, बिछुओं से लेकर बड़ी-सी बिन्दी तक, क़स्बाती घरवाली की तसवीर पेश कर रही थीं। चाँदी की तश्तरी में करीने से चुनी हुई गिलौरियाँ पेश करते हुए बोलीं—"जो गलती करे, उसे ही मनाना पड़ता है, है न भाई साहब! इत्ते दिन यह फ़िल्मों में गीतकार रहे, ज़रा पूछिये इनसे, कहाँ गयी वह कमायी? कित्तों का काम मुफ्त में किया है इन्होंने, उसका कुछ हिसाब ही नहीं। और जान न पहचानवाले मेहमान यहाँ कैसे महीनों तक पड़े रहे हैं, वह भी इनसे ही पूछिये। दो-एक साल तक तो मैं चुपचाप देखती रही। फिर मैंने सोचा, ऐसे तो यह घर चल लिया। इनसे कह दिया कि घर मुझे सौंपिये और आप अपनी अकल कविता में लगाइये। उधार बन्द, मुफ्त काम बन्द, जबरदस्ती के मेहमान बन्द। आपको हिचक होती होगी, तो मैं भगा दूँगी। और मैंने भगा भी दिया, भाई साहब। ये कठोरता कहें, कुछ कहें, मेरे इसी गुण की बदौलत यह गिरस्ती चल रही है। भाई साहब, बीच में एक

बार महीनों तक हमारा हाथ तंग रहा। यह मेरी ही हिम्मत थी कि इनकी सुख-सुविधा में, बच्चों के लालन-पालन में किसी तरह की कोई कमी नहीं आने पायी। इन्हें हमने कुछ बताया भी नहीं। बताते तो कवि महाराज सिर पर हाथ धरकर बैठ जाते, रोने लगते। इनका रोना, इनका रूठना, कित्ते नखरे हैं इनके और कहते हैं, मनाना इन्हें पड़ता है! ज़रा सी मर्जी पूरी न हो, तो ऐसे मुँह फुलाके बैठे जाते हैं, ऐसे।"

तिवारीजी का मूड शायरना से सूफियाना हुआ जा रहा था। मैंने बात बदली—"आपकी शादी, ठहरायी हुई है या—" तिवारीजी ने जवाब दिया—"पुराने ढंग की शादी है, मित्र। प्रेम-प्रेम ये आजकल के नौजवानों के धन्धे हैं। हालाँकि मैं फ़िल्म लाइन में था, जवान था, दिखता भी अच्छा था, कवि के रूप में नाम भी ख़ूब था मेरा, लेकिन ऐसी-वैसी बातों की ओर कभी तबीयत गयी नहीं। संस्कार कह लो, हिम्मत की कमी कह लो, इस रास्ते में पड़ा नहीं। जो भी पैसा कमाया, उससे परिवार की जिम्मेदारियाँ निभायीं। जब उन जिम्मेदारियों से मुक्त हुआ, तो अपनी शादी की चिन्ता की। कान्यकुब्जों की पत्रिका में विज्ञापन दिया। लिखा कि मैं दहेज़ नहीं लूँगा और सीधे-सादे ढंग से शादी करूँगा। मज़ा यह कि दहेज न देने को सब तैयार, सीधी-सादी शादी करने को कोई तैयार नहीं। फिर एक जान-पहचानवाले थे जिन्होंने इनके पिता को मेरे बारे में बताया और मुझे इनके बारे में। यह प्रेम-विवाह न सही, इसमें जीवन बहुत ही प्रेमपूर्वक बीत रहा है। यह जो भी करती हैं, मेरी भलाई के लिए करती हैं।"

"देर से समझे, दुरुस्त समझे!"—रमाजी ने एक और बीड़ा दाँतों के सुपुर्द करते हुए कहा—"भाई साहब, हम भी बहुत सुखी हैं इनके साथ। बस एक शिकायत बची है—रात को नींद से जगाते हैं कि कविता पूरी हो गयी, सुनो। मेरा ऐसा है कि एक बार नींद उचट जाये तो फिर आँख लगती नहीं। इनका तो कवि सम्मेलन और हमारा रतजगा! बस यही मुसीबत है, बाकी सुख ही सुख है। दरअसल यह शादी मेरी मनपसन्द शादी है। तप, जप, उपवास, त्रास क्या नहीं किया मैंने इन्हें पाने के लिए! हुआ यों भाई साहब कि जब मैंने दसवीं पास कर ली तो गुजराती और कान्यकुब्ज दोनों तरह के वर मेरे लिए चुने गये, मगर मुझे एक पसन्द नहीं।

कान्यकुब्जों के वातावरण से मुझे नफरत, गुजरातियों से कोई लगाव नहीं। मुझे चाहिए था कोई ऐसा जो कान्यकुब्ज भी हो, नये विचारोंवाला भी हो, मेरी तरह बम्बई राज्य में रहने वाला भी हो और कवि भी हो तो सोने में सुहागा। तभी एक पत्रिका के दीवाली अंक में देखा तिवारीजी विराजमान हैं और कह रहे हैं कि 'पन्थी मत पूछो इतिहास'। इतिहास पूछने के लिए मैं उतावली। ये जो बाम्बे टाकीज के गीतकार तिवारी हैं, कान्यकुब्ज हैं क्या? अविवाहित हैं क्या? कैसे मालूम हो? मैंने झुँझलाकर पत्रिका दुछत्ती में फेंक दी। लेकिन मन में वह मूरत वैसी ही रही। यही मनाती कि शादी हो तो इससे हो। फिर एक दिन सुनायी पड़ा, कोई पिताजी से कह रहा है लड़का कान्यकुब्ज है, कवि है, बम्बई में फ़िल्मी गीत लिखता है। मगर पिताजी ने इस प्रस्ताव की ओर ख़ास ध्यान नहीं दिया। कहीं और भी मेरे लिए बात चल रही थी। मैंने माँ से कहा, उन्होंने पिताजी से। पिताजी बोले—इसे क्या मालूम लड़का कैसा है? माँ बोली—इसने देखा है। पिताजी तो भड़क उठे। कहाँ देखा? कैसे देखा? फिर उन्हें दिखायी पत्रिका में छपी हुई फोटो। उन्होंने सारा हाल पढ़ा। बम्बई जाकर ख़ुद इन्हें देख आये। फिर ये हमारे यहाँ तशरीफ लाये। मुझसे कहा गया कि मैं चाय नाश्ता देने जाऊँ। गयी साहब। अब ये क्या पूछते हैं—मैं पसन्द हूँ तुम्हें? मैं कुछ नहीं बोली, मगर मेरी आँखें बोल गयीं। मैं भाग आयी। फिर जाने क्या हुआ कि देर तक मैं रोती भी रही, हँसती भी रही। एक अजीब-सी ख़ुशी। वही ख़ुशी आज तक कायम है। छोटी-सी गिरस्ती, छोटा-सा परिवार, अनुराधा एफ.ए. में है, एस.एस.सी. में फर्स्ट कलास में पास हुई। इसे हम एम.एड. करायेंगे। निर्मला दसवीं में है। सबसे छोटा हिमांशु पाँचवीं में पढ़ता है। मशीनों में बहुत मन रमता है इसका। इसे इंजीनियरी पढ़ायेंगें। अपनी तो कहिये, कब शादी कर रहे हैं?

मैं कुछ इतना घबराया कि जवाब देने की बजाय विदा ले बैठा।

तिवारीजी के घर से जब गेस्ट हाउस लौटा, तो 'लिफ्ट नाट वर्किंग' का नोटिस मनहूसियत बिखेर रहा था। छठी मंज़िल की ओर चढ़ने लगा, तो देखा, **ठाकोर साहेब** भी जीने से 'मुझे जीने दो' कहते हुए अपने फ्लैट

की ओर बढ़े जा रहे हैं। ठाकोर साहेब एक निहायत ही दुबली-पतली-सी कमज़ोर-सी शख्सियत रखते हैं। सिर पर बाल बहुत कम हैं और वे भी अधपके हैं। लम्बोतरे चेहरे पर चश्मे के पीछे से झाँकती हुई उनकी आँखें जितनी शान्त हैं, उतनी ही क्लान्त भी। ठाकोर-परिवार मेरा पड़ोसी है। एक अरसे तक मैं उनसे यह बम्बइया रीत अपनाते आया कि पड़ोस में रहना, न बोलना, न चालना। फिर एक दिन सबेरे एक परिचित का फोन आया—'तुम्हारे पड़ोस में एक मिस्टर ठाकोर बोलके रहते हैं, उनको ज़रा ख़बर करो तो कि उनके बड़े भाई का तबीयत जास्ती खराब है।' इस तरह ठाकोर-परिवार से पहली बार बातचीत हुई। गेस्ट हाउस के एक साथी ने, जो शौक़िया जासूस की हैसियत रखते हैं, मुझे यह सूचना दी कि ठाकोर साहब का अपना ओनरशिप फ्लैट है, उन्होंने प्रेम-विवाह किया है, प्रेम की ख़ातिर अफ्रीका में अपना अच्छा बिजनेस छोड़ा है। ठाकोर साहेब और उनकी पत्नी **इन्दिरा** की उम्र, हैसियत, स्वभाव सबमें बहुत अन्तर है। उम्र में फ़र्क़ जो भी हो, वह इसलिए कुछ ज़्यादा मालूम होता है कि ठाकोर साहेब जितने कृशकाय हैं, ठाकोराइन उतनी ही स्थूलकाय हैं; ठाकुर साहेब के पिचके गालों पर अनुभव की गम्भीरता अंकित है, तो ठाकोराइन के फूले गालों पर बच्चों का जैसा कुतूहल फूल उठा है। आते-जाते अकसर ठाकोर-ठाकोराइन और उनके दो बच्चों से मुलाकात होने लगी। हमेशा मैंने इस परिवार को बहुत ही प्रसन्नचित्त देखा। प्रसन्नता का फार्मूला यह कि बोलने का जिम्मा ठाकोराइन का, मुसकराते रहने का जिम्मा ठाकोर साहेब का। ठाकोर-परिवार से मेरी बातचीत दुआ-सलाम तक सीमित रही। लेकिन आज 'क्यों मज़े में?' की बजाय मैं यह कह बैठा—"आपसे इण्टरव्यू लेना है।" ठाकोर साहेब बोले—"भीतर आओ नी। कइसा माफक इण्टरव्यू हम समझा नहीं।" व्यापारी-सुलभ सावधानी से उन्होंने इण्टरव्यू की हर पेचीदगी पेशगी में ले ली और फिर कहा—"भई मेरे कूं तो एइसा बातां बोलना समझ पड़ता नहीं। वाइफ से पूछो, वो बराबर आपको बतायेगा।"

सौभाग्यवती इन्दिरा ठाकोर ने अपना बयान शुरू किया—"हमेरे शादी बनाये को नो एक साल होया। ठाकोर साब हे इदर का ही, भड़ोच का, पन उधर इस्ट अफ्रीका, नैरोबी में बस गिया। साल-छः महीने में बोलो इधर

आता नेम से। एक सहेली था समझो हमेरी जो इनको जानता था। वही हमारा इन्हों से दोस्ती बनवा दिया। तब सर्विस करती थी स्कूल में। मेट्रिक बाद ट्रेनिंग लिया बच्चों को पढ़ाने का, ओ लोग का माणस केसा होता है उसका नया पद्धत सीखा। हाँ, मोन्टिसेरी। चार साल की थी तब फादर गुज़र गिया। मदर गुज़रे ते बिस साल होया। नौकरी करना समझो ज़रूरी था के। वेसे भी में एतनी एक्टिव होती कि घर में घुस्या रया नहीं जाता था। अब तो समझो हमेरा साइलेंस लाइफ चलता है। तब में ख़ूब खेलती-कूदती पण थी–बेडमिन्टन अने स्वीमिंग अने बास्केट बाल सब कुछ में बरोबर हिस्सा लिया। कांग्रेस सेवा-दल में भी गिया। हैण्डीक्रैफ्ट अने गर्लगाइड अने सोशल वर्क सब सीखा। लेजिम-लाठी सब चलाया। एक राइफिल रह गिया होता। अक्खा इण्डिया में कांग्रेसवाला हमेरे को जानता होता। एक्टिव लाइफ होता, तो समझो बहुत लोगों से मिला, अनाथ लड़की होता तो समझो झूठा हमदर्दी दिखाने अने प्रेम जतानेवाला पण बहुत मिला। लेकिन ठाकोर साब हम पहला आदमी देखा जो कहो सिरियस अने सिन्सियर होता। एक महीने में हम नक्की किया कि शादी बनाने का तो एक-दूसरे से नहीं तो जिनगीभर कुँवारा रहने का। फ़र्क़ बहुत था हमेरे में। नहीं उमिर का तो ऐसा जास्ती नहीं, लगभग सात एक साल। जात का हाँ? वह पण था, मेरी बनिया है, इनकी ब्रह्मक्षत्री, आधा ब्राह्मण, आधा क्षत्रिय, प्रताप के वंश का है। पहले होता पण प्रताप सरीखा, बहुत माने स्मार्ट, खपसूरत में खपसूरत होता। अभी तो तबीयत बरोबर नहीं रहता, गैस का ट्रबुल जास्ती है इनको। इसलिए दुबला हो गिया है। अच्छा जाड़-तगड़ा होता। जातपात का फ़र्क़ से समझो कोई गड़बड़ नहीं होता। इनका फैमली में कई भाई दूसरा जातमें, दूसरा देश में पण शादी किया होता। वह फ़र्क़ क्या था कि मेरे को अफ्रीका जाना पसन्न नहीं, इन्हों को बम्बई आना पसन्न नहीं। सहेली मुलाकात कराया। पीछे बरोबर हम दोनों जना एक-दूसरे से मिलता रया। चिट्ठी वह पण लिखा लेकिन बहुत कमती। समझो महीना दो महीना में एक। ये भी लिखने में सुस्त होता, चलो किसी को पण बुरा नहीं लगिया। फिर दस साल बाद इन्हों उदर अफ्रीका में अपना बिजनिस बन्द किया, इदर बम्बई में मोटर टूल्स का धन्धा लिया और मेरे से शादी बनाया। लव मेरिज था समझो, मगर भाई ने

अच्छे रीत से बनाके दिया, हम कोरट में गिया नहीं। दस बरस का कोर्टशिप में हम एक-दूसरे को समझ गया, समझो। मेरा मिजाज़ ज़रा तेज है, गुस्सा आता है नाइन्टी नाइन परसेन्ट। इन्हों का मिजाज़ बहुत शान्त है। इन्हों के प्रभाव में मैं मेरे को काफ़ी बदल लिया है।"

ठाकोर साहेब ने टोका—"कुछ नहीं बदला। वह समझो जैसा औरतों का होता है न, जिद करना, वही इनका भी है। मेरा स्वभाव काम्प्रोमाइजिंग है, खिटखिट पसन्न नहीं है, इसलिए हर बार कह देता हूँ—चल, जैसा चाहे, वैसा कर। इनका और हमारा नेचर में बहुत फर्का है। होना भी चाहिए। उनके बिना मैरिड़ लाइफ में मज़ा कइसा होये? कुछ शोख कामन भी हमारा। म्यूजिक का, पिक्चर देखने का। हम सितार सीखता था, ये तबला। अभी बच्चा छोटा है, लड़की हिना साढ़े चार और लड़का चेतन पौने दो बरस का। इसलिए सब छोड़ दिया है। ये बड़ा होगा तो फिर शुरू करेगा। मेरा वाइफ बहुत अच्छा कम्पनी है मेरे लिए। खान-पान और बच्चों की परवरिश का बाबत मेरी सब बात मानता है।"

ठाकोराइन बोली—"कपड़े के बारे में पण हमेरा टेस्ट एक माफिक है। बच्चों को? अभी तो छोटा है, क्या कहे। पण मेरा मन है कि लड़की डाक्टर बने, लड़का बालिस्टर। इन दोन धन्धा में सेवा पण है, पैसा पण है। आमदनी और ख़र्च का हिसाब? ये आप ठाकोर साब से पूछो।"

ठाकोर साहब हँसते हुए बोले—"आप अख़बार से आया है कि इनकम टैक्स दफ़्तर से?" फिर उन्होंने सहसा बात बदली—"कुछ चाय-माय बनाओ नी।"

वार्डन रोड आलीशान फ्लैट से अब चलिए कोलाबा काजवे के पिछवाड़े की चाल में। यहाँ रहते हैं **श्री विश्वनाथ गायकवाड़**, जिनका इनकम टैक्सवालों से कोई सरोकार नहीं। दफ़्तर में चौथे वर्ग के अधिकारी हैं और मोहल्ले में विश्वनाथ कला-मन्दिर के संचालक। इनकी अपनी भजन और नाटक मण्डली है। भजन और नाटक गायकवाड़ स्वयं लिखते हैं। अब तक आप कोई आधा दर्जन कृतियों से फुटपाथ-साहित्य की श्रीवृद्धि कर चुके हैं। वाड़, बुलबुल तरंग और हारमोनियम, तबला और ढोलक, सभी कुछ बजा लेते हैं। मराठी

नौटंकी 'तमाशा' के आप बहुत बड़े कद्रदां और जानकार हैं। आपका कहना है—"जवानी में बहुत से ऐसे-वैसे फेलों में था। अब बस यही एक सौख बच रहा है। और तमाशा भी मैं अब सौख के लिए नहीं देखता, आइडिया लेने को देखता हूँ। मंच पद्धत यह सब देखना मंगता है न। शादी? शादी हुए, यही कोई सोलह साल हो गये। जात हमारा इनका एक है, लेकिन मेरिज लव से हुआ है। हम लोग दोनों कोलाबा के म्यूनिसिपल स्कूल में पढ़ते थे। इन्होंने छः क्लास बाद छोड़ा, मैंने आठ क्लास बाद। दो-तीन गली छोड़कर इनका घर था। इनकी अदाएँ देखकर मैं फिदा था। लेकिन ये मुझको हाथ नहीं रखने देती थीं। इससे मेरा यह निश्चय और भी बढ़ गया कि शादी करना तो इन्हीं से करना। मैं ज़रा छैला किस्म का था। छोकरी लोग बहुत मरती थीं मुझपर। लेकिन सब चालू माल पाया। इतनी जल्दी तैयार कि मेरे मन में औरत के लिए कोई इज्ज़त नहीं रही। फिर इन्हें देखा जो बात ही नहीं करती, बस कनखियों से देखभर लेती है। घर से सीधे स्कूल, स्कूल से सीधे घर। दूसरी छोकरियों की तरह इधर-उधर फिरने वाली कोई बात नहीं। इनसे शादी की बात करूँ तो कैसे? इन्होंने तो मौन धारण कर रखा था। एक सहेली थी इनकी। एक दिन उसे बुलाकर इनके नाम चिट्ठी दे दी। लिखा—"सुन्दर बाई तुम बहुत सुन्दर हो। मुझे तुमसे मोहब्बत हो गयी है।" सुन्दर बाई जो अब तक चुपचाप बैठी थीं, सहसा बोलीं—"कुछ शर्म करना माँगता है! कुछ सोचना माँगता है!"

गायकवाड़ बोले—"मैं लेखक हूँ, जानता हूँ कि ऐसी आइडियावाली चीज़ के बगैर जोशी साहब अच्छा लिख नहीं सकेंगे। इन्होंने पूछा—आप मुझसे शादी बनाओगे क्या? अपने माँ-बाप को मना लोगे क्या? मैंने जवाब भेजा—तेरे लिए हम सितारे तोड़ लायेंगे। इनका बाप था नहीं, माँ आया थी, एक छोटा भाई था। मैं इनके घर की भी खोज-ख़बर रखने लगा। इन्हें दूसरे-तीसरे दिन शाम को घुमाने ले जाता। जब इनकी माँ ने देखा, हम हद से बाहर हो गये हैं, तब वह मेरे माँ-बाप से मिलने आयी। हमारे माँ-बाप को पढ़ी-लिखी लड़की पसन्द नहीं थी। चाहते थे गाँव से बहू लाएँ। लेकिन मैंने भी जिद पकड़ ली, तो शादी हुई और उसमें सभी जन शरीक हुए। इनके असर से मैंने सब बुरी आदतें छोड़ दीं। चार घण्टा इधर के

उधर हो जायें तो ये बेचैन होकर रोने लग जाती थीं। इतना सच्चा प्यार पाकर मैं बहुत ख़ुश हुआ और घर-संसार में पूरी तरह रम गया। इन्होंने ही मुझे संसार चलाने की तरकीब बतायी। इतनी छोटी-सी तनखाह में हमारा संसार राजी-ख़ुशी से चलता है। भाड़ा है, खाना-पीना है, कपड़ा-लत्ता है, हारी-बीमारी है, बच्चों की पढ़ाई सब किसी तरह ये कर लेती हैं। कभी कोई शिकायत की बात इनसे नहीं सुनी। मैं कितना ही गुस्सा हुआ, ये शान्त रहीं। अब मैं भी शान्त हो गया हूँ। कर्मयोगी। गीता पढ़ता हूँ। साधुओं की संगत करता हूँ। मैं आल इण्डिया साधु सम्मेलन में गया। बद्रीनाथ और शिरडी की यात्रा की मैंने। साईं बाबा के लिए पहले से ही भक्तिभाव है। यह शादी भी आप उनकी ही करायी हुई समझिये। साईं बाबा ने मुझे सपने में दर्शन दिये थे और कहा था—"देख विश्वनाथ, जो अपनी ज़िन्दगी सुधारना चाहे तो अपने स्कूल की **सुन्दरबाई** से शादी कर ले। तो साईं बाबा की दया से हम सुखी हैं। चार बच्चे हैं—शशिकला दस साल, रजनीकान्त आठ साल, शोभ पाँच साल और शरद तीन साल। आगे मालिक की मरजी। बड़े दोनों स्कूल जाते हैं। शशिकला बहुत हुशियार है, बावन बच्ची में पहला नम्बर इसने पाया है। वजीफा लेती है। इसे हम टीचर बनवायेंगे। औरों का भगवान जानें। हम गरीब लोग हैं साहब, हमारा सब उसके हाथ है।"

कोलाबा की चाल से अब चलिए दादर के एक मध्यमवर्गीय मकान में। दुमंज़िला इमारत—नाम कुकड़े हाउस। इसके मालिक हैं **श्रीमान पुरुषोतम कुकड़े**, सिने-जगत के पुराने और जाने-माने कैमरामैन। मैट्रिक तक पढ़कर आप 1926 में बम्बई आये और इधर-उधर भटकने के बाद 1928 में नवनीत फ़िल्म कम्पनी में एसिस्टैण्ट कैमरामैन हो गये। तब से लेकर आज तक की आपकी निजी कहानी में बम्बइया इन्डस्ट्री का सारा इतिहास आ जाता है। आप सौ से ज़्यादा फ़िल्मों के छायाकार और दो फ़िल्मों के निर्माता रह चुके हैं। 'भरत मिलाप', 'रामराज्य', 'विक्रमादित्य', 'शादी की रात' जैसी फ़िल्मों का छायांकन आपने किया है। इधर आपका ज़्यादा समय प्रकाश स्टूडियोज की कामगार सोसाइटी के संचालन और फ़िल्म-निर्माण में गया है। जब

साहब, बीवी और बच्चे

मैं कुकड़े हाउस पहुँचा, तो पुरुषोत्तम जी बाहर गये हुए थे। मेरे प्रश्नों के उत्तर में सौभाग्यवती **रमाबाई कुकड़े** ने कहा—"हम दोनों जन नासिक के हैं। लेकिन इन्हें मैंने शादी के पहले कभी नहीं देखा था। मेरे बाप-माँ थे नहीं। मराटी मिडिल करके मैं घर में बैठी थी। मेरा भाई मैट्रिक परीक्षा के लिए इधर आये, उधर ही पहचान हुए, शादी ठहरी। पच्चीस साल हो गये उस बात को। झगड़ा? जास्ती हमारा ऐसा एक-दूसरे से मतलब नहीं कि झगड़ा हो। हमारा उम्र में, स्वभाव में हर बात में बहुत फ़र्क़ है। इनको शादी सिनेमा से किया है। रात-दिन वहीं। इनको अपना बड़ा आदमी बनने का धुन रहा, घर से कोई मतलब नहीं। मैं सिनेमा में काम करना चाहती थी इन्होंने करने नहीं दिया। पता नहीं क्या सोचा। आज पैसे की ज़रूरत है, तो मैं छोटा-मोटा काम करने जाती हूँ। तब जाती, तो हीरोइन बन जाती। बड़ी लड़की नेत्रा है, उसने इस वर्ष मैट्रिक पास हो गयी। उसे सिनेमा स्टार बनाने का है। डांसिंग, ड्रामा सब सीखती है। 'सुखाचा सावल्या' पिक्चर में थोड़ा-सा काम किया। उसके लिए भी इन यही कहते कि शादी कर दो। हम सब लोग काम करते। छोटी लड़की रतन दोन ट्यूशन करती। एस.एस. सी. में है। इसे हम डाक्टर बनायेंगे। छोटा गोपीनाथ है, इसे कला का भी सौख है, इंजीनियरी का भी। इसे आर्क्टिकचर सिखायेंगे। ये भी फ़िल्म में छोटा-मोटा काम करता। मकान अपना है। पहला माला भाड़ोतरी कों दिया है। भाड़े से पिचहत्तर रुपया मिलता है। कैसे ही ख़र्च पूरा करते। अब तो यही है कि नेत्रा बड़ी एक्ट्रेस हो जाये, तो, काम चले, दूसरे बच्चों की अच्छी पढ़ाई-लिखाई हो सके।"

इतने में ही एक नाटक मण्डली, कुकड़े हाउस में रिहर्सल करने आ पहुँची। हीरोइन थी नेत्रा कुकड़े। बाल कोल्हटकर का नाटक 'एकहा द्याचे नशीब' रिहर्स किया जाने लगा। ऐन थियेटरी अन्दाज़ में संवाद चीखे जाने लगे। शोर-शराबे में इण्टरव्यू अधूरी ही रह गयी। रमाबाई चाय बनाने चली गयीं। रतन और गोपीनाथ शोर-शराबे के बावजूद अपनी पढ़ाई-लिखाई में डूबे रहे। हम लोग जिस कमरे में बैठे थे, उसकी हर चीज़ शमशेर की एक कविता का शीर्षक याद दिला रही थी—'टूटी हुई बिखरी हुई।' रमाबाई ने कहा—'बस बच्चों का है, ये सम्हल जायें, अच्छा पोजिशन पायें।"

जिस वक़्त वह यह कह रही थीं, काला चश्मा पहने हुए एक प्रोड्यूसरनुमा इनसान आ पहुँचे और बगैर किसी अभिवादन के सोफे पर जा बैठे। उनके पीछे-पीछे दो आदमी और आये जिनकी बातचीत से यह मालूम हुआ कि यह भी फ़िल्मों में दखल रखते हैं। रमाबाई ने पान का बीड़ा मेरी ओर बढ़ाया और कहा–"मेरी कोई बात कभी सुनी नहीं इन्होंने। कोई स्कोप नहीं दिया आगे बढ़ने का। मेरी बेटी एक्ट्रेस हो जाये, तो ज़िन्दगी कुछ बने।" तभी श्री पुरुषोत्तम कुकड़े ने कमरे में प्रवेश किया। आते ही वह प्रोड्यूसरनुमा प्राणी से उलझ गये। मैंने उनसे इण्टरव्यू की बात छेड़ी, तो उन्होंने सिनेजगत में अपनी गतिविधियों का इतिहास सुनाना शुरू किया। बोले–"मै हिन्दी में पिक्चर प्रोड्यूस करने की सोच रहा हूँ। आजकल प्रादेशिक भाषाओं की पिक्चर का मार्केट नहीं रहा। बड़ी पिक्चर बनाने के लिए बजट भी बड़ा चाहिए। इसी धुन में हूँ।"

मैंने घरेलू जीवन की बात छेड़ी तो उन्होंने कहो, "मेरा घर-संसार बहुत सुखी है। शुरू में मेरी वाइफ मेरी स्टूडियो लाइफ की वजह से नाराज़ हो जाती थी। लेकिन बाद में समझ गयी। आप जानते हैं फ़िल्म का धन्धा ही ऐसा है कि घरबार की ओर ज़्यादा ध्यान देने की फुरसत ही नहीं मिल पाती। कई बार रात को खाने के लिए आना मुश्किल हो जाता है। नहीं, पत्नी से मेरा और कोई झगड़ा नहीं होता। कभी ख़र्च के बारे में मतभेद हो जाता है। मैं कहता हूँ, किफायत से चलना चाहिए। पैसे की तंगी? कोई नहीं। मेरे पास काफ़ी है। बच्चे काम करते हैं तो शौक से। अपने जेबख़र्च के लिए। ऐसी कमाई से कहीं घर चलता है? पत्नी? अच्छी है। कुछ क्रेक माइण्ड ज़रूर है, लेकिन दिल की साफ़ है। गुस्सा होती और फिर ठण्डी पड़ जाती है। झगड़ा भूल जाती है। बच्चे? बच्चों से मैं खुश हूँ। लेकिन मैं नहीं चाहता वे फ़िल्म लाइन में जावें। रतन बहुत हुशियार है, इसे मैं जहाँ तक मँगता है, वहाँ तक पढ़ाऊँगा। लड़का भी हुशियार है। उसे मुझे आई. ए.एस. बनाने का है।"

तभी प्रोड्यूसरनुमा प्राणी ने कुकड़े साहेब के कान में कुछ कहा। अन्य दो फ़िल्मी जीव रमाबाई के साथ कमरे की देहलीज पर खड़े होकर बतियाने और हँसने-हँसाने लगे। एक धोतीधारी सज्जन सहसा कमरे में प्रविष्ट हुए

और मन ही मन कुछ बुदबुदाते हुए, हाथ मसलते हुए, खिड़की से दरवाज़े तक, दरवाज़े से खिड़की तक चहलक़दमी करने लगे। रतन किताबें छोड़कर, खिड़की से बाहर झाँकने लगी। गोपीनाथ अपनी कापी में हिसाब लगाना छोड़कर चित्र बनाने लगा। ड्रामे का रिहर्सल क्लाइमेक्स पर पहुँचा, सभी पात्र एक साथ चीखने-चिल्लाने लगे। यह इण्टरव्यू एक एण्टी-कलाइमैक्स पर पहुँचकर समाप्त हो गया।

माँग के साथ तुम्हारा

अकसर परवानापरस्त हज़रात, गुसलखाने या सनमखाने में, यह गुनगुनाते हुए पाये गये हैं कि माँग के साथ तुम्हारा, मैंने माँग लिया संसार। जिस संसार को सिकन्दर फौजी ताकत से सर न कर सका, उसे महज यह कहकर तो हासिल नहीं किया जा सकता कि तेरा हाथ-हाथ में आ गया तो ये समझे शाहेजहाँ बने। हम जैसे मुफलिसिया कुँवारे यही समझने पर मजबूर होते हैं कि यहाँ संसार से तात्पर्य है, परिवार। ख़ैर परिवार ही सही, यार लोग उसे पाकर काफ़ी प्रसन्न नज़र आते हैं। इसे संयोग का करिश्मा कहिये या घ्राणशक्ति का कमाल, इस बार नाचीज ने जिस दरवाज़े पर दस्तक दी, उसके पीछे प्यार का भरापूरा परिवार पाया। एक वह जो भीष्म प्रतिज्ञा हुआ करती थी, मालूम होता है उसमें भी कलियुग के प्रभाव से थोड़ा-सा परिवर्तन आ गया है, यानी अब प्रतिज्ञा यह की जाती है कि शादी की जायेगी और एक खासुलख़ास व्यक्ति से की जायेगी, फिर चाहे इसके लिए भगीरथ प्रयत्न ही क्यों न करना पड़े। जैसा कि **सैयद जफोरुल हसन** ने **बेगम बिलकीस हसन** की ओर देखते हुए कहा—"हमारे अफसानाए इश्क का उन्वान 'भीष्म प्रतिज्ञा से लेकर भगीरथ प्रयत्न तक' रखा जा सकता है।"

जफीरुल और बिलकीस दोनों अदीब और अदबपरस्त हैं। दोनों ने शायराना तबीयत पायी है और इसकी बदौलत घर का माहौल कतई बेतकल्लुफाना हो चला है। मियाँ-बीवी एक दूसरे को 'सुनो यार' से मुखातिब करते हैं। हसन साहेब ख़ासे म्याना कद के हैं, लेकिन बेगम साहिबा तो और भी दो हाथ नीचे हैं। अपने बच्चों के बीच ख़ुद भी बच्चा नज़र आती हैं। जिस समय मैं पहुँचा, हसन साहेब लुंगी और गंजी पहने हुए, दरी पर

दराज थे। बेगम साहिबा नहा कर चुकी थीं और उनके खुले-धुले बालों में वह बेतरतीबी थी जो बहुत तरतीब के बाद पैदा होती है। जानू पर कापी धरे कहानी लिख रही थीं। उनके इर्दगिर्द उनकी जीती-जागती रचनाएँ ऐली-फैली दिखायी दे रही थीं। हसन साहेब और उनकी शरीके-ज़िन्दगी के बीच इस बात पर मतभेद हो गया कि गफ्तुगू कौन शुरू करे? फिर हसन साहेब बोले—"यार ये तो इस वक़्त चौथी की दुल्हन की तरह शरमा रही हैं। हम ही कह डालें। तो मौलाना यह क़िस्सा है जब का कि आतिश जवां था। शादी को आठ साल हुए हैं, लेकिन दिल की दुनिया के दस साल पुराने शहरी हैं।" इस पर बेगम साहिबा बोल पड़ी—"आप खामखाह इसे रोमाण्टिक अफसाना बनाने पर तुले हुए हैं।" मगर हसन साहब ने इस एतराज को बलाए ताक रखते हुए, एतराफे-गुनाह जारी रखा—"तो अर्ज है मौलाना कि ये जो हमारी इकलौती बीवी हैं, इनके इकलौते दूल्हा भाई, दो साल कालेज में फेल होकर इस खाकसार के क्लास-फेलो हो गये थे। बस, खुदा तो मुसब्बबुलअसबाब है, कारणों का कारण है, तो उसने इनके दूल्हा भाई को, मेरे लिए इनके घर तक पहुँचने का माध्यम बना दिया। यह सन् पचास की बात है। इनके अब्बाजान, उन दिनों छपरे में एडिशनल जज थे। शायरी से उनकी बड़ी दिलचस्पी है। उनकी सदारत में होनेवाले कई मुशायरों में मैंने शिरकत की। फिर मुझे एम.ए. के लिए पटना जाना पड़ा। इत्तिफाक का कमाल देखिये कि तभी इनके अब्बा को भी पटने ट्रान्सफर हो गया। पटना के उर्दू अख़बरों के सफहों पर नज़्मों की मदद से हम लोगों की गाह-ब-गाह मुलाकात होने लगी। इनके दूल्हा भाई के पटना तशरीफ लाने पर, इनके यहाँ हमारी आमोदरफ्त असरे-नौ शुरू हुई और वह वाकया पेश आया जिसे आप मेरी दास्तान का आगाज भी मान सकते हैं। एक दिन मैंने इनकी मेज़ पर एक बयाज रखी देखी। बड़े नफीस अशआर का गुलदस्ता तैयार किया गया था। मैंने बयाज के सर-वरक पर लिख दिया—'मेरी इन्तहाए निगारिश यही है, तेरे नाम से इब्तेदा कर रहा हूँ।' मुझे इनके मिजाज़दार होने की ख़बर थी, फिर भी दानिस्ता शरारत कर बैठे। यह सोचकर कि हो रहेगा, कुछ न कुछ घबरायें क्या? अगर मोहतरेमा को बहुत ज़्यादा गुस्सा आया तो यही करेंगी ना कि अपनी बयाज का सर-वरक फाड़ डालेंगी, मेरा सर तो नहीं फोड़गी?

इसके बाद जब मैं इनके घर गया तो देखा कि सर-वरक पर एक कागज और चढ़ा दिया गया है यानी हुस्न की सरकार में इश्क का वह हकीर नज़राना कुबूल कर लिया गया है। अब अगर आप यकीन करें तो मैं यह कहूँ कि हम दोनों ने शादी से पहले न एक दूसरे से दूबदू बातचीत की, न नज़र भरके देखा ही, मगर एक रब्ते ख़ास दामने-दिल खींचता रहा, गो बेख़बर से आप रहे, बेख़बर से हम। दिल करीब होते गये, दूरियाँ बढ़ती गयीं। न जाने क्योंकर इनके घरवालों ने कुछ ताड़ लिया। इनके दूल्हा भाई ने कहा कि तुमसे ऐसी उम्मीद नहीं थी। मैंने कहा कि मैं इसे महज खेल नहीं समझता, मैं हमेशा का साथ चाहता हूँ। मेरे शीया और इनके सुन्नी होने से तो कोई ख़ास दुश्वारी नहीं थी, असल मुश्किल यह थी कि इनका घराना वालिद की तरफ से नौ-मुस्लिम है। इनके दादा के दादा श्रीवास्तव कायस्थ थे। इसलिए, जब मैंने अपनी सगी बहन को बताया कि मैं शादी कहाँ करने का इरादा रखता हूँ तो उन्होंने सबसे पहला सवाल यही किया कि फिर मेरी, तुम्हारी हड्डी कैसे मिलेगी? यानी फिर मेरे बच्चों का शादी-ब्याह उनके बाल-बच्चों से क्योंकर मुमकिन होगा? दूसरी मुसीबत यह थी कि शादी करने के लिए टेंट में पैसा नहीं था। ख़ैर साहब, हालत कुछ ऐसे पेश आये कि सन् चौवन में मैं अपनी पढ़ाई अधूरी छोड़कर बगैर किसी से कुछ कहे सुने, कलकत्ता भाग गया। वहाँ एक उर्दू अख़बार में मुलाजमत करके मैंने शादी के लिए रुपया जुटाने का भगीरथ प्रयत्न शुरू किया। सोमवार 21 मई, 1956 को मेरा निकाह हुआ, दो बार, यानी एक बार सुन्नी ढंग से, दूसरी बार शीया ढंग से। ऐसा शायद न होता मगर मेरे चचाजान 'मनहूस पीर' में निकाह कराने के ख़िलाफ़ थे और उधर इनके घरवालों का यह कयास था कि शाम की नमाज के बाद यानी तिथि बदलने पर 'फूट' का दिन शुरू हो जायेगा। मेरी शादी में एक दर्जन सेहरे पढ़े गये। और इनके दूल्हा भाई की रगे-पठानियत जो फड़की तो आठवें सेहरे पर वह बरस पड़े कि यह शादी की तकरीब है या बज्मे-मुशायरा? बहरहाल ऐसी बेलुत्फी तकरीबन शादी-ब्याह के मौक़े की रौनक समझी जाती है। वह आठ साल पहले की बात है। तब से हर दो साल पर एक के हिसाब से हमारे चार बच्चे हो चुके हैं। यहाँ नीचे ही मैटर्निटी होम है, लिहाज़ा पाँचवाँ बाइ प्राडेक्ट भी निकल

आये तो कोई मुजायका नहीं!" इस पर बेगम बिलकीस 'रहिस करिस' वालो बोली में लानत-मलामत करके, वाकआउट कर गयीं। हसन साहेब ने एक ठहाका लगाया और कहा—"मौलाना जोशी साहब आप क्वाँरे हैं, आप नहीं समझ पायेंगे कि हमारी ज़िन्दगी किस काबिले रश्क हद तक ख़ुशगवार है। यह ज़रूर है कि ख़र्च के मुकाबले में आमदनी का पल्ला ज़रा हलका पड़ता है। मगर सवाल यह है कि क्या किया जाये? जायज आमदनी अपने वक़्त पर बढ़ेगी और नाजायज आमदनी का अपने यहाँ कोई इमकान नहीं। हम दोनों औसत सेहत के मालिक हैं, बल्कि मैंने तो अपनी बेगम के हिस्से का मोटापा भी अपने हिस्से में शामिल कर लिया है। हाँ, बम्बई आकर, एक बीमारी हम लोगों को लग गयी है, मकान की तलाश। तीन साल से इस बीमारी ने हमारा पीछा नहीं छोड़ा है। मरज धीमा पड़ जाता है, गायब नहीं होता। सुनते हैं, इसका इलाज सिलवरटानिक है, मगर वह अपने पास कहाँ?"

'सिलवर टानिक' किम्वा 'विटामिन एम' की कमी, दादरवासी राणे परिवार में भी दिखायी दी, जिसके पास मकान के नाम पर एक कोठरी भर है। दरवाज़े से दायें नहाने और बरतन धोने की जगह, उसकी बगल में रसोई, बायीं तरफ मेज़-कुरसियाँ, सामने पलंग और इस्पात-अलमारी। दीवारों पर तमाम सूट और पटल, इनसे कपड़े टँगे हुए, उनपर बर्तन-भांड़े टिके हुए। दुछत्ती में, पर्दे के पीछे बक्सों और बिस्तरों का अम्बार। पलंग के ऊपर दीवार से ठुके हुए खोखे में रेडियो सेट। एक ऐसा ही खोखा खिलौनों और सजावटी चीज़ों का। दरवाज़े के पास कई गंगाल और एक लम्बी रबर नली जो किसी दूर की टोंटी से उनका नजदीकी नाता जोड़ती है। चाल की चीखें, गली की घुड़कियाँ, स्टोव की भसभस और रेडियो की खड़खड़। और इस तमाम शोरगुल से घिरे हुए, भानुमती के पिटारे में ठुसे हुए छह अदद इनसान—**वसन्त राणे** जिनका कभी अपना ठठेरे का धन्धा था और जो आज किसी फैक्टरी में 'वर्कर-तरीके' टिनस्मिथ का काम करते हैं, उनकी पत्नी प्रेमाबाई जो कभी मद्यनिषेध की पुलिस में थीं और आज वित्त-निषेध के जीवन मे हैं, बड़की बिटिया अरुणा जो सीधी शरत् साहित्य से अवतरित हुई जान पड़ती है, पर 'पंचिग-आपरेटर-तरीके' नौकरी पा जाने के बाद 'पठान

सरीखा' रुआब करने लगी है, छुटकी विनता जो दसवीं में फर्स्ट डिवीजन पाने और फिर स्कॉलरशिप के बूते बी.ए., एम.ए. करने और 'श्रीमन्त' बनने के सपने देखती है और इस सिलसिले में 'घर के काम से थोड़ा जी चुराती है', उससे छोटा अविनाश जिसके नाम के साथ मेनेन्जाइटिस के मर्ज ने बेहूदा और बेरहम मज़ाक़ कर डाला है और जिसका विक्षिप्त मानस अल्मारी के आईने में अपने को देखकर कभी मुसकराता और कभी चौंक-चौंक जाता है, छोटा भैया महेश जिसका लम्बा-चपटा चेहरा चित्रकार रामकुमार की खींची हुई 'उदास सूरतों' की याद दिलाता है। रेडियो कह रहा था, 'आपने याद दिलाया तो मुझे याद आया, छाया था हम पे कभी गम का साया।' लेकिन यहाँ हिसाब उलटा हुआ, मेरे याद दिलाने से राणे साहेब को याद आये अपनी ज़िन्दगी के सबसे खुशनुमा दिन। बोले—"प्रेम होकर हम लग्न किया। गिरगाम में यह हमारे पड़ोस में रहती थी। इसके घर जाना-आना था। क्या अच्छा लगता था? अब क्या बोलूँ? इसका रूप, केश, ख़ासकर केश। इन्हें क्या कहूँ? मेरा बॉडी, कसरती जवान था, व्यायामशाला में नित्य जाता था। जवानी थी, जोश था। नमक सत्याग्रह में हिस्सा लिया, जेल गया। बाप से झगड़ा किया। घर से अलग हुआ। पुरानी बातें हैं, बहुत पुरानी। शादी को? तेईस साल हुए। तेइस ही न?" इस पर प्रेमाबाई स्टोव से विदा लेकर हमारे पास आ गयीं, बोलीं—"नाइन्टीन फौटी का हमारा लगन हुएला। इन्हें मी बचपन सेच देखते, पत्ते कैरम खाली खेलते, नजीक-नजीक रहते। मेरा बाप इधर कामगार होता, गोवा में शेतीच होती उसकी। मी नव्वी मी कक्षा में पढ़ते जब प्रेम शरू झाला। दोनों के दिल में एक साथ। ये बोलने में बड़े हुशियार। घोल-घोल मिट्टी बातें करतात। हो सुन्दरी, अप्सरा, रूपश्री यही बोलता। मुझे? इसका वह बोलता न परसने की मण्झे छाप पड़ती न मानुस की, वह अच्छी लगती। जब शादी का नक्की झाला, ओ टाइम में भी नौकरी करती। घुमाने? हो, मगर वैसा माफिक नहीं। बस ऐसे ही सिनेमा देखेंगा, खाना-बीना खायेंगा। साथ में दूसरा भी कोई होइंगा। यह बहुत सीधा, इससे हमारे आई-बाप को कोई संशय नहीं, मण्झे घर का मानुस सरीखा। नहीं, विरोध वह कला, क्योंकि इसका मर का मण्झे जात एक सरीखा नहीं। हो, विजातीय विवाह। पहले रजिस्टर से केला, फिर हिन्दू रीति से। नौकरी?

नौकरी भी शादी बाद मी दस साल तलक केला पोलीस में। फिर दोन बच्चे होने से मुश्कल झाला। बाद में औरत पोलीस को पंजाबी ड्रेस डालने को बोला, इससे मी गुस्सा झाला आणि राजीनामा दिला। नहीं, इस पर ऐसा गुस्सा नहीं दिखाता। हो, गुस्सा आता कभी। मी बोलती कि काम करना, थोड़ा बहुत मज़ा भी करना। मी सोचती, आज पगार मिला उद्या इसको रजा, कुछ मौज-मज़ा करेंगे। ये रजा के दिनच काम लेकर बैठ जाता। तब मण्झे गुस्सा आता। 'मोलकरीण' दिखाने ले गया तो क्या हुआ? साल में एक सिनेमा क्या हुआ? पहले कइसा रोज़-रोज़ घुमाने ले जाता? कइसा तारीफ करता? कइसा मुहब्बत बात बोलता?" प्रेमाबाई मुसकुरायीं कुछ इन अन्दाज़ से मानो कह रही हों कि मी लार्ड मुद्दई को यही अर्ज करना था।

राणे साहब, बहैसियत मुद्दायले उठे और कानस पर से एक्जिबिट 'ए' उठा लाये—अपना और प्रेमाबाई का शादी से पहले का चित्र (वही इस इण्टरव्यू के साथ छापा गया है)। बोले—"तब बात दूसरी थी। दिन बदल हो गया, हम भी बदल हो गया। तब अपना धन्धा था। घर-बार से अलग अकेला था। इसका मुहब्बत ही मेरा सब कुछ था। अब मुहब्बत तो है पर घर-संसार का सारा मुसीबत भी साथ में है। सुबह साढ़े पाँच बजे उठता हूँ, सात बजे काम में दाखिल हो जाता हूँ, साढ़े तीन बजे तक घर लौटता हूँ। फिर खानगी तक काम करता हूँ। कारखाने की पगार से गुज़र नहीं हो पाती। थक जाता हूँ तो बाज़ार सौदा वगैरह लेने चला जाता हूँ, या मुम्बई-मराठी-ग्रन्थ संग्रहालय में घण्टा आध घण्टा पत्र-पत्रिकाएँ पढ़ आता हूँ। पहले जो आकर्षण रहता था, अब थोड़े कम हो गया है। झगड़ा कभी हो जाता है। कभी ख़र्चे को लेकर, कभी कपड़े-लत्तों की बात लेकर, कभी खाने की बाबत। इसका मगज थोड़ा गरम रहने लगा है। इसका कसूर नहीं। लाख मुहब्बत हो, इन्सान परस्थिति से कण्टाल जाता है। कण्टाल जाता है तो स्वभाव कड़क हो जाता है। कितना कामकाज है इसको। हमारे यहाँ कोई नौकर नहीं, चौका-बर्तन, धुलाई-बुहारी सभी इसे करनी पड़ती है। इसलिए कभी गुस्सा होती है। लेकिन झगड़ा ज़्यादा में ज़्यादा एक दिन रहता है, फिर सब भूल जाते हैं। मेरे को इससे बहुत मुहब्बत है ज़्यादा फ़ैशन नहीं, कुछ नहीं, सीधा में सादा, थोड़े पैसे में कैसे संसार करना, यह अच्छी तरह

जानती है। लेकिन कभी विचारता हूँ पैसा जास्ती होता तो....।" इसपर प्रेमाबाई जो अब तक पति की हर बात पर तंजिया दाद दे रही थीं सहसा गम्भीर होकर बोलीं—"असला विचार करून-करून डोका फिरला। आपला जवल काय कमी? सर्व आहे।" और तभी रेडियो बोला, 'सरदर्द, खाँसी और बुखार के लिए...लीजिए।' और मैंने सोचा काश कि कोई इतना ही सीधा नुस्खा बताया जा सकता, निम्न मध्यवर्ग के उस बीमार प्यार के लिए जो महानगरी के दड़बों में दम तोड़ रहा है।

दादर से चलिए फारजेट हिल, निम्न मध्यवर्ग से उच्च मध्यवर्ग में। यहाँ एक ओनरशिप फ्लैट में **तारक मेहता** और **इला मेहता** अपनी एक अदद बच्ची के साथ सुख-चैन की ज़िन्दगी बसर करते हैं। तारक सरकारी अफसर हैं, इला रेडियो एनाउंसर। लेकिन उनकी वास्तविक ख्याति इन धन्धों से नहीं। तारक ने गुजराती अर्धव्यवसायी रंगमंच के सफल लेखक, दिग्दर्शक के नाते और इला ने अभिनेत्री, नर्तकी और गायिका के नाते प्रसिद्धि पायी है। इस इण्टरव्यू के नाम पर तारक और इला ने मेरे मनोरंजन के लिए जो दो-पात्री नाटक प्रस्तुत किया वह इस प्रकार था:

इला : जोशी भाई, मैं बिल्कुल सीधी-सादी लड़की थी। मैंने इसको कभो प्रेम-व्रेम नहीं किया, इसी ने बुद्धू बनाकर फाँस लिया। इसका मेरा कोई मतलब नहीं था। यह एक बारी हमारे कालेज की ड्रामा टीम को कम्पटीशन के लिए तैयार कराने आया। लाबी में मुझे देखा तो सोचा यह ठीक है जाल बिछाओ।

तारक : ड्रामावालों से कहा, यह क्या आलतू-फालतू लड़कियाँ पकड़ लाये हो, उसे लाओ न जिसका मंगोल जैसा चेहरा है। यह ड्रामे में पार्ट करने को राजी नहीं हुई तो जबरदस्ती एक गाना उसमें ठूँसा। गाने का मोह इसे खींच लाया। ड्रामा बहुत सफल रहा—स्टेज पर इनके लिए, बैक स्टेज मेरे लिए।

इला : तारक, तू बहुत बदमाश है, हाँ। मैंने तुझसे तब बात भी नहीं की। मैं तुझसे नहीं बोली तभी तूने उस प्रोफेसर को अपने साथ मिलाया। उससे कहलवाया कि एम.ए. में जो तारक है, वह बहुत मेधावी है। उससे पुराने नोट्स वगैरह ले लो। नोट्स-वोट्स कुछ दिये नहीं साहब ने। बोले रेफेरेन्स

की किताब नोट्स यह सब क्या चाहिए? मैं ख़ुद चलता-फिरता सन्दर्भ ग्रन्थ हूँ। चलता-फिरता नहीं, चलता पुर्जा! मैं कभी-कभी इससे पढ़ने लगी। मुझे क्या मालूम था कि यही धूर्त मेरी ननद का भाई निकलेगा।

तारक : वह तो पहले दिन से ही तुझे पता था और मुझे भी पता था कि मेरे मुन्ने की माँ अगर कोई होगी, तो तू ही। हलके-फुलके इश्क तो तुझसे मिलने से पहले भी कई जगह किये थे। एकाध जगह 'टी एण्ड सिम्पैथी' की ख़ातिर 'समर्पण' भी कर देना पड़ा था। लेकिन सच तुझे देखकर जो बात पैदा हुई, वह अनोखी थी। ऐसा महसूस हुआ शायद मैंने तुम्हें पहले भी कहीं देखा है—पिछले जनम में।

इला : और यही सब तू मुझसे कहता रहा। सिनेमा के गानों से प्रीत-निवेदन। मैं पगली, नादान...

तारक : भोली भाली, नाजों पली घर लाड़ली यह सब कैसे जानती?

इला : और क्या? मैं बिल्कुल नहीं समझती थी। ऐसा तूने जाल बिछाया, सब ड्रामे वाले अपने चमचों को, कालेज के लड़कों को अपनी ओर मिलाया, प्रोफेसर तक को शायद घूस खिलायी।

तारक : घूस की कोई ज़रूरत नहीं हुई। प्रेमी से सारा संसार प्यार करता है।

इला : हुँह प्रेमी! अरे तारक तू प्रेम क्या करता था, झख मारता था! हमेशा ऐसा गम्भीर मुँह बनाकर रखता था। बात भी करता था तो मुँह फेरकर। बोलता था तो बुदबुदाकर।

तारक : वह दिलीप कुमार और मार्लेन ब्राण्डो के स्टाइल की खिचड़ी थी। तेरे भाग्य कि तुझे कोर्टशिप में आज तक के सभी प्रसिद्ध नाटकों के सभी प्रमुख प्रेमी पात्रों के सभी प्रमुख संवाद सुनने को मिल गये। और वह भी सभी प्रसिद्ध अभिनेताओं की शैली में। इधर-उधर की किताबें न पढ़ने वाली लड़की से प्रेम करने में यही तो एक फायदा है।

इला : हाँ भई, मैं बुद्धू थी। मैंने मान लिया। अब ख़ुश! बूद्धू के पीछे आया क्यों? उस दिन जब हमारे कालेज में तेरा काम ख़त्म हो गया तो कैसे बोला, सरैया के घर मिलने आया कर। और जब मैंने कहा कि नहीं मिलूँगी तो क्या कहा था, याद है?

तारक : वह मौलिक और क्लासिक संवाद, तू जा जहन्नुम में, वहाँ भी मैं चिराग लेकर तुझे ढूँढ़ने आ जाऊँगा। इससे तू प्रभावित हुई मान जा! और हमारे प्रणय को फिर तूने ही 'सकर्मक' बनाया।

इला : तो क्या? हाँ मुझे तू पसन्द आ गया। तो क्या मैं सरैया के घर तुझसे मिलने लगी? हैंगिंग गार्डन और कहाँ-कहाँ तेरे साथ जाने लगी। मेरे दुर्भाग्य का इतिहास शुरू हुआ, जिसने एक दिलचस्प मोड़ उस दिन लिया जिस दिन मैं 'अहमदाबाद में डांस ट्रुप के साथ गयी, बीमार पड़ गयी और आप जनाब मेरी सेवा के लिए प्रस्तुत हुए और कहने लगे मैं तुझसे अलग नहीं रह सकता, मगर तेरा-मेरा विजातीय विवाह कैसे हो सकेगा? तेरी माँ को हार्ट ट्रबल है, वह इस सम्बन्ध की बात से ही बीमार हो जायेगी। अच्छा मैं शादी नहीं करूँगा, तू भी मत करना। या चलो इसे छोड़ ही दो।

तारक : और तूने कहा मेरे लिए किसी अन्य पुरुष का विचार ही असम्भव है। और फिर हम दोनों एक दिन रंगे हाथ पकड़े गये। तेरे पिताजी ने हमें बस में साथ देख लिया। फिर तेरी दिमाग-धुलाई शुरू हुई। हमारी तुम्हारी शादी की तारीखें निश्चित होती रहीं और टलती होती रहीं। और फिर एक दिन मैं तुझे अहमदाबाद ले उड़ा। तेरे पिताजी के नाम चिट्ठी इस तरह भेजी कि जब तक वह उन तक पहुँचे शादी से पहले हवाई जहाज से भी अहमदाबाद पहुँचना सम्भव न हो।

इला : बड़ा ड्रामेटिक सेन्स है न। ख़ैर, फिर हम दोनों सुखचैन से रहने लगे। लेकिन यह तो दुनिया समझती है जिसके सामने तू डेल कारनेगी का चेला बना घूमता है। लेकिन घर में कितना अहंकारी है। जिससे प्यार, उससे अहंकार कैसा? बोल न! और तेरी महत्त्वाकांक्षा, कितनी क्रूर है वह, और कितनी सिरचढ़ी! सब मन माफिक होना चाहिए, फ़ौरन होना चाहिए, अपने आप सबकी समझ में सब बात आ जानी चाहिए। नहीं आयी तो दीवार से सिर फोड़ रहा है, चीज़ें तोड़ रहा है, पाँव पटक रहा है, चिल्ला रहा है। दिन में चौबीस घण्टे कामकाज, चौबीस घण्टे जल्दबाजी, हाय तोबा। अरे तारक! कभी तो चार मिनट सुस्ताया कर, कभी तो दो घड़ी मीठा बोला कर। मैंने तारक से शादी की थी, एक बेताब तमन्ना से नहीं। तेरी तमन्ना

से भी मुझे प्यार है, मैं उसके लिए बहुत कुछ त्याग सकती हूँ लेकिन प्यार पाने के अपने अधिकार को नहीं।

तारक : मेरा क्रोध, मेरे लाड़ का प्रतीक है। मेरी नाराज़गी मेरे प्यार के प्राणवान होने की निशानी हैं। मैं तुझे मामूली औरत नहीं समझता। मैं मानता हूँ कि तू कलाकार है जबकि मैं महज एक कारीगर हूँ। तू क्यों नहीं रियाज करती? घरवाली बनने के लिए क्या अपनी सारी महत्त्वाकांक्षा ख़त्म कर देना ज़रूरी है? महत्त्वाकांक्षा की तेरी मेरी ज्वाइण्ट स्टाक कम्पनी थी और अब तू अपने सारे शेयर खींचे ले रही है। तू हेलिकॉप्टर की तरह घर आँगन पर मँडराती है और मैं चाहता हूँ कि तू जैट की तरह आनन-फानन कहाँ से कहाँ पहुँच जाये।

इला : अब नयी कविता तो कर मत।

तारक : अच्छा कुछ पुरानी कविता सुन। मैं दो इलाओं के प्रेम में हूँ, एक वह जो मेरे मन में है और एक वह जो मेरी पत्नी बन बैठी है। प्रेयसी से तुझे पत्नी बनाया अब वापस पत्नी से प्रेयसी बनाना चाहता हूँ। रोटी-रोज़ी की फिकर, नोन तेल-लकड़ी की बातें, वे तमाम दूसरे गम और दूसरी राहतें जब मेरे-तेरे बीच आ-आ जाती हैं न, तो अच्छे-ख़ासे प्यार का व्यंग्य-चित्र बना डालती हैं। प्रेम करने का वक़्त नहीं—बस कभी दफ़्तर से दफ़्तर को प्रेम का टेलिफोन चला आता है। प्यार और झगड़े के बस छोटे-छोटे मौक़े आते हैं और अकसर तभी हमारे मनके मौसम एक-दूसरे से विपरीत होते हैं। और कभी एक जैसे हुए तो लड़की जाग उठती है।

इला : ईशानी, मेरी बहुत बहुत प्यारी बच्ची। छह साल की है लेकिन कैसी चटर-मटर बोलती है। मुझे सीख देती है—पप्पा से जो कभी कोई शिकायत करनी हो तो मुसकुरा कर किया कर, बात-बात में झगड़ा ठीक नहीं।

तारक : हमारा झगड़ा जबरदस्त है तो प्यार भी। हम हर बात में बैंग के कायल है, ह्विम्पर के नहीं। लेकिन दुर्भाग्य कि अकसर जब प्यार का मूड बनता है, कुछ विघ्न पड़ जाता है।

जोशी : मसलन कोई इण्टरव्यूकार गर्दन उठाये चला आता है। तो मैं चलूँ?

रंगमंच से सिनेजगत, मेहता परिवार के यहाँ से दत्त परिवार के यहाँ। **मुकुल**

दत्त, जो बार-बार विद्यार्थी, अध्यापक, अकाउण्टेण्ट, आडिटर, गायक, चित्रकार, फुटबाल और क्रिकेट के खिलाड़ी सभी कुछ रह चुके हैं, फिलहाल तिधन्धी हैं—विमल राय के सहायक, रम्य रचनाएँ और बम्बइया संवाद लिखनेवाले पत्रकार, तेजी से उभरते हुए गीतकार। तीसरे धन्धे से आपने इधर काफ़ी नाम और नामा कमाया है। आपका पहला ही गीत 'तारपर' जिसे हेमन्त ने स्वर और वाणी दी है, हिट साबित हुआ। हाल में आपने बंगला फ़िल्म 'पलातक' के गीत लिखे जिन्हें हेमन्त ने स्वरबद्ध किया। श्रीमती दत्त बम्बइया फ़िल्मों की एक मशहूर तारिका हैं। उन्होंने अपना विवाह, घरवालों से गुप्त रखा है इसलिए इस इण्टरव्यू के साथ उनका नाम और चित्र देना सम्भव नहीं। बंगाली बाबू और बम्बइया अभिनेत्री के ब्याह का क़िस्सा निहायत ही दिलचस्प है। आप भी सुनिए, मुकुल दत्त के शब्दों में—"मैं था जिसे बोलते आपका, लुढ़कता पत्थर। आज हियाँ, काल हुआँ, आज यह व्यापार, काल वह व्यापार। यह बात, वह बात, इस रकम, उस रकम। ऐसा होते रहने से न मेरा धन्धा तय हुए, न शादी। गाते था, खेलते था, इसके वास्ते से मैं पापुलर थे। लड़की का लोग आते, लव बनाने को बोलते। लेकिन मैं प्यार की ओर इतना धियान दिये कि कौन भी एक लड़की की ओर ध्यान देने नेई सके। माने प्रेम के व्यापार मेरे हाबी बने। प्रेम के मैं अध्ययन, रिसेर्च किये, शहर-शहर में गाँव-गाँव में प्रेमी लोग के पीछे किये, कहाँ जाते, किया करते, कैसा बोलते, सव नोट किये। सात-आठ सौ के लगभग प्रेमपत्र भी जमा किये। यह हाबी शुरू तब हुए जब मैं मास्टरी कर लिए थे। पाँचवाँ क्लास का एक लड़की सातवाँ क्लास का लड़के को प्रेमपत्र लिखकर, सिगरेट पाकिट में रखकर, रोज़ कचरा का टीन में डाल आते थे, वही लेटर-बाक्स थे उनके। मैं रोज़ लड़के के आने के पहले से पत्र निकाल कर पढ़ लेते थे। लड़की लिखते थे तुम उस-उस जगह आना मैं चीन-बादाम लायेंगे। एक दीन मैं और लड़का चिठी लेने साथ पौचुने से गोलमाल हो गिये। लड़का चीठी का गोली बना के निगल गये। चिठी आने बन्द हो गिये। फिर हमारे बाड़ी रहे आकर एक नबयुबक। प्रेम कहीं थे उनके। रोज़ टाइप करके चिठी भेजते, कार्बन कापी दराज में रखते। मैं दराज के डुप्लिकेट कुंजी बनाये, सब पत्र

पढ़े। एक चिठी में युअर्स के बाद डैश लगाने का बजाय में वह 3/4 टाइप कर दिये थे। तुम्हारा तीन चौथाई : चन्दन। मैं उनसे बोले, तुम तीन चौथाई किसके हो गिये, एक चौथाई आपने लिए शेष। वह गुस्से किये, चिठी रखने का जगा बदली किये। ख़ैर, रिसेर्च से मैं यह नतीजे पौंचे कि प्रेम बच्चों का चीज़। इसी वास्ते से छोटे बन्धु लोग तलक बाल-बच्चा किये, मैं शादी ही नहीं किये। फिर पीताजी बहुत जोर दिये और मैं भी ऐसा सोचे मान गिये कि चलो कर ही लो। भाभी हमारे नये कलम ख़रीदे, कारण पहले के सब ही कलम लड़की की तारीफ में तोड़ गिये। मैं बम्बई में नौकरी कर लिए कि घर चलाना होगा तो। शादी का तीन हफ्ता पहला लड़की मेरे को चिठी लिखे—मेरा प्यार कहीं और है, अभिभावकों की आग्गे पर आपका साथ बिये करना करतब्ब, किन्तु विवाह पूब्ब आपना आसली मनस्थिति बोल देने, वह भी कर्त्तब्ब ही समझता हूँ। इसके बाद आप जैसा उचित समझें। तो मैं रिश्ता तोड़ दिये, बहुत शोर हुए पर कौन को भी आसली बात बताये नहीं। लड़की अपने प्रेमी से शादी किये, खुशी रहे। मैं सब छोड़ सन्नासी बनने के भाव मनमें लाने लगे। तभी कलकत्ते से एक प्रोड्यूसर इधर आये, मुझे एक नम्बर दिये, बोले इस पर फोन करके बात करने से मैं तुम्हें कुछ जानेंगे।

"मैं फोन मिलाये, उधर में से एक लड़की बोले, आप किससे बात करने के चाहते, मैं पूछे, आप कौन? ऐसा तीन बारी हुए, फिर लड़की गुस्से से चिल्लाने लगे। मैं बोले, कलकत्ता से अमुक प्राड्यूसर आये हैं, उन्होंने ही यह नम्बर मिलाने को बोले थे। लड़की ठंढे पड़ गये, बोले, "तो ऐसा कहना था न। मैं बोले तो ऐसा ही तो कह रहा हूँ न। बोल के फोन प्रोड्यूसर को दे दिये। प्राड्यूसर, मुझे लड़की के बाड़ी ले गये। मैं देखे, आरे यह तो अ अभिनेत्री। बहुत संकोच हुए। प्राड्यूसर अभिनेत्री से मेरे आलाप कराय, ये मुकुल दत्त, अभी जो आपसे फोन पर बात किये, आप बांगला सीखते चाहती न, ये सिखा देंगे। अभिनेत्री लाज से कयेक रकम लाल हो गये। ख़ैर, मैं उसको बांगला पढ़ाने लगे। वह तब कौन बांगाली पिक्चर साइन करने का सोचे थे, उसका स्क्रिप्ट प्राड्यूसर दे दिये थे। मैं संवाद उनको रिहर्स कराये। स्क्रिप्ट का जो शब्द थे, वही हमारा मन के शब्द बन गिया। मैं बांगाली कायस्थ, वह यू.पी. का मुस्लमान, मैं वाचाल, वह मौन, मैं एक लुढ़कता

पत्थर, वह एक जमा हुआ अभिनेत्री। कदाचित यही भिन्नता हमें निकट ले आये। उसके सादगी, स्पष्टता, विनम्रता, मितभाषण, ऐसा चीज़ें प्रीतिकर हुए मुझे। शादी से पहले मैं उससे कुल एक रोमाण्टिक डायलाग सुने—"हाँ।" वह भी मेरे विवाह प्रस्ताव के उत्तर में। रिसर्च में जो बचकाना रोमान्स देखे थे, उसका हियां कौन भी चिन्ह नहीं था। हियां ओई था, ओ जो तुम्हारा बोलते ढाई आखर प्रेम का। सारे रिसेर्च के बाद, इस ढाई आखर पढ़के मैं पण्डित हुए। इतने पण्डित कि कदाचित उससे प्रेम निवेदन कभी करते नहीं थे मैं। किन्तु ओ हो गिया एक दिन अनायास। मैं वर्षा में भीगकर उसके बाड़ी पहुँचे। मेरे लिए मर्दाना कपड़ा थे नहीं हुआं। भीगा-भीगा बैठे रहे और ओ चिन्ता करते रहे। तुम्हें जोकाम हो जाइगा, कुछ भी तो पहन लो ऐसा। फिर हम चाय पीते थे। उनके एक सहेली, जो हमारे सकल व्यापार जानते थे, वह भी उधर में थे उस वेला। हम सहेली से बात करते थे, इनसे नयन मिलाते नहीं थे। मेज़ पर शीशा मंढ़े थे। हम आँख झुकाया तो उसमें इनका छबि देखा। सहेली इनको कुछ बोले कान में। ये मुँह ढाक लिए। मैं बोल दिये आपके हाथ इतने छोटे कि चेहरा ढाकता नेई, आपनी देखून। ओ हाथ हटा लिए और मेज़ का शीशे में हमारा नयन मिल गिये। सहेली ताली पीट दिये, वह भाग गिये। बाद में बताये ऐसा रकम कौन मुस्लिम मैरिज कास्टम हाय। हाँ, आरसी मुसहफ। मैं बोले कास्टम हो गिया, अब रिहा किया? एक महीने बाद हम कोर्ट जाकर चुपचाप शादी किये। मैं अपने माता-पीता को बताये ओ नेई बताये। ओ मेरे सिनिसिज्म दूर किये। मेरे को मेरे प्रति आस्थावान बनाये। उकसाये, डाँटे, हिम्मत बँधाये, मेरे को मेरे के आसली सूरत दिखाये। ओ जो कहे, उसके मेरे पर असर पड़े। मैं सम्हल किये अपना काम में, अपना में धियान देने लगी। ओ कभी मुझको यह नई जताये कि जो उनका हैसियत ऊँचा है। ओ मेरे लिए इन्तज़ार किये, मैं उनके लिए नहीं। इस विनम्रता से मैं भी विनम्र हुए। हमारे झगड़े नेई होते। बस वह मेरे फीकर इतने ज़्यादा करते जैसे माँ। मेरे को बच्चा बना देते। इतना देर स्टूडियो में कैसा किया? बिमलदा, बिमलदा, तुम बिमलदा से ही शादी क्यों नेई कर लिया? आज ठण्ढी में मलमल के कुर्ता पैनकर कियूँ गिया, ये कपड़ा ऐसा जमीन में कैसा पटका? इस रकम करते रहते हैं। मैं

इससे कभी नाराज़ होते, लेकिन जियादातर ख़ुशी होते। तुमको मैं बताते हर प्रेमिका माँ होते चाहते। उसका प्रेमी नटखट बाच्चा होये। मेरे तो उनपर गुस्सा कभी नहीं आते। हाँ, जब ओ बिलकुल मीराबाई मूड बना लेते, मेरी फिकर में अपना धियान सूध-बूध भुलाई देते, तब मेरे को थोड़े खीज होते, मैं चिल्लाते-डाँटते। उससे भी ओ खूप ख़ुशी होते। औरत लोग चाहते जो कभी-कभी उनको भी बच्ची बना के डाँटे, उनके फिकर करे, बाप जैसे। मैं जानते मैं रिसेर्च किये!"

औरतों और इन्सानी रिश्तों के बारे में उर्दू के जाने-माने लेखक **महेन्द्रनाथ** ने भी रिसर्च के पापड़ कम नहीं बेले हैं। महेन्द्र ने जितना इस दुनिया को देखा उतनी ही उसके मन में दुनिया के लिए तल्खी पैदा होती चली गयी। यहाँ तक कि उसने फतवा दे डाला कि मुझे इस दुनिया से अजहद चिढ़ है, मैं नहीं चाहता कि इस दुनिया में खुद दुबारा जन्म लूँ या किसी और को जन्म दूँ, घर-बार, शादी-ब्याह, बाल-बच्चे ये सब मुझे नहीं चाहिए। कोई पन्द्रह साल पहले का जिक्र। महेन्द्रनाथ 'सराय के बाहर' में हीरो का काम कर रहा था। शूटिंग के दौरान में उसकी एक मराठन एक्ट्रस से मुलाकात हुई। नाम दुर्गा, नाम जितना साधारण, उतनी ही साधारण और दूसरी बातें। दो साल तक महेन्द्रनाथ इस मामूली लड़की के साथ मिलता-जुलता रहा, उसी मामूली ढंग से जिस ढंग से वह आमतौर पर लड़कियों से मिलता-जुलता आया था। साथियों का ख़याल था कि दूसरी लड़कियों की तरह दुर्गा भी महेन्द्रनाथ की ज़िन्दगी में चार दिन की चाँदनी की तरह चमककर गुल हो जायेगी। लेकिन फिर इस मामूली 'अफेयर' में एक गैरमामूली घटना घटी। महेन्द्रनाथ दुर्गा को अपने घर ले आया, बगैर किसी रजिस्ट्रार या पण्डित की मदद के महेन्द्र और दुर्गा मियाँ-बीवी हो गये। मन से मिलने वाला मन का वह रिश्ता उनमें कायम हुआ जो महेन्द्रनाथ की निगाह में रीति-रिवाज़ और कायदे कानून की समझ और पकड़ दोनों से बाहर है। महेन्द्रनाथ ने मुझे बताया, घरवालों ने एक बार कहीं मेरी शादी ठहरायी थी। तब मैं तालबे-इल्म था। दुनिया का इल्म हासिल करने की तलब कुछ इतनी तेज होती चली कि शादी टालता ही गया। आख़िर लड़कीवालों ने आजिज आकर बिटिया

कहीं और ब्याह दी। इल्मे-दुनिया की फिराक में मैं पुंज से लाहौर, लाहौर से दिल्ली, दिल्ली से लखनऊ, लखनऊ से पूना, और पूना से बम्बई पहुँचा। कई घाटों का पानी पीया और किसी घाट का पानी रास नहीं आया। कई धन्धे किये, और काफ़ी से कुछ ही कम इश्क भी। यूँ लड़कियों से मैंने दूर ही दूर रहने की कोशिश की। जो ख़ुद ही आकर गले पड़ गयीं, उन्हें भी आगाह कर दिया कि मैं शादी के कतई ख़िलाफ़ हूँ। इस पर भी अगर कुछ हो रहा तो उसे मजबूरी का मामला ही कहिये!

"दुर्गा को मैंने पूरी तरह अपना लिया तो शायद उसकी ख़ास वजह यही थी कि दुर्गा ने मुझसे कभी किसी किस्म की कोई माँग नहीं की। उसे महेन्द्रनाथ की ज़रूरत थी, किसी खाविन्द की नहीं। दो साल तक जिस तरह उसने मेरी खिदमत की, जिस अच्छे ढंग-से वह मेरे रिश्तेदारों और अजीजों से पेश आयी, उसका मुझपर गहरा असर पड़ा। दुर्गा के यहाँ मुझे वह चीज़ मिली जो मुझे तब तक ढूँढ़े नहीं मिली थी—इन्सानियत, खालिस इन्सानियत। समझदारी के साझे, समझौते, समाजी इकरार, साइकोलौजी के पेचोखम, मैरिज मैनुएल्स के मशविरे, यह सब आपको बहुत मिल जायेंगे। लेकिन किसी को बगैर किसी शर्त या उम्मीद के अपना लेने का जिगरा मिलना दुश्वार है। हमें साथ रहते तेरह साल से ज़्यादा अरसा गुज़र चुका है लेकिन आज तक दुर्गा ने यह नहीं कहा कि मुझसे बाकायदा शादी कर लीजिए। उसे मेरी जात पर पूरा भरोसा है और मुझे उसकी जात पर। आज तक उसने मुझसे कोई शिकायत नहीं की और न मुझे ही कोई शिकायत करने का मौक़ा दिया। मैंने, अलबत्ता, दो-एक ऐसे मौक़े ज़रूर दिये उसे। दुर्गा से ज़्यादा पढ़ी-लिखी, ज़्यादा ख़ूबसूरत, ज़्यादा नजाकत और नफासतवाली लड़कियों की दुनिया में कमी नहीं। तो दुर्गा को अपनाने के बाद भी इस किस्म की कुछ लड़कियाँ मेरी ज़िन्दगी में तकरीबन जबरदस्ती घुसती चली आयीं। मेरा मन कुछ डांवाडोल भी हुआ, लेकिन दुर्गा से मैं अलग नहीं हुआ, या यों कहिये, नहीं हो सका। जो लोग सात फेरे लगाकर शादी करते हैं, वो बीवी को महज बीवी समझकर कहीं और इश्क फरमा सकते हैं, जो किसी कानूनी दस्तावेज़ पर सही करके नाता जोड़ते हैं, वो किसी दूसरे दस्तावेज़ पर दस्तखत करके नाता तोड़ भी सकते हैं। लेकिन मैं उस दुर्गा से क्योंकर

अलग हो पाता जिसे किसी कानून ने नहीं एक सीधे-सादे इनसानी जजबे ने मेरा बनाया! नहीं, इन अफेयर्स की बात मैंने दुर्गा से कभी छिपायी नहीं। यूँ आमतौर से अपनी बाहरी ज़िन्दगी की बातों से उसे बोर नहीं करता लेकिन, जिस बात का उससे सरोकार हो, उसे उसके कान में ज़रूर डाल देता हूँ।

दुर्गाजी ने प्रश्नोत्तर में कहा—"मुझे इनकी हर बात अच्छी लगती है। विशेष? विशेष तो मानवीयता। मेरा हाथ गहा और आज तक अच्छी तरह साथ निभा रहे हैं, यह क्या कम बड़ी बात है! गुस्सा नहीं करते, झगड़ा भी नहीं। बुरी? बुरी मुझे इनकी कोई बात नहीं लगती। इतना ही है कि घूमन-घामना, पिक्चर-पिकनिक। यह सब इन्हें पसन्द नहीं, घर में ही बैठे रहना चाहते हैं। घर घुस्सू? ऐसा मैं नहीं कहूँगी। हाँ, अपनी बातें बताते हैं मगर ज़्यादा नहीं। मैं ही ज़्यादा बोलती हूँ। ध्यान से सुन लेते हैं, कहते कुछ नहीं। ज़्यादा बोलने की इनकी आदत ही नहीं है। सोचते ज़्यादा हैं न, इस वास्ते बोलते कम है। लेखक ठहरे। हाँ, पिक्चर लिखते हैं या कहानी या उपन्यास लिखते हैं तो मुझे बताते हैं। मैं सुझाव भी देती हूँ कभी। मान भी जाते हैं। वो जो थी न कहानी, आदमी जाता है टाँगा लेकर, गली से रोने की आवाज़ सुनायी देती है, हाँ, 'अगर मैं मर जाऊँ तो'। उसमें मेरे कहने पर इन्होंने हीरोइन को मारा नहीं। हाँ, इनका लिखा सब पढ़ती हूँ। सबसे ज़्यादा पसन्द तो इनका उपन्यास 'वायदा' है जिसमें हीरो प्रेम में पड़ जाता है लेकिन अपनी घरवाली को छोड़ता नहीं। एण्ड में लौट आता है। जैसे सुबह का भूला शाम को घर आ जाय। घर का काम? ये बिल्कुल नहीं करते। सब मैं सम्हालती हूँ। सौदा-सुल्फ करना इनसे आता ही नहीं। एक दिन गलती से पाव लानेके लिए कह दिया था वह भी नहीं लाये। नहीं, कपड़े इधर-उधर नहीं पटकते। अपनी चीज़ें सम्हालकर रख लेते हैं। बदले बिल्कुल नहीं हैं, जैसा पन्द्रह साल पहले देखा था, वैसा ही आज भी देखती हूँ। कुछ गलत कहा जी मैंने? कुछ बुरा तो नहीं लिख देंगे ये?" दुर्गाजी महेन्द्र का मुँह ताकने लगीं और महेन्द्रनाथ ने अपने उस ख़ास लजीले अन्दाज़ से हँसते हुए कहा—"ठीक तो है, न मैं बदला हूँ न तुम, और भगवान करे हम बदलें भी नहीं।"

बम्बई का बुलावा

हम आज से कोई चार साल पहले जब पहली बार बम्बई आये, तो जुहू में एक दोस्त के यहाँ ठहरे जो फ़िल्मी दुनिया में दखल रखते हैं। एक महीने के जुहू-प्रवास में कई लोगों से हमारी मुलाकात हुई जिनमें कश्मीर से लेकर कन्याकुमारी और कलकत्ता से लेकर कच्छ तक, भारत के सभी प्रदेशों के नुमाइन्दे थे—अजीबोगरीब लोग, जो अपने जितने ही अजीबोगरीब मकसद लेकर बम्बई आये थे। मसलन चौदह साल का वह लड़का जो बगल में बहादुरशाह-सम्बन्धी स्क्रिप्ट दबाये हुए और मन में फ़िल्म-लेखक बनने का सपना सँजोये हुए बम्बई आया था और फिलहाल एक फ़िल्म-लेखक के यहाँ, बतौर शागिर्दी, बरतन माँज रहा था। या एक वह दस-बारह साल का बच्चा जो दिलीप कुमार के दर्शनों के लिए बार-बार बिला टिकिट बम्बई भाग आता था; जो अपने को बहुत ही ऊँचे पाये का अभिनेता मानता था और इसके सबूत में आपके आदेशानुसार हँसने-रोने, हँसते-हँसते रोने और रोते-रोते हँसने तथा किसी भी फ़िल्म का कोई भी संवाद, 'एट्टिंग' सहित सुनाने के लिए सदा तैयार रहता था। फ़िल्मी गाने भी इस बालक को सब याद थे। उदास होने पर वह अकसर बम्बई-स्तुति में कहता था—'ए दिल है मुश्किल जीना यहाँ, यह है बम्बई, यह है बम्बई, यह है बम्बई मेरी जाँ। और इसके बावजूद, पुलिस द्वारा रिमाण्ड होम में रख दिये जाने के बावजूद, वह बार-बार बम्बई चला आता था। फ़िल्मी गीत चाहे कुछ कहे, बम्बई में कुछ आकर्षण है; और इस आकर्षण के रहते हुए बम्बई का बुलावा टाले नहीं टलता। बम्बई बुलाता है एक मनोहर मोन्ताज बनाकर : मेरीन ड्राइव, एक ओर सागर, दूसरी ओर कई मंज़िला इमारतों की कतार और बीच में

मोटरगाड़ियों की अविरल धार; जुहू, फेनिल फन उठाकर झपटती हुई लहरें, बालू पर बिछलती हुई लहरें, लहरों में लहराता दुकेला प्यार; हैंगिंग गार्डन्स, दूब और फूल और दूर ताड़ के किसी पेड़ पर टँगा हुआ, नीले अँधियारे में सिर्फ़ आप दोनों की ख़ातिर खिला हुआ पंचमी का चन्द्रमा; चर्चगेट स्टेशन, भीड़ जिसमें खो जाना कितना आसान है और शायद किसी के लिए आवश्यक भी। बम्बई बुलाता है एक विचित्र मोन्ताज बनाकर : अभी दर-दर ठोकरें खाता दरिद्रजन तो अभी कई-कई कारखानों का करोड़पति मालिक; अभी स्टूडियोज़ के चक्कर काटता थका-हारा नौजवान, तो अभी जाना-माना सितारा : अभी झुग्गी तो अभी हवेली; अभी फुटपाथ में बिछौना तो अभी लान में चाय-चबैना। बम्बई बुलाता है और कहता है कि मैं समदृष्टि हूँ, उदासीन हूँ तुम्हारा ओनरशिप फ्लैट बन जाय तो ठीक, नहीं तो फुटपाथ पर सो लेना; तुम्हारा डाइनर्स क्लब का क्रेडिट कार्ड आ जाये तो ठीक, नहीं तो पाव-उस्सल खा लेना। जिसे बुलाया जाता है, वह पूछता है कि फ्लैट और फुटपाथ, पुलाव और पाव के बीच भी कुछ होगा? और बम्बई कहता है—क्यों नहीं, चाल का रहना और चालू राइस प्लेट का खाना।

बाबूलाल इसी चालू राइस प्लेट पर चालू थे जिस वेला मैं उनसे पहली बार मिला। किसी चाल में खोली का इन्तजाम वह अभी तक नहीं कर पाये हैं। फिलहाल जिस हिन्दू होटल में खाना खाते हैं, उसी में मालिक की मेहरबानी से रात को सो जाते हैं। बाबूलाल मुझसे बहैसियत लेखक मुखातिब हुए और बोले—"मालिक बताये आप लेखक हो, हम भी राइटर हूँ, एक चीज़ लिखा हूँ फ़िल्म के मतलब का, कभी टायम हो देखना।" मैंने कहा—"अभी दिखाइये न।" बाबूलाल बाईस फुलस्केप कागज की पाण्डुलिपि ले आये। ऊपर लिखा था—'श्रीराम' कहानी का नाम—छोटे से बड़ा कैसा? कहानी में एक गरीब किसान का लड़का जमींदार द्वारा सताया जाता है, एक मिलिटरीवाले द्वारा बचाया जाता है, मिलिटरीवाले की पत्नी द्वारा भगा दिया जाता है, एक साधू बाबा द्वारा कानपुर पहुँचा दिया जाता है और कानपुर से भी कण्टाल जाने के बाद एक अन्य साधू बाबा द्वारा बम्बई भिजवा दिया जाता है, बम्बई में एक बड़े आदमी द्वारा आपन बच्चा जैसा पाला जाता है। बीच-बीच में गाने

और दो ठो ड्रीम सीक्वेन्स। नयी कहानियों के इस दौर में भी मुझे बाबूलाल की कहानी कुछ अधूरी जान पड़ी। तभी रहस्य खुला। बाबूलाल बोले—"हम इसे कम्पलीशन नहीं न किया हूँ, बीच में गाना नहीं लिखा हूँ, सांग राइटर के लिए जगह भर छोड़ दिया हूँ। आगे इसमें हीरो बड़ा होगा बम्बई में। हम हियां अपने ही लैफ लिखा हूँ, कुछ टच दिया हूँ फ़िल्मों का। जिल्ला तो गोरखपुर है हमारा असली में, लेकिन बस्ती में रहेका हुआ। दो बरस का था जब माँ गुज़रा, तीन बरस के उमिर में बाप भी खो दिया। फिर रहा यही तुम्हारा टेम्परवारी रिस्तेदार चाचा-भतीजे। फिफ्टी में हम गाँव छोड़ दिया हूँ। तब हम नौ-दस बरस का रहा, नहीं नौके नीचे ही था, आठ-नौ ऐसा ही। घर में खेती थी हमारे, लेकिन बिसेस ऐसा नहीं। अड़ोस-पड़ोस, आजू-बाजू का लोग कई थे बम्बईवासी। उनसे सुना हुआं का हाल तो लालसा हुआ मेरा कि बम्बई जाये का, कुछ पढ़े-लिखे का, बड़ा आदमी बने का हो तो अच्छा। खाइस उठा मन में तो चल पड़ा। पास जो पैसा था उससे कानपुर तक का टिकट निकाला। गाँव छोड़ने के बाद दो बरस तक हम कानपुर में ही था। भैंस के तबेले में काम करता था। नौकरी करे से पैसा जमा हुआ पास में तो हमने इधर आ गया बम्बई में। दस-ग्यारह बरस का रहा हम तब। सोचा कुछ धन्धा-व्यापार करेगा। लेकिन उतना छोटे में धन्धा कैसे होगा? काम किधर ढूँढ़ेगा? हमारा गाँव का जो दो-चार जन इधर था, उनका नाम तो हम जानता रहा, लेकिन ठिकाना नहीं। कहाँ जायेगा? कोई मिला नहीं। फिर एक आदमी मिला हमको परदेसी, बोलेगा तो पटने का था। किसी आफिस में पीवन था। आफिस के एक साहब के यहाँ हमें वह रखा दिया। बाद में हम उसे बहुत ढूँढ़े, नहीं मिला। नौकरी छोड़कर कहीं चला गया रहा। साहब के साथ में थे, जब नाइट स्कूल में मैंने भरती हो गया थोड़ा दिन। सोचे थे, पढ़ेंगे, उन्नत करेंगे। लेकिन बम्बई में हम बहुत कुछ देखे, कामवाली चीज़ कोई नहीं देखे। नाकाम वाली बहुत। बम्बई आय के बाद तीन बरस हुआ जब हम घर गया हूँ, यह बताने कि हम हूँ करके ज़िन्दा। डाँटेगा तो सभी, डाँटा भी, हमने बिना कहे जो बम्बई चला आया था। खुसी भी हुआ, खोया हुआ चीज़ मिलता है तो खुसी होता ही करता है। नक्स्ट टाइम हमको फिर गाँव जाये का रहा तो साहब मना किया। गरम मिजाज़ से बोला। हम छोड़

दिया नौकरी। शंघर्स सुरू हुआ फिर। ठोकर खाया। एक गुजराती पटेल रहा, चौकीदार उमर पारक बिन्डिग में, उसने साथ रख लिया। इस होटल के मालिक से भी यहाँ रहते-रहते अच्छा सम्बन्ध हो गया। फिर अस्टूडियो का बहुत चक्कर लगाये। बूममैन, लाइटबाय ऐसा काम किया, कुछ हासिल नहीं हुआ। फिर हमने एक कम्पनी में अपरन्टिस था। तीन साल उसमें निकाला। अब फिटर एसिस्टण्ट हम हूँ। सादी का कोई बिचार नहीं। बाल-बच्चों को देखना माँगता है न? कहाँ रहेंगे? फुटपाली में? नहीं हमने अब तक अपने मन का माफिक कोई औरत नहीं देखा हूँ। देखूँगा तो जरूरे सादी होगा। कहीं भी हो, कोई भी हो। अब तक तो हमने दो कान के गधी ही देखा हूँ, बस। नहीं बम्बई छोड़ेगा नहीं हम। हमारी क़िस्मत कभी पल्टगा। यहाँ जिसे सिनगेचर करने नहीं न आता, उन्होंने लखपति बन गय, बी.ए. पास हैं तो हाथगाड़ी चलाता है। हम भी कभी कुछ बनूँगा ज़रूर।"

फिटर-मिस्त्री बाबूलाल 'बड़ा बनना कैसा?' वाले मूड में बम्बई आये तो यशस्वी पत्रकार **मुनीश सक्सेना** कुछ इस मूड में कि 'अब कुछ भी करना कैसा?' उनकी जबानी सुनिये—"जिक्र है फरवरी सन छियालिस का। लखनऊ यूनिवर्सिटी में ए.ए. फाइनल में पढ़ता था। बड़े भाई साहब और मैं दोनों होस्टल में रहा करते थे। मुझे फीस जमा कराने के लिए उन्होंने रुपये दिये। मिल-मिलाकर यही कोई चार सौ साठ। हास्टल से साइकिल पकड़कर निकला हूँ, यूनिवर्सिटी आफिस की ओर। फिर जाने क्यों मन में यह ख़याल आता है कि काहे को फीस जमा कराओ, काहे को इम्तहान दो? निहायत वाहियात-सा मूड, जिसकी कोई साफ़ वजह न तब नज़र आयी, न अब आती है। शायद किसी हद तक कारण यह रहा हो कि पढ़ाई-लिखाई की ओर कभी कोई तवज्जह ख़ास नहीं दी थी। शुरू में सहज-बुद्धि के बूते पर फर्स्ट क्लास पाते रहे थे, अब फेल भी होने लगे थे। सोचा, इस बार भी अटक गये, तो एक तरह से फ़ाइनल डिस्ग्रेस होगी। कम्युनिस्ट पार्टी से भी सम्बन्ध था। न होते हुए भी होल टाइमरों में शुमार थे। पार्टी हम से कोई विशेष प्रसन्न नहीं थी, क्योंकि ईमानदारी की बात यह है कि उस किस्म की कोई कन्विक्शनवाली बुनियाद थी ही नहीं। नीति-राजनीति कम ही समझते

थे। बुनियादी तौर से कामकाजी किस्म के प्राणी थे। और बैठकबाज भी। बरायनाम यूनिवर्सिटी जाते थे। तीसरे पहर से जो गप-गोष्ठी के लिए निकले हैं, तो आधी रात गये लौट रहे हैं। पीते भी काफ़ी थे, और कॉफी ही नहीं, दूसरे चीज़ें भी। पार्टी से बाहर भी कई चीज़ों से दिलचस्पी थी–रेडियो, अख़बार, साहित्य-वाहित्य। कुल मिलाकर गोया वेस्टिंग टाइप। होटल में बैठे हैं, तो बस बैठे ही हैं। तथाकथित कल्चर और इण्टलेक्चुअलता, और कुछ नहीं। यानी कुछ करना ही नहीं है। इसीलिए शायद यह सनक सवार हुई कि कहीं भी चले चलो। चुनांचे साइकिल एक साथी को दे दी हास्टल पहुँचाने के लिए। रेडियो का कन्ट्रेक्ट था, वह एक दूसरे दोस्त को दिया। चारबाग स्टेशन जा पहुँचे। कहाँ जाना है, कुछ पता नहीं। पहली जो ट्रेन छूटी, उससे हम भी चल दिये। पन्द्रह-बीस दिन तक यूँ ही घूमा किये–मुगलसराय, इलाहाबाद, अलीगढ़, दिल्ली। ट्रेन और वेटिंग रूम, यही सिलसिला रहा। इलाहाबाद से एक खत भाई साहब को डाल दिया–देनदारी का ब्यौरा और उसे पूरा कर देने की इलतजा। दिल्ली में एक जान-पहचान वाले टकरा गये। उन्होंने कहा–इम्तहान के दिन नजदीक हैं, तुम यहाँ कैसे? मैंने कहा कि हाथरस गया था बहन के यहाँ। सोचा, चलो दिल्ली भी हो आयें, कुछ लोगों से मिलना होगा।

महोदय ने हमें एक रजाई पकड़ा दी कि इसे लखनऊ में फलां-फलां को दे देना। बक्सा-बिस्तर कुछ लाये थे नहीं साथ। चुनांचे रजाई के लिए एक होलडाल ख़रीद डाला। फिर स्टेशन पहुँचे। मालूम हुआ, पंजाब मेल छूटने को है। जा बैठे। बम्बई आ गये। रास्ते में सैण्डहर्स्ट रोड स्टेशन पड़ा था। पार्टी का हेडक्वार्टर उन दिनों वहीं हुआ करता था। लिहाज़ा लोकल पकड़कर वहाँ गये। स्टेशन पर दो चीज़ें पड़ी मिलीं–एक हरी शाल और कुछ रेजगारी। इलेक्शन के दिन थे, पार्टी आफिस में कोई मिला नहीं। वहाँ से बाहर निकले, तो एक न्यू रत्नाकर विश्रान्ति गृह दिखायी दिया। सोचा, यह कोई रेस्टहाउसनुमा जगह होगी, क्यों न यहीं करें? जाकर मालूम हुआ कि बम्बई में विश्रान्ति गृह रेस्तराँ हुआ करते हैं। फिर बसों में घूमा किये। जो जहाँ ले गयी, वहीं जा पहुँचे। फिर ख़याल आया, क्यों न स्टूडेण्ट्स फेडरेशन के दफ़्तर में चले जायें? वह लेमिंग्टन रोड में था। लोगों से जुगराफिया तलब

करते-करते रात आठ बजे लेमिंग्टन रोड पहुँच गये। बहुत ढूँढ़ा, मगर एस. एफ. का दफ़्तर नहीं मिला। साहब, मिलता कैसे? वह थाने के ऐन सामने जो था। और मज़ाक़ यह कि उसका नम्बर 350 और थाने का 192। अपनी तो कोई फिकर नहीं थी, लेकिन रजाईवाले होलडाल से बड़ी कोफ्त होने लगी थी। एक सुभाष लाण्ड्री नज़र आयी। मैले कपड़े थैले से निकालकर वहाँ डाले। ये कपड़े और यह थैला सब यात्रा के दौरान में ख़रीदे गये थे। ख़ैर, तो लाण्ड्रीवाले से कहा कि भई, ज़रा हमारा यह होलडाल देखना, हम अभी आते हैं। वह बोला कि दूकान आध घण्टे में बन्द हो जायेगी। मैंने कहा—ठीक है। सामने एक ताम्बे उपाहार गृह दिखायी पड़ा—'पाँच आना राइस प्लेट चालू आहे।' वहाँ जा बैठे, इस इन्तज़ार में कि कब लाण्ड्री बन्द हो और बाहर निकलें। लाण्ड्री बन्द हुई, एस.एफ. आफिस की नये सिरे से तलाश की। वहाँ अँधेरा मिला। पार्टी आफिस गया, वहाँ भी कोई नहीं। फिर यहाँ लौटा और वही ब्लैक आउट। ख़ासा घबरा उठा, साहब। पचास रुपया जो था पास में, उसे मफलर में लपेटकर पेट से बाँध लिया। कोई साढ़े ग्यारह बजे आफिस में रोशनी हुई। वहाँ पहुँचे, तो एक पारसी कामरेड मिले—गोलवाला। नाम से मुझे पहचानते थे। उनसे अपने दोस्त रवि सिन्हा के बारे में पूछा। उन्होंने बताया कि वह तो सिनेमा गये हुए हैं। यह इशारा काफ़ी था कि हम चले जाते, लेकिन साहब, जाते तो कहाँ? इस चक्करबाजी में आध-पौन घण्टा बीत गया। गोलवाला उठ खड़े हुए, लेकिन हम हज़रते दाग बने रहे। गोलवाला ने कहा—आप रवि का इन्तज़ार करेंगे, तो फिर बस वगैरह कुछ नहीं मिलेगी। मैंने इस इशारे को भी नज़रअन्दाज़ कर दिया। दो बेंच भिड़ाकर पसर गया। गोलवाला चला गया। यह मेरी उससे पहली चोट लगी और अस्पताल में वह मर गया। ख़ैर, तो आख़िर रवि सिन्हा से मुलाकात हुई, उन्होंने पूछा—क़िस्सा क्या है? हमने कहा—हम आ गये हैं, रोज़गार और रिहाइश का कोई ठिकाना कर दो। उन्होंने अच्छा कहा और डांगे के इलेक्शन के चक्कर में चल दिये। रात एस.एफ. आफिस में हम अकेले सोये हुए थे कि एक बूढ़े साहब आये और बोले—मेरा बेटा कहाँ है? तो साहब हम दो अनाड़ी उनके बेटे की तलाश में निकले। पार्टी आफिस, गिरणी कामगार यूनियन और कहाँ-कहाँ। और बूढ़े साहब हैं कि मुतवातिर

रोये जा रहे हैं और कम्यूनिस्ट पार्टी को और मुझे गालियाँ दिये जा रहे हैं। इलेक्शन के दिन मेरे अलावा और किसी को उनका दुखड़ा सुनने की फुरसत नहीं। रवि सिन्हा से मालूम हुआ कि बुढ़ऊ के बिटवा, विलिंगडन कालोनी में विराजाते हैं। वहाँ पहुँचे और देखिये क़िस्मत कि जिस घर में रोशनी थी, वही पुलिस इन्स्पेक्टर का निकला। अब मैं बुढ़ऊ को खींचूँ और बुढ़ऊ भीतर घुसे जायें। आख़िर रात डेढ़ बजे बुढ़ऊ के बिटवा बरामद हुए। डाँट-फटकार-पेशी। रात वहीं गुज़री। दूसरे दिन पार्टी आफिस गये। पण्डित पूरनचन्द्र जोशी मार क्यूरिअस हमारे बारे में। हमें डिसिप्लिन में ले लिया गया और घर जाकर बाकायदा बम्बई आने का हुक्म जारी कर दिया गया। लखनऊ लौटे, इम्तहान-विम्तहान सब ख़त्म हो चुके थे। लखनऊ से गोंडे जाने की मुझे हिम्मत नहीं होती थी। हॉस्टल जाने की भी नहीं। लिहाज़ा पिक्चर देखने जा बैठा। वहाँ आगे की सीट पर भाई साहब के एक दोस्त दिखायी पड़े और हम बगैर सिनेमा देखे गोंडे की गाड़ी से जाते नज़र आये। सुबह गाड़ी पहुँची। हमारी स्ट्रेटेजी यह रही कि उस वक़्त घर जायें जब पिताजी टहलने गये हुए हों। स्ट्रेटेजी काम आयी। घर पहुँचे, जगार हुई। माँ गले लिपटकर रोयीं। लेकिन हम डिसिप्लिन की मातहत मोह-ममता-माया भुलाकर फिर बम्बई आ गये। मोर्चा मार्का कामरेड हम थे नहीं, तो हमें छापे-वापेख़ाने के चक्कर में रख दिया गया। फिर सन पचास में वह जो उखाड़-पछाड़ हुई, तो हम भी चारों खाने चित, यानी पीपुल्स पब्लिशिंग हाउस से बाहर। तो अनुवाद ज़िन्दाबाद का नारा बलन्द किया—अंग्रेज़ी से हिन्दी, उर्दू से हिन्दी, हिन्दी से उर्दू वगैरह। इस सिलसिले में राजकमल वालों से रिश्ता जुड़ा। दिल्ली भी रहना हुआ। कई आयी गयी किस्म की नौकरियाँ। और अब फिर बम्बई—ब्लिट्ज हिन्दी के सम्पादन के सिलसिले में। काफका की कहानियों की याद दिलानेवाले वे पहले दो दिन छोड़ दें, तो बाकी सारा बम्बई-प्रवास ख़ासा सीधा सपाट रहा है। शादी इस बीच ज़रूर हुई। उसमें कोई ऐसा पेंच नहीं। सरदार जाफरी के यहाँ जाया-आया करता था। वह एक अख़बार निकाला करते थे। वह एडीटर, मैं जमूरा। इस दौरान में उनके घर में एक मास्टरनीजी से मुलाकात हुई और हमने उनकी शागिर्दी कर ली। आलम यह कि कोर्ट में भी शादी करने के लिए धेला-पैसा नहीं। राजकमल

वाले बाबू ओमप्रकाश को खटखटाया, तो उन्होंने इसे महज एक मज़ाक़ समझा। मैं परेशान। ताव में आकर अपनी इकलौती सूट लाण्ड्री में डाल दी थी, अब उसे लाने के लिए पैसे नहीं। गोया दूल्हा मियाँ शादी पर पहनेंगे तो क्या पहनेंगे? अजीब घपला। मैं ओमप्रकाश के पास गया, पर्सनली। कैफियत बयान की। उनका कोमल दिल दो सौ रुपये की हद तक फ़ौरन पसीज गया। सूट छुड़वायी और पहनी, बहैसियत बाराती राजेन्द्रसिंहजी बेदी और जनाब खलीक नकवी को पकड़ा, और बस। अमां, तुम यह सब पूछ क्यों रहे हो कुरेद-कुरेदकर? हमने कहा न, हमारी ज़िन्दगी बहुत ही सादा टाइप की रही है।"

बाबू मुनीश सक्सेना की इस सादगी पर मरने से पेशतर आपको बाबू **द्वारिकाप्रसाद सक्सेना** उर्फ डी.पी. की अलंकारिता पर मर मिटना होगा। डी. पी. बजाप्ते खुद कोई ख़ास ख़ूबसूरत नहीं, लेकिन अपने चारों ओर ख़ूबसूरती देखने की कोशिश हर चन्द करते हैं और अकसर कामयाब भी हो जाते हैं। गुलबदन न सही, तो गुलदस्ता ही सही, और अगर महकते फूल भी न हों, तो महकते अशआर ही सही। जी हाँ, डी.पी. पोयेट किस्म के प्राणी हैं। फिलहाल वह कालिदास की चेलागिरी छोड़कर भृगु के चरणों में लोटे हुए हैं और उनकी ज्योतिष-विद्या दिन-ब-दिन जोर पकड़ती जा रही है। हिन्दी और उर्दू दोनों को तलाक देकर आजकल कुछ इस तरह अंग्रेज़ी बोलते हैं कि कामा तो कामा, इन्वर्टेड कामा भी साफ़ सुनायी दें। मेरी खुशक़िस्मती कि उन्होंने इस बयान में अंग्रेज़ी का सहारा नहीं लिया।

"बम्बई में हवा-बदली की गरज से आया था। लेकिन यहाँ आकर कुछ ऐसा चिपक गया मानो बम्बई विरासत में मिली हो। सन पैंतालीस की बात है यह। घर में किसी चीज़ की कमी नहीं थी। पिताजी मध्यप्रदेश में जाइन्ट सेक्रेटरी के पद से रिटायर हुए थे। भाई-बन्द, चचा-ताऊ सभी गरज यह कि ऊँचे-ऊँचे ओहदों पर थे। पिताजी की खाहिश थी कि मैं बिजनेस करूँ। मुझे कामर्स पढ़ने पर मजबूर किया गया। सरस्वती का साधक लक्ष्मी का पुजारी नहीं बन पाया तो नहीं बन पाया। फिर मंगल ने जोर मारा और मैं मिलिट्री में जा भरती हुआ। अफसरान मेरे काम से बहुत खुश थे। टैंकों को फील्ड

से बाहर निकालने की परीक्षा में मैंने आप देखिये कमाल ही कर दिखाया। एक बार फ्री हैण्ड से बड़ा नक्शा बनाने की ज़रूरत आन पड़ी। बड़े-बड़े जवाब दे गये। तब यह अदना नाचीज ही काम आया। मेजर साहब ख़ुश हो गये। खाकसार को कमीशन मिलने की बात चली। मगर साहब ग्रहों को क्या कीजिएगा? लड़ाई के मैदान की बजाय मैं घर के आँगन में नज़र आया। माँ मेरे बिछोह में बीमार पड़ गयी थीं। मैं भी बीमार पड़ गया। फिर जैसा कि मैंने पहले अर्ज किया, हवा-बदली के सिलसिले में बम्बई आ पहुँचा—हिन्दुस्तान के इस अजीमुश्शान शहर में जिसकी हर चल और अचल चीज़ चकाचौंध कर देती है, जिसके हसीन दिलकश चेहरे शीत की लहर में गरमाहट पैदा कर देते हैं। तो साहब, मैं भी हिमाकत कर बैठा। उस क़िस्से को छोड़िये, यानी दुखते तार को न छेड़िये। बहरहाल मैं पिताजी के जान-पहचान वाले एक साहब के प्रेस में रहने लगा। वान्टेड कालम का जमकर अध्ययन करना शुरू किया। एक सिन्धी कनसर्न में स्टेनोग्राफर कम, सेक्रेटरी ज़्यादा, बना दिया गया। फर्म के काम से भारत-दर्शन कर डाला। सेठ ख़ुश था। मकान फ्री, खाना फ्री, और भी बहुत-कुछ तकरीबन मुफ्त। हिन्दुस्तान-पाकिस्तान बन जाने के कारण नौकरी छूट गयी। फिर कई कम्पनियों और फर्मों में पापड़ बेले। उन दिनों हम पाँच-छः मित्र इकट्ठा रहते थे। मिक्स्ड कम्पनी, फ्री एटमासफीयर, मेरी कुण्डली में लग्न से पाँचवाँ शुक्र है तुला का। उसने असर दिखाया, तो मैं कुछ लिखने-लिखाने लगा। बेधड़क बनारसी की तरह निधड़क बम्बइया बन बैठा। कवि-सम्मेलनों में हिस्सा लेने लगा। कवि तो कोई ऐसा ख़ास बन नहीं पाया, लेकिन आपकी कृपा से अच्छे-ख़ासे कवियों का दोस्त ज़रूर बन सका। घरवाले चाहते थे कि मैं सरकारी नौकरी कर लूँ। भारत सरकार के फ़िल्म्स डिवीजन में मुझे काम मिल गया। तब से वहीं हूँ। मेरी शादी की बातचीत यहीं बम्बई में चल रही थी। इस सिलसिले में स्थानिक कायस्थों से परिचय हुआ। शादी तो मेरी एक गलतफहमी की वजह से हुई नहीं। ख़ैर, इस चक्कर में कायस्थों से अच्छे-ख़ासे कन्टेक्ट बन गये और मैंने कुछ दोस्तों के सहयोग से चित्रगुप्त सभा की स्थापना कर डाली। मेरी एक्टिविटी चतुर्दिक बढ़ने लगी। ज्योतिष के भी झण्डे गड़ गये। पामिस्ट्री, एस्ट्रोलॉजी, न्यूमेरोलॉजी—सभी कुछ सीखी और ख़ूब सीखी। कोई दिन ऐसा

नहीं जाता कि मैं दो-चार हाथ या कुण्डलियाँ न देख लूँ। ख़ुशमिजाज़ी और चटपटी बातों की वजह से पॉपुलेरिटी बढ़ती गयी। शादी हुई, इस लायक था तो नहीं, मगर पत्नी बहुत ही अच्छी मिली है। दो बच्चे हैं। लड़का छठी क्लास में पढ़ता है। रेडियो प्रोग्राम में भी हिस्सा लेता है। बच्ची तीन साल की है—इतनी हुशियार कि मैं अब आपसे क्या कहूँ। भगवान की दया से सब कुछ अच्छा है। बस, एक मकान की तकलीफ है। बम्बई में अब तक कोई सात-आठ बार मकान बदलना पड़ा है और अब फिर वही नौबत आ पहुँची है। अच्छा, इंजाज़त दीजिए, मुझे मकान के सिलसिले में एक साहब से मिलना है।”

स्वरूप व्यास को मकान की कोई तकलीफ नहीं। उनका अपना ओनरशिप फ्लैट है। बम्बई की कमायी से उन्होंने अपने जन्मस्थान उदयपुर में भी एक ठो बँगला बनवा छोड़ा है। व्यासजी बम्बई में कलम के बूते पर कमायी करने आये, लेकिन बम्बई उन्हें कण्ठ से फली। हिन्दी के अधिकांश वृत्त-चित्रों को वही वाणी देते हैं। व्यासजी व्यक्ति एक हैं, लेकिन उनके व्यक्तित्व अनेक हैं। एक में वह आपफो बहुत ही कामकाजी, दुनियादार और व्यवहार-कुशल, गरज यह कि अच्छे-ख़ासे पब्लिक रिलेशन्स आफिसर नज़र आते हैं। दूसरे में वह गोलियाँ खाते और ब्लडप्रेशर नपवाते पाये जाते हैं। आँखों की कोरों में दुनिया भर का दर्द और ओंठों के कोनों में ज़माने भर की गालियाँ। तीसरे व्यक्तित्व में वह कतई लड़कैंधे हो जाते हैं, बेतुकी-सी तुकबन्दियाँ करते हैं और खामखाह ठहाके मारते हैं। चौथे में वह भगवती-वन्दन, स्वप्न-दर्शन और निज-कुण्डली निरीक्षण करते हुए पाये जाते हैं। इण्टरव्यू के दौरान में स्वरूप का तीसरा रूप प्रबल था। व्यास उवाच—“जीवन में मेरा एक निश्चित रोल था, इसी कारण मैं गणित में गोल था। यानी न तीन बार मैट्रिक में फेल हुआ होता और न ज़िन्दगी का ऐसा खेल हुआ होता। पिताजी, स्वर्गीय मोहनलाल व्यास, संस्कृत-हिन्दी के अच्छे जानकार थे। मेयो कालेज, अजमेर में पढ़ाने के बाद वह बम्बई में अध्यापन करने आये। उनके आशीर्वाद से साहित्यानुरागी हम बन बैठे। उदयपुर में एक देश-प्रेम की कविता सुनायी, तो दूसरे दिन घर में पुलिस नज़र आयी। बेटा स्वरूप व्यास बम्बई रवन्ना कर

दिये गये। पिताजी ने कहा—बेटा, करो और मरो का नारा लगाया है तुमने, इसलिए कुछ करो, वरना रास्ता धरो। तो कवि बनने के अरमान कुछ इस कदर जाग गये कि स्वरूप व्यास घर से भाग गये। नहीं, रहे बम्बई में ही, लेकिन एक दोस्त के साथ। मिलिट्री में थे एक मेजर। उन्होंने अपने यहाँ दावत देकर मुझे बुलाया बतौर एण्टरटेन्मेंट टैक्स। एक साहित्यप्रेमी कर्नल साहब वहाँ मौजूद थे। उन्हें जो पन्त-प्रसाद की महिमा सुनायी, तो उन्होंने नौकरी दिलाने की आस बँधायी। कोलाबा-मिलिट्री कैम्प में उनसे मिले, नौकरी मिली। राजपूताना राइफल्स में सिविलयन इन्स्ट्रक्टर। काम कुल जमा यही कि लिखो सिपाहियों के लव लेटर। ऊपर की भी हुई अच्छी कमायी, पण्डित व्यास ने जब-तब नारायण महिमा गायी। इधर हमने गृह-प्रवेश किया और उधर बटालियन ने विदेश-प्रयाण। यानी बेताल फिर उसी पेड़ पर जा लटका। शायरी का नशा चढ़ता गया, जुहू जाने का मर्ज बढ़ता गया। वहीं एक चित्रकार से मुलाकात हुई। वह एक नृत्यकार के पास ले गये कि भैया, अब जो तू रचे बैले, तो इस कवि को भी लैले। तो साहब, नृत्यकार महेन्द्र मोदी के लिए, मतलब रातोंरात कुछ गीत लिखे। उन्हें पसन्द आये। पहले राष्ट्रीय आपेरा, 'अशोक मेधाविन' के लिए गीत संवाद उन्होंने लिखवाये। मैं कुछ इतना, मतलब, नर्वस था कि मतलब, मैंने किसी को बताया नहीं कि मैं क्या कर रहा हूँ, पिताजी को भी नहीं। रिहर्सल वगैरह रात को होता था। जब व्यास घर पहुँचता, सारा कुनबा सोता होता था। बेटा काम से जाता था, लेकिन घरवाले सोचते थे कि गया काम से। कुछ महीने बाद साठ हज़ार की लागत से 'अशोक मेधाविन' बम्बई में प्रस्तुत किया गया। मैं अपने घरवालों को उसे दिखाने ले गया। पिताजी प्रसन्न हुए। उन्होंने कहा कि बेटा, सब धन्धा छोड़ो, बैठकर तुकें जोड़ो। शान्तिबर्धन के साथ रहा। उनके बैले 'डिस्कवरी आफ इण्डिया' के लिए गीत लिखे। उसके बाद चार-पाँच और नृत्यनाट्य लिखे। शोहरत मिली, मगर दौलत नहीं। फिर खाली पेट पद-यात्रा का दौर चला। फ़िल्मी गीतकार बनने के चक्कर में पूना गया, लेकिन इस चक्कर में घनचक्कर ही बना। फिर अपनी इमरजन्सी की मातहत क्लर्की की और दफ़्तर की इमरजन्सी की मातहत कमण्ट्री-लेखन और अनन्तर पारायण। लेखक गायब हुआ, तो हम लेखक बना दिये गये।

वक्ता गायब हुआ, तो यह प्रवक्ता माइक्रोफोन के सामने बिठा दिया गया। अब तक कोई दो-ढाई हज़ार फ़िल्मों की कमण्ट्री बोल चुका हूँ, गोबर-गैस से लेकर गगन-गमन तक, सब तरह के विषयों के भेद खोल चुका हूँ। मतलब, सोचा था क्या, क्या हो गया। बम्बई छोड़ने का, मतलब, बार-बार मन करता है, लेकिन इसी नगर में धन मिलता है। अस्तु, एवमस्तु, मतलब, वस्तुस्थिति इस प्रकार है कि बन्दा ब्लडप्रेशर के बावजूद बम्बई में बरकरार है। बम्बई के बारे में कुछ न पूछो। यहाँ बलाएँ बहुत हैं, बालाएँ भी। नज़र अकसर लगती है। इसीलिए मैंने वह काला डोरा उतार दिया है जो उदयपुर में मुझे पहनाया गया था। मतलब, पूर्णरूपेण निरस्त्रीकरण। स्त्रीकरण की भगवान जाने। सूत्र रूप में इतना ही कहूँगा कि बहुरंगी बम्बई बहुमुखी है, जिसने इस पर विश्वास किया, दुखी है।"

सिन्धी और पनवाड़ी, इनमें कोई तुक शायद स्वरूप व्यास भी न ढूँढ़ पाये, लेकिन यह बम्बई है, यहाँ कब क्या देखने को मिले, कुछ ठीक नहीं। तो **भगवानदास**, वार्डन रोड के सिन्धी पनवाड़ी हैं। भगवानदास की लोकप्रियता और उनकी दुकान की सफलता का अन्दाज़ा इसी से लगाया जा सकता है कि वह वार्डन रोड पर फ्लैट लिए हुए हैं जिसका किराया चार सौ से कम तो क्या होगा। भगवानदास बोलते बहुत कम हैं। दरअसल वार्डन रोड के शौकिया पनखव्वा प्राणियों के लिए मिठाईनुमा पान बनाते हुए उन्हें कुछ कहने-सुनने की फुरसत ही नहीं मिलती। हर ग्राहक को 'सेठ' का खिताब दिया, पान दिया और छुट्टी की। इस इण्टरव्यू के लिए मैंने उन्हें बहुत घेरा? मगर वह पकड़ में आये नहीं। बमुश्किल इतना बयान मुझे उनसे मिल सका—

"हमारा फादर कराची में कपड़े का धन्धा करता था। पाकिस्तान बना तो फादर अहमदाबाद गया और हम मदर के साथ जोधपुर गया, जहाँ हमारा मामा था। चार साल का था, जब अहमदाबाद गया। स्कूल भरती हुआ। पाँच किताब सिन्धी पढ़ा। दो-तीन हिन्दी। एक-दो इंगलिश। कुछ बड़ा हुआ तो स्कूल और फादर की दुकान दोनों में जाने लगा। कुछ और बड़ा हुआ तो स्कूल छोड़ ही दिया। होल टाइम दुकान। हमारे कुछ भाई का किंग्स सर्कल में दुकान था पान-सिगरेट का पहले से। मैं भी इधर आ गया।

एक भाई के साथ मिलकर वार्डन रोड में यह दुकान निकाली चार साल पहले। इसी साल शादी की। नहीं, मोहब्बत वैसा कोई बात नहीं। घरवालों की मरजी से। फादर गुज़र गया सात बरस हुए। मदर है साथ में। छुट्टी के दिन? घूमते-फिरते हैं, बोलो सिनेमा देखते हैं। हाँ, वाइफ को साथ ले जाते हैं। बम्बई? बहुत अच्छा शहर है, बड़ा। बिजनेस में यहाँ अच्छा नफा है। जास्ती रुपया है लोगों के पास। सीन-सीनरी, लोग-बाग सब ख़ूबसूरत है। बेकार आदमी हो तो भी उसका दिल बहला रहे। हाँ, हम तो कामकाज में हैं। फिर भी दुनिया का रंग देखते हैं। किसकी कैसी चाल है। एक इशारे में ही आ गया न, इससे जास्ती खोलकर कैसे बोलना? देखते हैं और चुप रहते हैं। बम्बई में ब्लैक ही ब्लैक है, लेकिन हमें उससे मतलब नहीं, हमारा सारा जिनगी सफेद बाज़ार में बीता है। वैसे बम्बई में सब चलता है।"

वाकई बम्बई में सब चलता है और ख़ूब चलता है—पनवाड़ी का धन्धा भी।

ओ महानगरी, ओ महामाया!

पिछले इण्टरव्यू में हम धन्धों की बात कर रहे थे। बम्बई सचमुच धन्धों की नगरी है। यह बात और है कि कुछ को ये धन्धे ख़ासे गोरखधन्धे नज़र आते हैं। यहाँ ब्रीच कैण्डी में, जहाँ बैठकर मैं यह प्रस्तावना सोच रहा हूँ, इन धन्धों या गोरखधन्धों का कोई आभास नहीं है। सप्तमी का चाँद क्षितिज से काफ़ी ऊपर चढ़ आया है। भोर नीले सागर के एक छोटे-से टुकड़े पर चाँदनी बरसा रही है। सागर तट लगभग सूना है। यहाँ-वहाँ चट्टानों पर कुछ दुकेले जन प्यार कर रहे हैं और कुछ अकेले जन पगुरा रहे हैं। दूर की यह वासना मुझे कितनी सुहानी लग रही है! मेरी जेब में एक चिट्ठी है और मेरे मन में एक उदास-उदास-सी खुशी है। मैं एक धुन गुनगुना रहा हूँ जो मुझे बहुत आते-आते याद आती है। मैं मन्त्रमुग्ध हूँ। शिला-सा शान्त हूँ। मेरी यही कामना है, लहरें आयें और मुझे तोड़ती रहें—धीरे-धीरे, बहुत धीरे-धीरे। लेकिन मैं जानता हूँ कि मुँह मोड़ते ही यह मन्त्र टूट जायेगा। वार्डन रोड की चहल-पहल मुझे चकाचौंध कर देगी। धन्धों की नगरी मन को अन्धा बना देगी। सागर के समीप चट्टानों पर उगा हर प्रेमपुष्प अधखिला ही मुरझा जायेगा। महानगरी का यह सकल सुख-स्नेह कल किसी कूड़ागाड़ी में इस्तेमालशुदा उपकरण-सा पड़ा पाया जायेगा। निर्मम है यह नगरी और इसका सिद्धान्त यही है, छह दिन बेतहाशा कमाओ और सातवें दिन उड़ाओ—गटर में छिपी हुई शराब और कोई वेश्या सड़क-छाप। जो आपका दिलबहलाव, वही दूसरे का रोज़गार। धन्धे से कोई पार नहीं अदला-बदली और व्यापार की इस नगरी में। निर्मम है यह नगरी, फिर भी हर कोई इसकी ओर खिंचा चला आता है। और जो आता है, वह फिर लाख चाहे, और कहीं न जाता

है, न जा पाता है। क्या है रहस्य इस महामाया का? भेद सुनिये, सिने-लेखक और पत्रकार **उमेश माथुर** से–

"बम्बई नगर एक जुआघर है। इस जुआघर में ब्लाइण्ड चाल ही चलती और फलती है। मेरी तरह अकसर लोग यहाँ सुख, सेहत, सुकून–सब कुछ हारते ही जाते हैं, मगर बाजी छोड़ नहीं पाते। मैं चार बार बम्बई से अलविदा कह चुका हूँ और चारों बार झूठा साबित हुआ हूँ। समझे भाई, यहीं सब कुछ हारे हैं, उसे वापस पायेंगे तो यहीं। कभी तो साला पत्ता पलटेगा। क्या? बस यही चक्कर है बम्बई का, और कुछ नहीं।" यह कहकर उमेश अपना गुरुत्वाकर्षण केन्द्र कभी दायें, कभी बायें झुकाते हुए, मरी-मरी-सी चुटकियाँ बजाते हुए, कमरे में तेजी से चक्कर काटने लगे। चक्कर काटना उमेश का चहेता शगल है और 'चक्कर' उसका तकियाकलाम है। "जब हम पहले बार बम्बई आये न, तो यही कैमरामैन बनने का चक्कर था अपना। 'साइन आफ द क्रास' की फोटोग्राफी देखी, मस्त हो गये। कोई बात है न! आर.डी. माथुर साहब एक दिन दिल्ली में किसी रिश्तेदार के यहाँ मिल गये। मैं उन्हें बोर करने लगा। वह बोले–'अभी बच्चे हो, पढ़-लिख लो, तब बम्बई आना।' मुझे बड़ा गुस्सा आया। यह आर.डी. माथुर साहब लाख नामी कैमरामैन हों, अपने को समझते क्या हैं? और मुझे समझते कहाँ हैं? तो इस चक्कर में हम मैट्रिक की फीस के पैसों से टिकट कटाकर बम्बई आ गये। घर से भागने का चक्कर अपना चलता ही रहता था, समझे हालात ही कुछ ऐसे थे। ख़ैर, तो बम्बई पहुँचे साहब, मुबारक से मिले। उसने रणजीत में एल.एन. वर्मा का एपरेण्टिस करवा दिया। न तनखाह, न चैन, नाम कैमरामैन। बैठे-बैठे कैमरा रिपोर्ट भरते थे। एक दिन उसमें खुरशीद ने नाम के आगे मिस लिख दिया, तो बगल में खड़े किसी मसखरे ने कहा–'म्यां, नये आये मालूम होते हो, एक्ट्रेस भी कभी मिस हुई है?' हीराबाग धर्मशाला में रहना और रोज़ रणजीत तक पैदल जाना-आना। दैनिक बजट महज चवन्नी का। इस चक्कर में बीमार-से रहने लगे। बम्बई से विदा ली। घर लौटे। फिर लाहौर गये। दो-तीन महीने पंचोली में रहे। मिस्टर मल्होत्रा के साथ असिस्टेण्टी का चक्कर चलाया। मगर बात कुछ बनी नहीं। प्रेम-पत्र लिखने का अकसर अभ्यास करते रहे थे। तो यह तय पाया कि कैमरे-वैमरे

का चक्कर छोड़कर कलम के सिपाही बनें। हमारे नाम से एक संगीत-रूपक किसी मसखरे ने लिख दिया था। तो हमें मुफ्त की बधाइयाँ मिलने लगी थीं। ख़ैर साहब, इस चक्कर में हमने बधाइयों के लायक बनने की कोशिश की। दिल्ली आ गये। रेडियो-वेडियो के लिए लिखने लगे। शादी का भी चक्कर चलाया—प्रेमपूर्वक। घरबारी, संसारी हुए। ज़िन्दगी कुछ बनती नज़र आयी, लेकिन हमारी तो क़िस्मत ही साली उससे लिखी हुई है, समझे न! एक दुर्घटना से पत्नी का देहान्त हो गया। टूट गये भीतर से। दिल्ली छोड़ दिया। लखनऊ गये। वहाँ सरकारी फ़िल्म विभाग में नौकरी का चक्कर चलाया। बस-बस, वही आइडियल स्टूडियोज। वहीं थे हम साब। एक फ़िल्म लिखी, डायरेक्ट भी की। लेकिन वह चक्कर ही ख़त्म हो गया। हम रेडियो आर्टिस्ट सुशीला वैद्या की चिट्ठी लेकर बम्बई पहुँचे। ठाठ से दतिया पैलेस में ठहरे। ठाठ बड़े हमारे साहब। रहने के लिए आठ कमरे का महल, खाने के लिए पाव-उस्सल भी नहीं! दोस्तों की मेहरबानियों पर जिये। कुछ अपनी कारस्तानियों पर जिये। जब भूख का चक्कर बहुत परेशान करता, करीने से कपड़े-वपड़े पहनकर किसी बढ़िया होटल में जा बैठते। प्रेमपूर्वक खाना खाते। बिल देने के मौक़े पर जेब टटोलते हुए पाये जाते। पता लिखवा देते थे और फिर पता नहीं देते थे। तारा हरीश ने के.बी. लाल के यहाँ असिस्टेण्ट रखा दिया था। 'मजनू-मजनू' कहा करता था अपने को। अगली पहली तारीख आयी कि उसने रुपये अस्सी देकर हमें रवाना कर दिया। तो हमने जूते ख़रीदे और लखनऊ तक के लिए टिकट। वहाँ चक्कर नहीं चला, तो घर पहुँच गये—वृन्दावन। घरवालों से हमारी यह खस्ता हालत देखी न गयी। आठ-नौ महीने जमकर हमारी सेवा हुई। हेल्थ- वेल्थ का चक्कर चला, समझे! तभी एम.ए. लतीफ साहब ने बुला लिया बम्बई। डार्लिंग फ़िल्म में पिचहत्तर रुपये माहवार पर असिस्टेण्टी की। पिचहत्तर रुपये से बम्बई में क्या बनता है! अँधेरी से 'एथ्री' लिमिटेड में बैठते और कहते—'भई, वरली का टिकट दो।' कण्डक्टर कहता कि वरली नहीं जाती, तो हम कहते हैं—'उतार दो।' पार्ले में उतरे। 'ओटू' पकड़ ली। कहा कि भिण्डी बाज़ार का टिकट दे दो। अगला कहता कि भिण्डी बाज़ार नहीं जाती। हम कहते कि उतार दो। इस चक्कर में जहाँ तक पहुँच गये, ठीक है। फिर विनोबा जी के चेले। बहुत

बोर हुए। नये सिरे से कलम की नोक दुरस्त की। पहली फ़िल्म लिखी। 'राजपूत'। ढाई सौ रुपये माहवार मिले। तबसे लेखक हैं, दूसरे लफ्जों में कड़के हैं। 'लाजवन्ती' और 'शराबी' जैसी फ़िल्में लिखते रहे और बीच-बीच में कंगाली का आलम लिखते रहे। ऐसे ही एक आलम में हम किसी के बालम बन बैठे। मलाड में हमारे मकान-मालिक की जो लड़की थी, उसे हम देखते थे और अक्सर देखते ही रहते थे। प्रेम का चक्कर था साहब। और प्रेम में अपने सिफर हैं। फरुखाबादी खेल के कायल हैं। यानी हाथ पकड़ो और पूछो, क्या चक्कर है। चट मँगनी, पट ब्याह। सान्ताक्रुज स्टेशन की घड़ी के तले मिलते रहे और एक ऐसी घड़ी भी आयी कि कोर्ट में जा पहुँचे। कुबूल? कुबूल। बेकारी और बीवी, दोनों चीज़ें एक साथ निभाना, ख़ासा चक्कर था, साहब। लेकिन चलाया वह चक्कर। पिछले साल तो हम बोरिया-बिस्तर बाँधकर फिर वृन्दावन की कुंज गली में जा पहुँचे थे। फिर आ गये। हम तो बम्बई छोड़ दें, लेकिन बम्बई साली हमें नहीं छोड़ती!"

मोटर ड्राइवर **इनास लोबो** बम्बई छोड़ना चाहते भी नहीं। आप बम्बई के हुस्न पर कुरबान हैं। कहते हैं—"हम डैली, कलकैटा और दूसरा बहुत शहर देकेला है मगर ऐसा माफिक, समझो, लड़की लोग किदर नई है। लड़की नई होने से जिनगी साला बेकार है। इधर हम दर मइना किसी को पकड़ता है। बयालिस रुपया का ख़र्च है, क्या? कैसा? कोई जाता दिके तो यह समझना पैला कि यह माल आता है कि नई? समझो सूरत में से मालूम होता कैसा? सीटी मारा, वह हँसा, क्या? माने दिल है उसका भी। दो दिन ऐसी किया, तीसरे दिन साथ-साथ चला, दोस्ती बनाया, क्या? पूछने का रजा किस दिन? उस दिन का दो बाक्स का टिकट निकालने का। कैसा? तीन तीन रुपये वाला। टैक्सी से ले जाने का। पाँच रुपया समझो टैक्सी और खाने-पीने का, फिर सेकेण्ड सो से सीधा ओटल। दिन भर काम करेगा तो आराम-मौज बी करेगा। क्या हुआ जो इक्कीस रुपये का ख़र्च, मौज की मज़ा। नई शादी बनायेला है मैं। समझो घर पर मदर है तीन ब्रदर हैं। फादर तो नहीं है। अच्छा सिस्टर भी समझो—एक। पन्द्रह साल तक मैं गाँव में था। ज़िला? मंगलूर। बीड़ी बनाता था, मजूरी करता था, समझो। बाई हमारा रुआब

किया, तो गाँव से बाग गया। नेई लड़की लोग का कोई लफड़ा था नई। वह क्या था? जुआ-कुआ खेला कुछ ऐसा ही।

"बाग के आया विदाउट। गाँव वाला इदर मिला नई बम्बई में। किसी को जानता भी नई था। पैसा भी नहीं था, क्या? कैसा? समझो भूखा मरके रहा। तो ओटल में काम किया। एक साल में कम से कम दस ओटल में नौकरी किया। अमको काम करना आता नेई। प्लेट-उलेट सब थोड़ता मैं। इसलिए हटाता था वह। उसका बाद मेकेनिक काम किया गाड़ी का, समझो छह महीना। मालिक ने ऐसे मुझे कपड़ा तोने को कहा, तो जकड़ा हुआ चोड़ दिया। मैरीन ड्राइव में समझो एक कम्पाउण्ड में सोता। वहाँ से भी दो मइन में अगाल दिया। अच्छा, फिर मैं सीधा गया दिल्ली। आठ-नौ आना था। एक घण्टा समझो, दो घण्टा ठैरा। ओटल में नौकरी देखा नई मिला। वापस बम्बई आया। कैसा? पूरा सात दिन में। टी.टी. आता, अगाल देता। सात दिन में भूखा रहा, क्या? बम्बई आके किसी कम्पाउण्ड में गया। गाड़ी तोने का धन्धा पकड़ लिया। ड्राइविंग सीख गया तो लाइसेंस निकाला। एक साल करके मंगलूर गया। उदर शादी किया। बीवी उदर ही चोड़ आया। रख दिया समझो रिजरवेशन करके। नरकिस का बाई था समझो अनवर उसेन। उसके पास ड्राइवरी किया। तभी समझो पहला लड़की मिला। गोवा का था। कैसा? अटरा साल का। उसको पता लगा मैं शादी किया, तो जकड़ा कर छोड़ दिया। फिर छोकड़ी मिला कारवार का। उसको कमसे कम दो मइना थी मेरे साथ। उसका बैन उठाकर ले गयी। तलाश किया, मिला नई। हाँ, शादी के बाद ही लड़की लोग पकड़ा। पहले समझेगा कैसा? कई जगह ड्राइवरी किया। फिर एक साहब मिला, उसका फिक्सेड काम नक्की बोला था। पगार अच्छा था, क्या? पच्चीस दिन के बाद समझो उसका हारट फेल हो गया। हमारा बुरा दिन आया। एक्सीडेण्ट हुआ, जुर्माना लग गया। चालू नौकरी अच्छा अपना। थोड़ा-बहुत पैसा जमा हो गयेला है, हमें दुकान निकालने का आइडिया है। फरुट का दुकान। बच्चा? एक नग निकाला है। तीन साल का लड़का है। बीवी? साथ में है। लफड़ेबाजी? समझो चलता है। कैसा? मइना में दो बार। बीवी नाराज़ कैसा होगा? उसको इन्दी पड़ेगा कैसा? कोई पड़ देगा तो हम कह देगा कहानीवाला ऐसा ही लिख देता है।

चार दिन जकड़ा होगा, समझो इसके लिए तुमको जूट क्यों बोलेगा हम। जो सच्ची बात होयेगा, वैसा कहेगा। अपना कमाता है, अपना उड़ाता है, किसी के बाप का नहीं।

"पाप कैसा? जो करता नहीं ओ अन्सान दिखाओ। क्या? करता सब है, समझो, चुपाता है दूसरे से। हम चुपाता नई। कैसा? नरक में, अबी समझो, सबी तो जायेगा। हम भी चला जायेगा। अबी इदर तो मज़ा करो। कैसा?"

रफूगर **गुलाम हसन कश्मीरी** भावुक प्राणी है। आपको बम्बई मार्का महीने की दो मोहब्बत में कोई आस्था नहीं। यहाँ तक कि मोहब्बत में भी आपकी आस्था डगमगा उठी है। बम्बई शहर में आप अपने को भुलाने के लिए, कहीं खो जाने के लिए, गरज यह कि गम गलत करने के इरादे से आये हैं। कहते हैं—"मेरी सोला बरस की उमिर थी जब मैं गर से निकला। जिकर यह बारा साल पहले का। डाकूमिण्ट्री फ़िल्म शिरिनगर कश्मीर में दिकाता था सरकारी गाड़ी। मेरी बहेन का लरका साथ में लेकर में देकता था उसको। लरका बहुत कुबसूर्त था। बगल में एक नाजनीन उसको प्यार किया, बात किया। फिर न वो पिक्चर देकती है, न मैं देकता हूँ। ऐसा दिलचस्प बात हुए आँकों-आँकों में कि हम एक दूसरे के हो गये। वह बहुत बड़ा आदमी का लरकी। उससे फिर मुलाकात नहीं हुआ। दिन-ब-दिन में बिमार होता जाता हूँ। न कोई हिकीम इलाज कर पाता है, न डाक्टर। दरगाओं में जाकर सिजदे में रोया में। कबी बताया नहीं किसी को कुछ। मोलवी अता साब मुझसे पूछते हैं, बचा, क्या हुआ तुमको? मेरी आँकों से आँसू गिरने लगा। वह बोले, तुम छुप रहो, तुमारे दिल का हाल हम पर जाहिर है। ये दो दवा हैं, एक अबी लो, दूसरा कल। दवा लेने से कुछ फारगी हुआ मुजे। शिरिनगर की हर मंजर मेरे को काटने धौड़ता था। मैं अमरतसर चला गया। एक मीने उदर रहा। बुखार में पड़ा रहा। झीझा हमारा उदर आता था वापिस बुलाने, इस वजह से दिल्ली भाग गया। सात मीना उदर रहा। उदर चाचा आया, यानि के अंकल मेरा। मेरे से सब पूछा, क्या तकलीफ बचा तुमें? में बोल सका नहीं। रेवाज दूसरा है मेरे मुलुक का। ऐसे लव के बात उदर कहते नहीं। आतवार शाम को हमें शिरिनगर निकलना था, आतवार सुबह में

बम्बई का टिकिट निकाला। शुरू में बहुत तकलीफ उठाये। में अपने मुलुक के रेवाज में रहता था। हिन्दुस्तानी जूबान भी साफ़ नहीं था। एक वाकिफ के साथ काम किया रफू का। आठ-नौ सौ रुपया जमा किया। फिर वार्डन रोड, पार्टनरशिप में दोकान निकाला। पार्टनर बदमास, जुआ खेलता, दारू पीता। वो मेरे पर कर्जा डाल के चला गया मुलुक। मैंने मिहनत से नयी दोकान चलाया। सात-आठ कारीगर भी कड़े कर दिये। एक रानी मेरे को कारपीट रफू का काम देने लगे पेडर रोड में। आडर यह निकालती है कि कश्मीरी पोंचें तो कोई रोको नहीं, सीधा मेरा कमरा में आने दो इसे। जब में जाते हैं तो सिंगार करते होते हैं। हाल पूचते हैं प्यार से। पसीने चूटते हैं उनका हुस्न देककर। लेकिन जभी वह पीठ पर हाथ रखकर कहते हैं, बचा, तुम गबराओ मत, हम तुमें अमदाबाद ले जायेगा, हज़ारों का काम दिलायेगा, इंसान बनायेगा, तो मैं समझता हूँ, ये माँ हैं मेरी। मैं मुलुक जाता हूँ। एक मीने में लौटने का वादा करके। लेकिन मुझसे देरी होता है। रानी साबा चला जाता है। कम्मर टूट गया मेरा। में सीदा सिनेमा जाता हूँ। एक के बाद एक तीनों शू देकता हूँ फ़िल्म 'बरसात' का। मेरा आदत, सोबत बिगड़ता है। लोक कहता है तुम हीरो है, दलीप कुमार। में फिलिम लाइन वालों के पास जाता हूँ, वह हँसते हैं मेरा जुबान सुनकर। तो इदर इप्टा कोम्पनी जाइन कर लिया मैंने। ड्रामा में काम किये, जुबान सुधरा। फिलिम में एक्स्ट्रा रहे एक बड़ा रोल मिला, स्टण्ट फिलिम में, लेकिन बेमार हो गया। हफ्ते के अन्दर तीन दिन बेमार, एक हज़ार कर्जा चढ़ा। बाड़ा नहीं दे सका। बदन पर सूट, पेट में काना नहीं। एक दिन एक अँगूठी मिली चाँदी की। मैं भूका था। अँगूठी बेची तो चार आना मिला कुल। एक आने की माचिस लिया, एक आने की बीड़ी। दो बन्द पाव लिए, समुन्दर किनारे बैठा। सूके पाव काये, आँसू से हलक तले उतारे। सोचता हूँ, यहीं मर जाओगे, अपनी मीट्टी में दफन नहीं मिलेगा। मैं मुलुक गया, बेन की मँगनी में। मुझे देखकर कुशी मातन में बदल गया। मेरे बाप ने कहा, यहीं रहो, कसीदाकारी का कारखाना है अपना, उसे देखो। में शायद रह जाता लेकिन हमशेरे की बात लेकर हमारा बाई ताना मारा। तुम परदेसी गर की बातों में क्यों बोलता? मेंने सोचा यहाँ मेरा कोई हक नहीं। छुपछाप दिल्ली गया में। कश्मीर के

लोकों के साथ रहा। वहाँ सामने एक लरकी रहती थी, मुसलमान की। रोज़ चिलमन उठाकर देकती। में उसको लेटर लिखता हूँ रोजीना, दे नहीं पाता। बात भी होता नहीं। बस देकता है दोनू। फिर एक दिन देकता बी नहीं। आवाज़ सुनता हूँ, बस रोने का। और फिर चिलमन से एक हाथ निकलता है, मेंदी रंगा हाथ। अँकूठी देकता हूँ अँगुली में। फिर भी इस बात को आगे बढ़ाना चाती है वह लरकी। में कहता हूँ, बेफुजूल है। बर्तन ठोंस फेंक देती है, कहती है, एक बार आ जाओ ऊपर। में खुदा का नाम लेकर जाता हूँ। सारे लव लेटर दे आता हूँ। पढ़ती है वह, झरोखे में बैठकर, और रोती ही जाती है। मेरा आँसू भी थमता नहीं। कुछ लिखती है वह लरकी कहती है, उदर आओ गुस्लकाने की तरफ। वहाँ वह रखती है एक डिब्बे में एक कत, एक रोमाल, कुछ निशानियां मोहब्बत के। में जब तक आइस्ता आइस्ता उदर पोंचू, लरकी का बेन उठा लेती है, डिब्बे को। माँ-बाप को पता चलता है। में नमाज में बैठ जाता हूँ। बाप कालियाँ देकर चला जाता है। में लरकी से कहता हूँ इशारे से, चलो कोरट में जाएँ, निकाह कर लें। लेकिन लरकी पर पहरा है। मुजे कश्मीरियों ने गर से निकाल दिया है। मेरा कोई नहीं अपना, दिल का दर्द ही साती है। तो में फिर बम्बइ आता हूँ। मिहनत की रोटी कमाता और खाता हूँ। अपने आथ से काम करके। अच्छा-बुरा जो भी होगा, यही होगा–इसी परदेस में, शिरिनगर से बहुत बहुत दूर। यही मर्जी है मालिक की। मोहब्बत के लिए जिया हूँ में, उसी को तरसता एक दीन मर जाऊँगा। शायद वहाँ, दूसरी दुनिया में सची मोहब्बत हो।”

गुलाम हसन का बयान रुँधे कण्ठ और डबडबायी आँखों में कहीं खो गया। मुझे अजहद चिढ़ हुई अपनी भावुकताहीन आधुनिकता से जिसके पास संकोच ही संकोच है, सहज सहानुभूति नहीं। **चन्द्रकान्त मयेकर** न गुलाम हसन की तरह भावुक है, न मिस्टर लोबो की तरह चालू है। मैं जिस गेस्ट हाउस में रहता हूँ, उसमें चन्द्रकान्त जनता की सेवा में नियुक्त हैं। चन्द्रकान्त का चेहरा-मोहरा और बातचीत कुछ ऐसी है कि वह निम्न मध्यवर्ग की बजाय मध्यवर्ग का प्रतिनिधि मालूम होता है। गेस्ट हाउस के अन्य नौकरों के बीच वह साफ़ अलग नज़र आता है। इस इण्टरव्यू के लिए चन्द्रकान्त ने मुझे

लिखित बयान देना ज़्यादा उचित समझा। आप भी पढ़िये—"1957 साल में मैं स्कूल से निकला, क्योंकि गरीबी के कारण मुझे स्कूल छोड़ना पड़ा और 1960 में मैं बम्बई आया। नौकरी के लिए बम्बई में 15 दिन बिगाड़ा। और उसके बाद मेरा एक दोस्त तुकाराम सोनकर मुझे जे.जे. अस्पताल में जाते समय मिला। मैंने उसको परिस्थिति क्या थी—यह बताया। उसने हम को नौकरी के लिए कुमकुम ले गया। मुझ को उसके जगह में लगाया। मैं वहाँ दो महीने रहा। मेरा एक लड़की से प्रेम था। उसकी वजह से मैं कुमकुम से निकला। लड़की के साथ पूना चला गया। मैं और वह दो-तीन साल साथ में रहे। उधर रोज़गार अच्छा नहीं था, इसलिए फिर बम्बई आ गया। गेस्ट हाउस में नौकरी फिर शुरू किया। मैं हिन्दी परिक्षा में बैठा और पहिला आया। मेरे पास पैसा जमा होने के बाद में मैंने दादर में एक खोली लेकर मेरे प्रेमिली को उधर रखा। मैं गेस्ट हाउस में ऐसा छोटा नौकरी करता हूँ, यह उसको मालूम नहीं। थोड़ा और पैसा होने से मैंने प्रेमिली को एक साड़ी भी ली। मेरा उसका प्रेम कभी हुआ कि जब मैं स्कूल में था, तब हम दोनों एक दूसरे को देखे थे। पहले देखकर हँसने लगी। बाद में बोलना शुरू हुआ। फिर एक दिन वह मुझे बोले कि चन्दू, तेरा प्रेम मेरे पास है। मगर मेरी इच्छा है कि हम दोनों बाहरगाम जायेंगे। तो हम पूना रहा, ख़ूब मज़ा की। लेकिन जब पैसा भी नहीं रहा तो लौटना ही पड़ा। नौकरी लगते ही मैंने मेरे दोस्त सोनू से बीस रुपया उधार लेकर मेरी प्रेमिली के लिए रासन भर दिया। जो कुछ हो सकता है, होता है, उसके लिए करता हूँ। हम दोनों का यह प्रेम-प्रकरण मेरे माता-पिता को अब तक मालूम नहीं है। एक बार मैं सैनिक में जाने का विचार था। लेकिन वजन कम होने से हुआ नहीं। मिल में मजदूरी भी मैं किया। लेकिन इज्ज़त, पैसा, शान्तता कहीं देखा नहीं। नोकरी मैं अच्छा ढूँढता हूँ लेकिन नौकरी कहाँ भी मिलती नहीं वैसी। मेरा अब नाइलाज है। जो सहारा है, बस प्रेमिली की है। उसका फोटू अपने बटुए में हमेशा रखता हूँ। वही हिम्मत बँधाता है।"

हिम्मत बँधानेवाली की तलाश में हैं हमारे एक उत्तर भारतीय मित्र। कपड़े की फेरी करते हैं, लेकिन रहते किसी और ही फेर में हैं। अब तक उनकी

कोशिश कामयाब नहीं हुई है। नाकामयाबी का इतिहास उन्हीं से सुनिये—

"नाँव हमार हय **सुन्दर सिंह**। गाँव अकौनी, डाकखाना बरनापुर, ज़िला गोंडा क रहयवाला हई हम। बम्बई हम आयेन पइसा कमाये, रोजिगार करे वास्ते। खेती? जमीन त काफ़ी हय बाकी त खेती अकेले के बस क नाहीं। यह से जमीन दै दिहिन अधिया पर, बँटाई पर। घर में केहू नाहीं हय। महतारी-बाप के मरे 4-5 साल होइ गवा। शादी? शादी नाहीं भवा। पइसा क तंगी रहा, यह से केहू आपन बिटिया देबय बदे तैयार नाहीं भवा। हाँ, कबौं-कबौं कोरियात ज़रूर रहेन। एक दाई मन बिगड़ा त आम देइके एक ठे मेहरारू फँसावत रहेन, तब तक हमार एक ठे दोस्त आय पहुँचा। ऊ पहिलै से ताड़े रहा, पेड़े के आड़े छिपा बैठा रहा। जैसैं हमार सब काम फिट भवा तैसैं ऊ मौहरायेस—हे हमहूँ हई। सब खेलि बिगड़ि गवा। बना काहे नाहीं। गाँव में भी बना अउर बहरे भी। घर क याद? हमेस आवत रह ला। ई फागुन महिन्ना में बिसेस। होली क याद, तीज-त्यौहार क याद, सगी-दोस्तन क याद, बाग-बगिया क याद, झुन्नू के महतारी क याद। अब का बताईं केकर-केकर याद आवत हय! रोजिन्ना क काजकरम? घंटा-दुइ घंटा घरे-दुआरे बइठना, फिर खेती-बारी क काम देखना, संझा बेर फिर अपने दुआरे पर बइठना। दम-वम? हुश, नाहीं। पढ़ाई? पहिली किताब पढ़े रहेन—दर्जा अलिफ। गाँव में प्राइमरी स्कूल रहल। बम्बई आये 4 साल होइ गवा। आय रहेन पइसा कमाये, बियाह करै बदे। पइसा क ज़रूरत? बियाह करै ख़ातिर पइसा क बहुत ज़रूरत पड़त हय। पइसा रहल होत त कतौं सौ, दुइ सौ देइ के बियाह कइ लिहे होइत। बम्बई पहुँचे त अपने गाँव के तिवारीजी के इहाँ गये। कुछ दिन ओनही के इहाँ रहेन। कुछ पइसा क जोग कइके हम आपन धन्धा शुरू कइ दिहेन। कपड़ा क फेरी करै लागेन। गमछा, लुंगी, चदरा। व्यापार? व्यापार अच्छा चलत हय। आमदनी इहै 5-7 रुपिया रोज़ क। खर्चा डेढ़-दुइ रुपिया रोज़ होइ जाला। 90 पैसा होटल वाले के देई थ। खाई थ एकै जून, यह से ख़ूब डटि के भोजन करित हय। होटलवाला भी याद करत होई कि केहू मिलल बा। जमा? कुछ पइसा जमा ज़रूर कइ लिहेन। शादी ख़ातिर खोली? पहिले बियाह होइ जाय, तब खोली क कतौं इन्तिजाम करी कि पहिले खोलिए पर आपन कुल पइसा खरचि देईं। कोसिस? कोसिस काहे

नाहीं करित। अपने जान-पहिचान क जेही मिल जात हय ओही से कहित हय कि रुपिया-पइसा जवन लगि जाय, हम देवै बदे तैयार हई। बियाहे ख़ातिर सबेरे-संझा रोज़ नज़र दौड़ावत रही ला। बाकी त जब कवनों मिलै तब न। अबहीं तक त कवनों नाहीं टकराइल। औरत क सूरत त बहुत देखे, मगर अपने अरथे कोई नाहीं आवा। एक ठे मराठिन क बिटिया एक दिन मिलल। ऊ हंसि के हमसे कहलेसि कि भइयाजी, ब्लाउज क कपड़ा लेइके आवा। वहका देखि के हमरो मन ललका। दुसरे दिन हम नीक-नीक छींट क कपड़ा लेइके गयेन ओकरे खोली पर। सोचली कपड़ा बेचै के बहाने कुछ बात बनि जाई। बाकी त ऊ उधार माँगत रहल अउर हम दिहे नाहीं। यहसे मामला कुछ बढ़ल नाहीं आगे। बम्बई में अच्छा लगे क जिन पूछा। इहाँ क हर चिजियै बहुत अच्छा हउवै। अच्छी-अच्छी बस्ती, बिल्डिंग। धन्धा-व्यापार ख़ूब होला इहाँ। बम्बई के अन्दर लच्छिमीजी क निवास हय। नीक-नीक मरद, मेहरारू अउर लड़िकी देखइ के मिलत हय। गाँव से त बम्बई बहुत अच्छी हय। इहाँ भले कबहूँ चांस नाहीं लागत, बाकी पइसा त मिलत हय। उत्तर प्रदेश क भी बहुत हइन इहाँ, बाकी त जोग नाहीं घटत हय। अरे हमरे साथे जे बियाह करी, ओकर हम जिनिगी सुधारि देब—कमाई के रस्ते से, सुख-सिंगार से, सब तरह ओका छकाछक रक्खब। कवनो किसिम क तकलीफ ओके न होये पाई। एक हमार दोस्त पूछिस कि कमर में ताकत भी हउवै कि बियाहै करल चाहत है। हमरे रिसि लागि गै, हम कहेन जौ नौ महिन्न में लड़िका न खेलवाय दिहिन त आपन मोंछ गदहा के पेसाब से बनवाय डारीं। बियाह कइके कुछ दिन बम्बई में रहब। फिर कुछ दिन देस में। इहाँ क धन्धा भी सँभारब अउर घरे क खेती भी। उमिर? इहै 39-40 साल। अरे जोशीजी, नेकी अउर पूछि-पूछि। शादी करवाइ द त जना धरमशाला बनवाइ दिहय। लड़की अच्छी होय चाहे कवनो जाति होय। चिजिया त एकै रही। उमिर न बहुत ज्यास्तिये होय, न ढेर कमै। आस दियाइ के निरास मत कइ दिह्या। अब आपय क भरोस बाय। बहुत पुन्न होई आपके।”

तुलसी या संसार में...

जिस बम्बई को अपनी सार्वभौम दृष्टि पर बहुत नाज है, उसी के अस्पतालों, क्लबों, मकानों, यहाँ तक कि मोहल्लों के मोहल्लों पर साम्प्रदायिक छाप दीख पड़ती है। दादर संयुक्त महाराष्ट्र है तो, सी.पी. टैंक-कालबादेवी क्षेत्र महागुजरात-मारवाड़ है। मोहम्मद अली रोड के आस-पास के इलाके में घूमियेगा, तो यही सोचियेगा कि पाकिस्तान आख़िर गया कौन? भायखला, बान्द्रा, माहीम (स्थानिक उच्चारणदायक—ला, बैण्ड-रा, मैम) में गिरजों की घण्टियाँ कानों में गूँजती रहेंगी। शीव-चेम्बूर सर्किट में इडली-रसम् क्षुधा-नाशम् है, तो अँधेरी-जोगेश्वरी हलक़े में बिजियावाद ज़िन्दाबाद है, और कुछ इस कदर कि पिछली बार गुरुवर अमृतलाल नागर वी.टी. स्टेशन पर उतर कर सीधे वहीं पहुँचे—आंचलिक और 'आचमनिक' सामग्री पाने के लिए। ख़ैर, इस विविधता में भी बम्बई वासी ख़ासी एकता देखते हैं।

सबसे पहले मिलिए **रामप्रसाद पोद्दार** से। पोद्दारजी नगर की एक प्रमुख कपड़ा मिल के जनरल मैनेजर हैं। अगर यह सुनकर आप स्थूल चरित्र-चित्रण में व्यस्त हो जाइयेगा तो धोखा खाइयेगा। लेकिन तभी आप देखेंगे कि पोद्दारजी आपका स्वागत एक नितान्त ही भारतीय नमस्कार से कर रहे हैं। आवभगत में कहीं भी वह 'तपाकपन' नहीं जो लोगों को कार्यकारी कुरसी के साथ ही मिल जाया करता है। बोलने का हय भी सर्वथा निराडम्बर है। और भाषा? हिन्दी! तब आपको यह सोचकर सान्त्वना मिलती है कि ओह यह सज्जन तो मारवाड़ी हैं। मान लिया मारवाड़ी हैं, मगर धोती-पगड़ी-धारी तो नहीं। अच्छा-ख़ासा सूट पहने हैं और यह सूट काफ़ी कीमती मालूम पड़ता है।

सूट? हाँ, कीमती तो है लेकिन, लेकिन अपनी कीमत का ऐलान करना इसे नहीं आता। अजब पहेली है। बातचीत जितनी आगे बढ़ती है, गुत्थी उतनी ही उलझती जाती है। पोद्दारजी कुछ सुनायें। क्या तो? इच्छा आकांक्षाओं की बात कोई। जी, बस यही कि आप लोग हिन्दी को बम्बई विश्वविद्यालय में परीक्षा-माध्यम के रूप में मान्य करवायें। कार्यकारी वर्ग का प्रतिनिधि और हिन्दी के हित में बोल रहा है, क्या तमाशा है? आप बात बदलते हैं। पोद्दारजी, अपने आरम्भिक जीवन के बारे में कुछ बतायें। पोद्दारजी का ख़याल है—जी, उसमें ऐसी कोई बतलानेवाली बात ही नहीं है। राजस्थान में जन्म हुआ, फिर मथुरा चले गये घरवाले, वहीं शुरू की पढ़ाई-लिखाई हुई। कालेज पढ़ने आगरे गये, सन् पैंतीस में बी.ए. किया। आगे क्या करना है, कुछ तय नहीं था दिमाग में, ऐसी ही बातचीत चली और मैं इस फर्म में मैनजमेण्ट एपरेण्टिस हो गया। बस जी। बस? आख़िर इस पद तक पहुँचने के लिए अनुभव और संघर्ष के एक लम्बे दौर से गुज़रना पड़ा होगा, उसी के बारे में कुछ बतायें। जी, कहा न, कोई ख़ास बात है ही नहीं। सन् छत्तीस में इस फर्म में भरती हुआ, सन् चौवन में यहाँ बम्बई आ गया, स्थायी रूप से। वह जी, हमारी फर्म के मालिकों के बारे में एक बार किसी उद्योगपति ने कहा था कि इन लोगों को उद्योग खोलना ही नहीं आता, उद्योग चलाने वाले आदमी बनाना भी आता है। तो, मैं जो कुछ हूँ, फर्म के मालिकों की कृपा से हूँ। मेरा इसमें कुछ भी नहीं। अब इस विनम्रता को क्या कीजै? आप बातचीत को एक नया मोड़ देते हैं, पोद्दारजी का बम्बई के बारे में क्या ख़याल है? जी, पहले आया था यहाँ, तो कुछ घबराहट होती थी। लेकिन अब आदत पड़ गयी है। यहाँ की आबहवा भी माफिक आयी है, वजन 112 पौण्ड से बढ़कर 132 पौण्ड तक पहुँच गया है। स्नान-ध्यान से निबटकर सात बजे तक तैयार हो जाता हूँ जी। आठ से बारह तक मिल में रहता हूँ, फिर घर दुपहर के खाने के लिए। उसके बाद यहाँ दफ़्तर में छह एक बजे तक। फिर हमारा सामाजिक चक्कर शुरू होता है जी। मारवाड़ी सम्मेलन, मारवाड़ी विद्यालय, नेशनल स्पोर्ट्स क्लब, लायन्स क्लब, सभी में पदाधिकारी हूँ।

क्लब का नाम सुनकर आपके कान खड़े होते हैं, आप ज़रा सीधे होकर बैठ जाते हैं। क्लब में पोद्दारजी का क्या शगल रहता है? सोशल कामकाज।

ब्रिज? जी, मैं ताश-जुआ, यह सब नहीं खेलता। डांस? डिनर? कोई आस्था नहीं इस सबमें। पश्चिमी तौर-तरीकों की नकल मुझे पसन्द नहीं। पुरानी चाल के आदमी हैं जी हम तो, शराब सिगरेट इन सबसे दूर ही रहते हैं। मैं जी, यह नहीं भुला देना चाहता कि एक जगह मैं मिल मैनेजर हूँ, तो जी, दूसरी जगह पति और पिता भी हूँ। बच्चे? जी, पाँच। छुट्टी का तो सारा दिन उनके साथ ही बीतता है। और दिनों में भी जी, ज़्यादा से ज़्यादा वक़्त उनके साथ रहने की कोशिश करता हूँ। रात देर से? जी कभी नहीं, रोज़ समय पर आना, समय पर सो जाना। पढ़ना? जी थोड़ा बहुत, टेकनिकल किताबें, धर्म-दर्शन और साहित्य। जासूसी उपन्यास? जी, कभी नहीं। संगीत से भी दिलचस्पी है, ख़ासकर शास्त्रीय संगीत से। नहीं जी, ख़ुद नहीं गाता। लिखना? अब तो नहीं, विद्यार्थी-जीवन में अलबत्ता कभी कुछ लिख लेता था। लम्बी छुट्टी? वह तो मुश्किल से ही मिलती है, नहीं ही लेता समझिये। बस, हफ्तेवार छुट्टी में ही सपरिवार आसपास के किसी रमणीय स्थल में रह आते हैं। यायावरी? जी, वह तो मिल के काम से होती ही रहती है। अभी हाल में दो महीने विदेश के दौरे पर गया। मिस्र, यूरोप, इंगलैण्ड, अमरीका, जापान, हांगकांग—लम्बा चक्कर लगाकर आया। सैर-सपाटा और आराम कहाँ का जी, बस, काम ही काम।

चाय आती है। फिर देश-विदेश के कपड़ा-उद्योग की सारी पेचीदगियाँ कुछ इतनी सरल और सरस शैली में आपके सामने प्रस्तुत की जाती हैं कि आप दंग रह जाते हैं। आप सोचते हैं, काश यह इण्टरव्यू किसी कहानी पत्रिका की बजाय आर्थिक पत्रिका के लिए ली गयी होती! मेज़ पर मिसिलों का अम्बार लगता जाता है, टेलिफोन बार-बार दूसरे एपाइन्टमेण्ट्स की याद दिलाता है। पोद्दारजी आपसे आज्ञा चाहते हैं, हिन्दी का तकाजा फिर याद दिलाते हैं। आप जी हाँ, जी हाँ किये जाते हैं और लुत्फ यह कि आप लाख असामान्य, अनुपम, आकर्षक, आधुनिक व्यक्तित्व वाले हों, ठोस काम आपके बस के नहीं। ज़माने के कारखाने तो इन्हीं पोद्दारजी जैसे लोगों के बूते चलते हैं, जिन्हें आपकी नयी नाविलनवीसी बहुत ही सपाट और शुष्क समझती है।

नर्स-गवर्नेस मिसेस **कैथरीन फ्रान्सिस** को अंग्रेज़ी और अंग्रेज़ियत प्यार है,

लेकिन, 'इस, इस, बम्बइया बेहयाई से नहीं!' उन्होंने बी.बी.सी. ब्राण्ड अंग्रेज़ी में बातचीत की। इतना अच्छा उच्चारण कहाँ से पाया आपने? बेलगाम कन्वेंट में। अंग्रेज़ों से अंग्रेज़ी पढ़ी है। अंग्रेज़ी, समझे? वह भाषा नहीं जिसमें आजकल की छोकरियाँ 'आइ से मन' करती डोलती हैं। बेलगाम में? मेरी माँ, सौतेला बाप। मेरा बाप? वह तो तभी गुज़र गया जब मैं तीन महीने की थी। पोलोकोच था ज़िन्द स्टेट में, नाम एण्टनी शाड्रोक। बड़ा प्यारा नाम है न? ओह मुझे खिलाड़ी कितने अच्छे लगते हैं, मुझे उन सबमें अपना पिता नज़र आता है। मेरा पति, बहुत अच्छा फुटबाल खिलाड़ी है। ए. फ्रान्सिस, किसी से भी पूछो, सब जानते हैं उसे। अभी दो साल पहले ही गयी थी, कुवैत, बेरुत, म्यूनिख, विएना, फ्राकफ़ुर्त, ओसलो, लण्डन, पेरिस, मेड्रिड, जिनीवा, मिलानो, रोम, कैरो—कहाँ नहीं गयी? एक अरब परिवार के साथ। तभी तो अरबी बोलना सीख गयी हूँ। हाँ, विदेश वाले आधुनिक ज़रूर हैं, लेकिन वे जानते हैं कि वे क्या कर रहे हैं। इन बम्बइया छोकरियों की तरह नहीं, जो बॉय फ्रेण्ड के साथ कुछ इस अन्दाज़ से घूमती हैं जैसे गॉड आलमाइटी के साथ घूम रही हों। कई बार तबीयत होती है कि झोंटा पकड़कर कहूँ—मिस साहेब, आपका यह आशिक, भगवान नहीं हाड़-मांस का पुतला है। मैंने? रोमान्स? शायद मेरा पहला पति, वह बहुत रोमाण्टिक था। तब की बात है, जब मैं सोलह बरस की थी। अब मेरी उम्र? तुम्हीं बताओ। जब हँसती हूँ हो पच्चीस की लगती हूँ और जब भवें तान लेती हूँ, तो पिचहत्तर की। मैं नहीं चाहती थी कि पति के सिवा कोई और मुझे बाँहों में घेरे, चाहे डान्स के लिए ही। और वह डान्स हॉल से, मेरी सारी दुनिया से बहुत दूर था, वह हिन्दू था। फिर वह बोला, तू ही मेरा धर्म है। बातें बनाना ख़ूब ही तो आता था उसे! और हमारी शादी हुई, एक लड़का हुआ। दूसरी बड़ी लड़ाई में मैं रोटी-रोज़ी की ख़ातिर वैकाई बन गयी। फौजी ड्यूटी में घर से दूर हो गयी। और मेरा रोमाण्टिक पति, घर की नौकरानी से रोमान्स लड़ा बैठा। सुना, घर की नौकरानी से!

जब सन् सैंतालीस में मैं डिमॉब होकर घर लौटी, तो मेरा कोई घर नहीं रहा था। वह नौकरानी को लेकर हुबली चला गया। तलाक हुआ, लड़का मुझे मिला, वह मेरी माँ के साथ रहता है। रोमान्स माइ फुट! आपके ये तमाम

रोमाण्टिक आदमी दुधमुंहे बच्चे हैं। जब मैं फौजी ड्यूटी पी.टी. सार्जेण्ट थी, गरजकर कहा करती थी, गरदन सीधी रखो लड़कियो और वे कहती थीं इतना गुरूर न करो, गरदन सभी की झुक जाती है। मेरी भी गरदन झुकी और ख़ूब! वहाँ दूर लाहौर में मुझे ख़बर मिली पति की बेवफाई की। मैं बम्बई आ गयी घर से दूर। नौकरी करने लगी। जासूसी उपन्यासों और फ़िल्मों में मगन रहने लगी। जासूस बहुत अच्छे होते हैं, नहीं? जासूस और खिलाड़ी। संकल्प और संयमवाले लोग, ताकतवर और खामोश : फ्रांसिस जैसे लोग। मैं शाम को जिस मैदान में अपने मालिक के बच्चों को घुमाने ले जाती थी, वहीं यह प्रैक्टिस करने आया करता था। बात कभी कुछ नहीं हुई। मैं रोमान्स से विदा ले चुकी थी। वर्षों बाद एक दिन अचानक वार्डन रोड में फिर मुलाकात हो गयी। मुलाकात, पहचान में बदली और पहचान एक ठोस रिश्ते में। हम बंगलूर गये, पन्द्रह दिन वहाँ रहे। फिर मैं विदेश चली गयी। फ्रांसिस ने मेरा इन्तज़ार किया। मैं लौट कर आयी तो हमने सिविल मैरिज कर ली। फ्रांसिस? वह एक चट्टान है। उसे कोई परेशानी नहीं हिला सकती।

कैथरीन फ्रान्सिस जितनी व्यक्तिवादी हैं, टैक्सी-ड्राइवर **सरदार प्रेमसिंह** उतने ही समष्टिवादी हैं। आप टैक्सी एसोसियेशन की प्रबन्धक समिति के सदस्य हैं, लोकतन्त्र और समाजवाद के तरफदार हैं। प्रेम सिंह फ्रण्टियरवाली पंजाबी में बोले कि हौर तुसांकी के आखां? कोई डाडी चंगी गल नई जाबदी। बाकि वत सई। सरसरी जायजे से बम्बई में तकरीबन सभी कुछ ठीक नज़र आता है। ये ऊँची लहरें, ये आसमान को छूती इमारतें, ये हलो मार्का ख़ैरमक़दम, ये टाटा छाप अलविदाएँ, ये नकाबशाइयाँ, ये झण्डे लहराइयाँ, ये चुस्त मोहरी के गुलफाम, टैडी बॉयज, ये बिकनी सूटवाली नीमउरियाँ परियाँ। कोई दिल जलाये और आँखें सेंके। लेकिन फूल के साथ काँटे। तस्वीर का दूसरा रुख भी है। तले कोठी के कुटिया खड़ी है। समझे जी, झौपड़पट्टी के अस्तबल। इंसान गोया जानवर। पब्लिक नल पर नहाना, फुटपाथ पर सो जाना। मँगते भिखारी, यानी अपटूडेट बेकारी। अपन मिडिल क्लास, न हलाहल न मुर्दार, औकड़े विच कार! न इधर के रहे, न उधर के रहे। इनका ज़माना है, उनका आयेगा, और अपना? सोचने की बात है। नारा सोशलिज्म का,

धन्धा फैवरिटिज्म का। अन्धा बाँटे रेवड़ियाँ और मुड़-मुड़ अपने को देवे। महफिल नाच गाने की, नाम कल्चर फेस्टिवल। यह जुआ खेले, मुजरिम कहलाये, वह रेसकोर्स और क्लब में जाकर मुहजिब बन जाये। यह चोरी करे और चक्की पीसे और वह महा चोरी करके जेल में भी आराम फरमाये! सोचने की बात है।...

कुछ अपने बारे में सुनाइये, सरदारजी। ये अजी अपने बारे में सुनाना क्या है? मेरा जनम तो पिशावर का है। तालीम? पिशावर से मैट्रिक किया और फिर तकसीन के बाद शिमले आकर ज्ञानी की डिगरी ली। पहले नौकरी की, शिमले में, अलीगढ़ में, यहाँ बम्बई में भी। फिर मैंने नौकरी छोड़ दी, अपना मक़ान बेचा, जो रकम हासिल हुई उससे एक गाड़ी ख़रीदी, टैक्सी ड्राइविंग का धन्धा शुरू कर दिया। वहाँ चले तो चल था, यहाँ अपनी मेहनत अपनी रोटी। समझे जी? शादी तो जी मैंने ऐसे ही कर ली समझो, गरीबी में ही। फादर तो गुज़र गये जी, माँ शिमले में होती है, भाइयों के साथ। मेरे अपने दो बच्चे हैं, लड़का आठवीं में पढ़ता है, लड़की सातवीं में। दोनों बहुत हुशियार हैं जी। उनकी तालीम की ओर मैं खुद भी ध्यान ज़रूर देता हूँ जी। नहीं तो जी वही गल होगी कि तिफ्ल से क्या आये बू माँ-बाप के अवतार की, दूध तो डिब्बे का है, तालीम है सरकार की। मैंने जी, यहाँ सायन कोलिवाड़ा, पंजाबी कोलोनी में मकान लिया हुआ अपना। मकान क्या जी, कमरा है एक, जहाँ मैं और मेरे बाल-बच्चे मच्छरों के साथ ज़िन्दगी गुज़ार-रहे हैं। फुटपाथों की आबादी बढ़ती जाती है, इस बीमार नगरी में। हैं जी? सोचने की बात है कि जो यहाँ आते हैं उनके घर-बार कितनी गुरबत में हैं। अजी मैं कहता हूँ, जो आपको इण्टरव्यू लेनी है, तो पब्लिक को इल्म, पैसे, टके और सहूलतों के एतबार से इस लायक तो बनाइये कि वे 'सारिका' ख़रीद सके, पढ़ सकें, क्या कहते हैं जी, रस लूट सकें। गल हुई ना?

बम्बई की बात और है!

दूर के शहर सुहावने। बन्धुवर शैलेश मटियानी 'बोरिवली से बोरीबन्दर तक' बम्बई का अन्तरदर्शन करने के बाद अब अल्मोड़ा में अलख जगाये बैठे हैं और एइसा माफक बातां बोलते हैं, जइसा बम्बई का आल-चाल बद्धा उनका बरोबर देकेला नेइ होवे! अरे बिजनेस का माइण्ड उदर अल्मोड़ावाला का एइसा कइसा होवेगा जइसा इदर आपुन बम्बई वाला का है! अण्टरव्यू मीन्स मुलाकात। भेंटवाला आता तो आपुन बरोबर सावध रहता—कइसा अण्टरव्यू? हमेरा इश्टोरी का कागद-अकबार वाला साला अबी करिंगा क्या? हमेरे कू इसमें मिलिंगा क्या? हमेरे कू कितना, तुमेरे कू कितना? हाँ, जो मिलनेवाला बात हो तो बोलो। खालीपीली फोकट में हम अपना अक्खा लायैफ किसकू बी बोलेंगा कइसा? नेइ एक बात बोलता हूँ—क्या? बोलूँगा तो बोलेगा कि बोलता है!

मतलब यह कि अगर शैलेशजी यह समझते हैं कि बम्बई में लोग-बाग इण्टरव्यू देने के लिए इण्टरव्यूकार के धोरे बनफ़सेनफ़ीस चले आते हैं तो यही मानना होगा कि वह बम्बई को बिसरा बैठे हैं। बम्बई का बिजनेस-पहलू प्रबल होने से इण्टरव्यूकार को ख़ासी परेशानी रही है। उसे यह स्वीकार करने में किंचित ही संकोच है कि कुछ इण्टरव्यू उसे उचित दान-दक्षिणा करने के बाद भी नहीं मिले। दूसरी दिक्कत यह है कि बम्बई की विविधता में स्वभावगत समानता ज़रूरत से ज़्यादा है। अनूठा चरित्र यहाँ ढूँढ़े नहीं मिलता। मेरी याददाश्त धोखा दे रही हो तो बात दूसरी है, वरना मैं समझता हूँ कि शहर अल्मोड़ा ऐसे ही (सक्रिय और अवकाशप्राप्त) चरित्रों से भरा पड़ा है। ग़ालिब का कुमाऊँनी में और खय्याम का ब्रज में अनुवाद करनेवाले विद्वानों से

लेकर ओवरसियरी की सारी कमाई सुरा और सुन्दरी पर बहानेवाले मेज़बानों तक आपको वहाँ हर मेल का माल मिल जायेगा। अतिवाद अल्मोड़ा में ज़िन्दाबाद है। वहाँ आपको ऐसे लोग मिल जायेंगे जो छायावादी कविता को कविता नहीं मानते और ऐसे भी जो प्रयोगवाद को अजहद पिछड़ा हुआ समझते हैं। मेरी स्मृति में अल्मोड़े का एक प्रतीक-दृश्य है, नीचे या दक्षिणी देवी के मन्दिर में अखण्ड रामायण-पाठ चल रहा है और ऊपर ठाकुर उदय सिंह (उद्दा) की चायशाला में मार्क्सवाद की महिमा बखानी जा रही है। ऐसी विविधता बम्बई में नहीं देखी जाती क्योंकि बम्बई, अल्मोड़ा की तरह मध्यमवर्ग का नगर नहीं है। यहाँ दो ही वर्ग हैं, निम्न और उच्च, चालू और पेशल। दोनों के ही अपने विशिष्ट और निश्चित जीवन तथा जीवनदर्शन हैं। और दोनों को ही अपने काम से काम है। कुल मिलाकर यह कि पात्रों की खोज में हमें काफ़ी परेशानी होती है। कभी क़िस्मत से कोई 'करैक्टर' मिल भी जाता है तो वह या आत्मप्रचार का विरोधी निकल आता है या 'घरवाली से पूछकर' ही मुँह खोल पाता है। कहना न होगा कि घरवाली 'ख़बरदार' वाली निषेध आज्ञा जारी करके प्रस्तावित पात्र और इस इण्टरव्यूकार दोनों को हमदर्दी का ग्राहक बना डालती है। जहाँ यह है कि बम्बई में आबादी बड़ी है और घनी है, वहाँ यह भी है कि इस आबादी में भीड़ ही भीड़ है, आदमी नहीं, समष्टि है, व्यक्ति नहीं। बम्बई वाला समाज की सड़क में आवाज़ाही के उसूलों का पूरा पाबन्द रहता है, यानी वह किसी तरह कतराता है, टकराता नहीं। बचकर चलना बम्बईवास की पहली और आख़िरी शर्त है—"बिटवा या बम्बई में भाँत-भाँत के लोग, सबसे बचकर चालिए, जेब-ब्लेड संजोग" : तो साहब, बम्बई का नारा है, 'सामने वाला बाजू हट।' इसके चलते यहाँ कोई किसी के बारे में कुछ जानना नहीं चाहता, कोई किसी को अपनी बाबत कुछ बताना नहीं चाहता। उस दिन जब बोरीबन्दर के पास इस इण्टरव्यूकार ने भक्तों की भीड़ देखी और सोचा कि उनमें से किसी का भी इण्टरव्यू वह नहीं ले सकेगा तो उसका मन धिक्कार उठा। लिहाज़ा सम्पादकी का स्मरण करके वह फुटपाथ-बिजनिस-बिरादरी में इण्टरव्यू का ग्राहक बनकर पहुँच ही गया। बोरीबन्दर से जो प्रयास शुरू किया वह कोई पाँच मील की पदयात्रा

के बाद कैंडल रोड में पहुंचकर पूरा हुआ। वहाँ सागरतट के पास उसने श्री पेरियंगाटा कुटन का परिचय पाया जो बम्बई के फुटफाथों पर खोंचा लगानेवाली मलबारी बिरादरी के एक अन्यतम सदस्य हैं।

पेरियंगाटा कुटन, जो अपने को पी. कुटन कहना पसन्द करते हैं, मलाई-पानी वाले नारियल बेचकर जनता-जनार्दन की प्यास और अपने परिवार की भूख मिटाते हैं। समुद्र-तट के पास ही सड़क के किनारे उन्होंने एक झुग्गी डाल रखी है जो घर और स्थायी दुकान का काम देती है। जिस वक़्त मैं पहुँचा इस झुग्गी में मिट्टी के तेल की ढिबरियाँ टिमटिमा और धुँधुआ रही थीं। दो-चार बच्चे, नारियलों और किताब-कापियों से घिरे बैठे थे और एक ताजा हिट फ़िल्मी गाना गा रहे थे। उनकी माँ पीछे रसोई में व्यस्त थी। बच्चों से पूछा—"तुम्हारे पिताजी कहाँ हैं?" कोई जवाब नहीं। बम्बइया हिन्दी अपनायी—"तुम्हारा बाप किदर है?" जवाब बच्चों की माँ ने दिया, "कयेला है, बार कयेला है।" फिर एक बच्चे ने बहुत शान से अंग्रेज़ी में कहा कि हमारा बाप समुद्र तट पर है। लिहाज़ा बालू पर पड़े प्रेमियों के दामन बचाता हुआ यह इण्टरव्यूकार नारियल पानी वाले के पास पहुँचा। इण्टरव्यू की बात सुनकर कुटन जी ने ठहाका बुलन्द किया—"बूढ़ालोक का फ़ोटू अकबार में छापेगा तो अकबार बन्द जो जाइगा। कइसा? अमारा लाइफ इदर बम्बई में का क्या बोलेगा अबी? अम को इदर आये थर्टी फाइव बरस हो गयेला है, समझो कि तिरिस और पाँच बरस। अटरा बरस का था जबी इदर आया। हमारा गर तो अबी समझो इदर ही है। वइसा रहने वाला अम त्रिचूर का है। हमारा बाप-दादा का जो गर है उसका नाम पेरियंगाटा है, इसी करके अम अपने को कुटन कहता है। पी फार पेरियंगाटा, समझा। बम्बई आया समझो दन्दा-रोज़गार के लिए, कइसा? बम्बई में अबी था अमारा कांव का कुछ लोक। वो बताया इदर में धन्धा अच्चा है करके। जबी अम इदर आया। तबी में इदर में कुच था नई। बालू में, आजू-बाजू घर झाड़ था नारियल का। नारियल उतारने का काम सरू किया इदर। समझो कुली वर्क। फिर बेपार करने का बेचार हुआ। तबी से फेरी मार दिया। तोड़ तोड़ा कण्ट्रैक्ट हो गया था समझो झाड़ का

धनी लोग से। झाड़ लिया, नारियल उतारा, ऐसा बिजनेस चालू कर दिया। ये बेपारी अबी तक चलता है समझो। बाप तो मेरा छोटे से मर गया। छह बरस हो गया ओ वक़्त माँ भी मर गया। दो भाई मेरा मर गया। बड़ा, तुमारा सरीखा होता जो अबी, वो लरका बी मर गया, टाइफाइड से। सादी अमारा उदर पैले मुलुक में हो गयेला। जबी इधर आया उसका पैला। बीवी अच्चा है अमारा। नई लरेगा कैसा जबी कोई कारन नहीं? कुछ मिस्टेक नई होगा जबी क्यूँ उसीसे जकरा करेगा?

"नारियल उतारने के लिए? उदर दादर माहिम जाता है। अलग-अलग लोक का झाड़ है। कण्ट्रैक्ट पर लेता है समझो। नारियल उतारने के लिए आदमी रखेला है। नई कबी आयेगा वो तो हम ही उतार लेता है। बचे लोक का पेट भरना माँगता है, इसीसे। बच्चा पाँच मेरा पढ़ता है अस्कूल में। बड़ा लरका छटा क्लास में है, एक साल फेल हो गया। नई होने से सातमी में होता। पैले की छोकरी का पैले सादी हो गयेला। पीछे की छोकरी का अबी चार आठवाड़ी हुआ सादी बना दिया। इतना गरवाला लोक होगा...? तो कमाने का होगा खूप, क्या? मैं गर में बी बेचता है नारियल और इदर में बी। इदर दरिया का किनारा में रोज़ शाम के चार का टैम में आ जाता है। नौ-दस ब्लाक तक इदर फेरी मारता है। अमारे घर का लफड़ा बहुत है। धनी लोक अमारा झोपड़पट्टी तोरना माँगता है! आजू-बाजू का सब झोपड़ी गिरा दिया है। अमारा ही बचा है बस। दो बारी ओ लोक ने तोड़ा, अम फिर खड़ा कर लिया। कोरट गया दादर। उदर में जीता, जबी अबी अम बाड़ा भी नई भरता। ये गर अमारा हो गया है, कइसा? वो इदर का दादा लोक अमको बगाने की कोशिस करता। मारा बी अमें, अम बच गया। बचने का अस्टाइल कइसा कि आथ में मार खाने का, डण्डे का चोट आथ में झेलने का, कइसा-एइसा एइसा, इस माफिक। अमारे को इदर मुसीबत का दिन आते हैं। गर मैं देवी का लीला हुआ बच्चों पर। ओ जबी उठा, बीमारी से अम अक्खा फैमिली को लेकर मुलुक गया। देवी का उदर जो बारा देवल है, बारा का दर्शन किया अम लोग। एक अज्जार रुपया कर्च हुआ। मारवाड़ी का दो हज़ार देने का है। गहना बीना, दागीना समझो सोने का, उदर में रख दिया है उसका पास। बम्बई चोड़ देगा तो उदर भूका मरने जाइगा अपना

गाम में? उदर कुछ ओता तबी इदर आता क्यूँ? बम्बई कैसा माफिक लगता? अच्चा शेर है, बरा है खूप। लेकिन इदर में लोकों का बस चौबीस घण्टा एक ही ख़याल है—पैसा, पैसा, पैसा! दूसरा कुच जानता नई ओ लोक।"

हुजरा महल्ले के हकीम **मोहम्मद यूसुफ़ नज़ीरी** भी बम्बई के व्यावसायिक और औद्योगिक पहलू से विशेष प्रभावित हैं। आपका वतन दिल्ली है। मगर आप दिलदादा बम्बई के हैं। फरमाते हैं—"सियासी शऊर मैंने दिल्ली के मुकाबले में बम्बई में बदर्जए-उत्तम पाया। जिस तरह बम्बई वाले सियासी शऊर के मालिक हैं, उसी तरह मजहबी शऊर में भी वे किसी से पीछे नहीं। इसीलिए दूसरे शहरों के मुकाबले में यहाँ मन्दिर-मसजिद ज़्यादा आबाद हैं। ख़ैरात के एतबार से भी यह शहर बहुत बुलन्द है। सनअती और तिजारती एतबार से तो इस शहर के कहने ही क्या! आम पब्लिक के रुझान के लिहाज़ से मैंने बम्बई के बाशिन्दों को काफ़ी खर्राच, खुशपोशी में पेश-पेश और तफ़रीह का दिलदादा पाया। तक़रीब कोई भी हो, सजावट और बनावट में कोई शहर इसका मुकाबला नहीं कर सकता। बम्बई बहुत ख़ूब है लेकिन इसमें गुज़र-बसर करने के लिए पैसा कमाने का ढंग आना ज़रूरी है, और वह हमें आज तक नहीं आया। आख़िर दिल्ली के हैं, पच्चीस बरस बम्बई में गुज़ारने पर भी अपने आबा-व-अवदाद के तौर-तरीक़े न भूल सके। फाटक हबशखां, बताशा गली के ठीक सामने हमारा घर था। वहाँ अब कोई नहीं। तलाशे-रोज़गार किसी को कहीं ले गयी और किसी को कहीं। हमारे बुजुर्गों में एक मौलाना नज़ीर हुसैन गुज़रे, दिल्ली के मशहूरो-मारूफ़ साहेब-इल्म। उन्हीं के नाम पर हमारी खानदानी अटक नज़ीरी है। तो हमारे बुजुर्गों ने पहले मुझे भी दीनी तालीम की ओर मुतवज्जेह किया। फ़ाजिले-दीनियात की सनद लेकर मैं तिबिया कालिज में दाखिल हो गया। सन् पैंतीस में वहाँ की सनद हासिल की। दो साल दिल्ली रहा। फिर एक दिन इत्तफ़ाकन हकीम अली मोहम्मद खान से मुलाकात हुई जो बम्बई में काफ़ी अरसे से कई दवाखाने चला रहे थे और साथ ही एक तिब्बी रिसाला भी निकाल रहे थे—'अजमल मन्थली'। इस माहनामे के लिए उन्होंने एक मज़मून माँगा जो मैंने बरजस्ता उसी वक़्त लिखकर दे दिया। मजमून देखकर वह मुसिर हुए

कि म्यां, तुम बम्बई चलो। चुनांचे सन् सैंतीस में हम बम्बई आ गये। मैं हकीम साहेब के मेडिकल हाल का काम देखने लगा। माहनामे की इदारत भी सँभाली। फिर मैंने महसूस किया कि इस तरह किसी के पाबन्द होकर रहना अपनी कूवतों और सलाहियतों को बरबाद करने के हममाना है। सन् उनतालीस में यूनानी मेडिकल कालिज खुला और मैंने उसमें प्रोफ़ेसर और मुतअल्लका अस्पताल में फ़िज़िशिन-इन-चार्ज की हैसियत से काम किया—सन् 43 तक। फिर अलहदा होकर मैंने अपना जाती दवाखाना खोल लिया—सन् 46 से 55 तक। कुछ बदलते हुए हालात, कुछ आम लोग की बेएतनाई, कालिज का तालीमी शोअबा बन्द करना पड़ा। तबसे मैं जाती दवाखाने में मसरूफ हूँ।

"हर दौर में मुझे सियासी, समाजी और मज़हबी कामों से दिलचस्पी और वाबस्तगी रही। इन कामों के साथ गुजारे की शक्ल सिर्फ़ अपने दवाखाने से। अलबत्ता पिछले पाँच सालों से एक कम्पनी में मुशीरे-तिब्बी की हैसियत से काम करने से मईशत के सख्त लम्हात बिलाशुबह कुछ आसान हो गये हैं। कभी वक़्त था, उन्फवाने-शवाब का। अंजामे-वक़्त से बेफिक्र होकर हर तहरीक में कूद पड़ता था। इसी लैलो-नहार की गर्दिश में चक्कर खाता रहा, मण्डल कांग्रेस कमेटी से लेकर सूबाई तिब्बी कान्फ्रेन्स तक हर कहीं पहुँचता रहा। न रोटी की फ़िक्र थी न रिहाइश का ख़याल। मगर छोड़िये, यह क़िस्सा है तबका, बाकी था जब अहदे-शवाब अपना। मगर अब अहलो-अयाल के झमेलों और उनके तालीमी तकाज़ों के पेशेनज़र, बादिले- नाखास्ता, ऐसी तमाम तहरीकों से अदमे-वाबस्तगी की सूरत पैदा हुई है। मगर दिल की दबी चिनगारियाँ शोला भी बनती हैं। शादी? शादियाँ बम्बई में की, मगर बम्बईवालियों से नहीं। पहली बीवी की यादगार एक लड़की है जिसकी शादी कर दी है। चौवन में मैंने दूसरी शादी की जिसका हासिल दो लड़के और दो लड़कियाँ हैं। तीन बच्चे पढ़ते हैं। यही घर है, यही दवाखाना है। यह मकान तब का है जब तनहा था। आज बाल-बच्चों के हुजूम, शोरोगुल और हंगामों में, इस छोटे से कमरे में बड़ी घुटन महसूस करता हूँ। जेब खाली है वरना सपनों के महल खड़े कर देते। फ़िलहाल यही कमरा अपना कस्रे-शाही है। शगल? सुबह-शाम डिस्पेन्सरी में। फुरसत

के वक़्त महल्ले-टोले के काम। कभी ख़ास बैठक हो जाती है, अहबाब आ जाते हैं। शेरो-शायरी भी हो जाती है अकसर। शेर सुनना पसन्द करता हूँ, शेर की समझ भी रखता हूँ, शेर कहता नहीं। मजामीन ही लिखता हूँ। मेरे नज़दीक शायरी आदमी को काहिल बनाने वाली चीज़ है। पढ़ता भी रहता हूँ, कुछ न कुछ। ख़ास दिलचस्पी मज़हबी और तारीख़ी किताबों से है। तमाम रिसाले पढ़ना लवाजिमे-हयात समझता हूँ। माडर्न हकीम? जी, आप चाहें तो शौक से कह लें। यूँ मैं अपने को माडर्न नहीं मानता। रहन-सहन, खुराक-लिबास, बोल-चाल, रस्मो-रिवाज़—हर बात में हम पुरखों की लीक के कायल हैं।

हकीम साहब के मिजाज़ की नब्ज तक पहुँचने के लिए हम कुछ और सवालात किया चाहते थे लेकिन तभी एक सज्जन आ गये जिनका मर्ज़ इण्टरव्यू लेने की बीमारी से किसी कदर ज़्यादा संगीन नज़र आता था। लिहाज़ा हमने रुख़्सत ली। हकीम साहब ने जितने प्रेमपूर्वक स्वागत किया था, उतने ही प्रेमपूर्वक विदाई दी। यह अन्दाज़े सलाम, यह हुस्ने-कलाम, यह शीरीं बयानी, यह कजलाही, यह चूड़ीदार और अचकन, यह दिल का बांकपन—ये सब बम्बई में देखना कहाँ नसीब होता है? हकीम साहब ने दिल्ली से दूर दिल्ली बसा रखी है जिसका दीदार हम ऐसे बम्बई के बीमारों के लिए लवाजिमे हयात जीतने के लिए ज़रूरी है।

यूसुफ़ साहब ने बम्बई के बीच दिल्ली बसायी है तो सौभाग्यवती **निर्मला श्रीवास्तव** बम्बई में बनारस बसाया चाहती हैं। निर्मलाजी की तारीफ यह इण्टरव्यूकार अक्सर सुन चुका था—उनके पति श्री विश्वम्भरलाल श्रीवास्तव से। तसवीरे-तारीफ का एक पहलू तो यह कि "बन्धु, मैं वह काम कर नहीं सका, दिनभर बीवी-बच्चे चाँव-चाँव करते हैं, श्रीमती जी से तो बच्चे भी नहीं सँभलते, वे भी सच्चे मानों में मेरे सर पर सवार रहती हैं; ये गाँव चले जायें फिर देखो कितना काम करता हूँ।" दूसरा पहलू यह कि "बन्धु, मैं वह काम नहीं कर पाया; बीवी-बच्चे सब गाँव में हैं, घर की तमाम झंझट मेरे सर पर सवार हैं। और बन्धु, सच कहूँ तो श्रीमती की गैरमौजूदगी में मेरा किसी काम में मन नहीं लगता। ये लोग आ जायें, फिर देखना, मैं

कितना काम करता।" तारीफ़ का एक और पहलू यह कि खाना बनाने में श्रीमतीजी का जवाब नहीं, कचौड़ी, कुम्हड़ा, रिकवच, फुलौरी, खणरा, धोखा, छोला, पकौड़ी, कढ़ीबरा...। इण्टरव्यूकार सदा से इस उसूल का कायल रहा है कि जहाँ देखिये बरा, वहाँ रहिए परा। लिहाज़ा यह बरा खाने की नीयत से श्रीवास्तवजी के अँधेरी स्थित आश्रम में जा पहुँचा। श्रीवास्तव-निवास को आश्रम की संज्ञा देना इसलिए अपेक्षित है कि श्रीवास्तवजी अच्छे-ख़ासे सत्याग्रही किस्म के जीव हैं। नौकरी के साथ-साथ एम.ए. तक की पढ़ाई, योगासनों का अभ्यास, प्राकृतिक चिकित्सा, जिस चीज़ का भी संकल्प ले लेते हैं, उसे पूरा करके रहते हैं। ख़ैर, इण्टरव्यूकार बरा खाने पहुँचे और धोखा खा गये। और धोखा भी बेसनवाला नहीं, शुद्ध धोखा। श्रीवास्तवजी उस दिन प्राकृतिक चिकित्सा के अन्तर्गत घर भर को उपवास कराये बैठे थे। इस आलम में मेहमान जो आ पहुँचा तो मियाँ-बीवी में 'होइबेकरी' किस्म की नोक-झोंक हो गयी जिसके फलस्वरूप इण्टरव्यूकार को फल खाने को मिले, जो आप मानेंगे, महज़ ग़म खा जाने से कहीं अच्छा था। निर्मला जी देखने-सुनने से बम्बईवाली मालूम ही नहीं हुईं। बम्बईवास के बावजूद इण्टरव्यूकार ने उनकी आँखों में विस्मय और सन्देह का भाव पाया। 'हम नाहीं जानित', 'इन्हीं से पूछ-अ' और जौने बात में हमार बस नाहीं ओम्मन हमका राय दी?' ये तीन भले उनके तकिया कलाम हैं और तीनों ही किसी भी इण्टरव्यूकार को दरवाज़ा दिखाने के लिए काफ़ी हैं। दिक्कत-दर-दिक्कत यह कि निर्मलाजी पतिदेव के लिए पुलोवर बिनने में व्यस्त थीं और बार-बार यही वह कह रही थीं कि "हम ई सब नाहीं जानित, हमें काम करे द-अ।"

श्रीमती निर्मला देवी अपने को बम्बईवासी नहीं समझतीं। बम्बई अच्छा नहीं लगता। पतिदेव बम्बई में नौकरी करते हैं इसलिए मजबूरन बम्बई में रहना पड़ता है। बम्बई कब आयीं? 6 बरिस पहिले। शादी हुए कितने दिन हुए? 7 बरिस। एक बरस कहाँ रहीं? घर पर। क्यों? इनही से पूछऽ—। पहली बार बम्बई आयीं तो यहाँ की क्या-क्या चीज़ें अच्छी लगीं? बम्बई में आपके दुइ-चार चीज़ छोड़िके का हइये हब? बस इहै समुदर क किनार...जुहू ...लोकल गाड़ी...ऊँची-ऊँची बिल्डिंग...अउर हाँ, ऊँची-ऊँची एड़ीवाली सैंडिल

अउर भद्दे किसिम के फ़ैशन। एहसे अच्छा त हमार बनारस हउवै। का कह य, बनारस में तंग अउर गन्दी गली हैं? त का बम्बई में गन्दगी नांहीं हव? कबौं ज बम्बई घूमै निकलि जाईला त दरे-दरे हमार बिटिया ना के दबावत रहऽला। समुदर के किनारे लोग दिसा-फरागत जात हैं। मछरी क बदबू... उतरे समुन्दर क बदबू...बांदरा के खाड़ी अउर कसाईखाना क बदबू...दरे-दरे कचरा के ढेरिन कत बातै छोड़ि द। झोपड़ा-पट्टी अउर ओकर सड़ल बास बम्बई के हर इलाके में पावल जाला। मच्छर, खटमल अउर ऊ का कहावऽला काक्रोच-तिलचट्टा व बम्बई जइसन कत्तौ न होइहैं। तू बनारस के सकरी गलियन क बात करत है, कालबादेवी, अउर भूलेश्वर की गलियाँ कौन सी चौड़ी हैं? अउर हम कवनो गलियन में रहत हैं, हम त विश्वविद्यालय के पास रहत हैं। विश्वविद्यालय जइसन साफ़ अउर अच्छी जगह बम्बई में कतो हेरे न मिली। गंगाजी का किनारा अउर विश्वनाथ जी क मन्दिर, यह सब क याद आवऽला त...। बनारस आपकी ससुराल है या मायका? मायका। ससुराल शहर से दूर गाँव में हव। पिताजी आपके यूनिवर्सिटी में पढ़ाते हैं? नहीं, कचहरी में काम करत रहेन, इस्तीफा दय दिहेन। भाई? एक ठे हव। पढ़त का हीरो बनल फिरऽला। हाँ, चित्रकारी अउर लकड़ी क जहाज-खिलौना बहुत अच्छा बनावऽला। यह सबमें ओकर मन ज़्यादा लगऽला। बाकी त केहू ओके रस्ता दखावै वाला नाहीं हय। ससुरजी? हेडमास्टर हैं। बम्बई में रहने के बाद गाँव आपको अच्छा लगता है? बहुत। गाँव में आपका अपना घर है? हाँ, पक्का घर है, सड़के के किनारे, खुले में, आम की बगिया के पास। माँ-बाप की इकलौती बेटी थीं। तो उन्होंने बहुत सर चढ़ा रखा होगा? बिल्कुल नाहीं। हमार माँ-बाप यह किसिम क हयेन कि तनिकौ बेअदबी बरदास्त नाहीं कय सकेतन। पढ़ा कहाँ तक? दर्जा पाँच तक। पढ़ाई छोड़ने के कितने साल बाद शादी हुई? दुइ बरिस बाद। फिर पढ़ाई क्यों छोड़ दी? घूमै फिरै के कारण पढ़ाई आगे नाहीं चलि सकल...मतलब कबों मामा के इहाँ, कबौ बुआ के इहाँ। खेल-कूद में भी भाग लेत रहन—आती-पाती, गुल्ली-डण्डा, कबड्डी...लोग सुनि हैं त हंसिहैं कि लड़की होइके लड़कन क खेल...। जिससे शादी हुई उसके बारे में पहले से जानती थीं? तारीफ सुनत रहली—बम्बई में कमात है, साथ-साथ पढ़त भी हैं, मेहनती हैं। हम केहूँ से

बम्बई की बात और है!

पूछै थोड़े गइल रहली, भौजी-चाची वगैरह के बतियावत सुनत रहली। शादी के बाद तारीफें सच निकलीं या झूठ? अब खोदि-खोदि के पुछिहैं? तो क्या हुआ? अब हमके आपन काम करय द। एक्को फन्दा छुटि जाई त बूटा खराब होई जाई। पति-पत्नी में झगड़ा होता है कि नहीं? नाहीं। (पति उवाच) झूठ क्यों बोलती हो? तो आप ही बताइये, किस बात पर झगड़ा होता है? झगड़े की भी कोई बात होती है। बिना बात के ही झगड़ा शुरू कर देती है। दिमाग की ज़रा टेढ़ी है न! आपको कुछ कहना है? कुछ नाहीं। दिन भर क्या करती हैं आप? बारह बजे तक घर-गिरस्ती क काम...एनके आफिस जाये तक एनही के फरमाइस में लगल रहित ह, खाना बनाना, चौका-बरतन, फिर लड़िकन के नहवाइब-धोवाइब, घर के साफ़-सफाई। बारह बजे के बाद कुछ सिलाई-पुराई या पढ़ना-लिखना। क्या पढ़ती हैं? उपन्यास-कहानी इहै सब। किताब? एन लियाइके देत हैं। घुमाते-फिराते हैं आपके पतिदेव? हाँ, छुट्टी अउर रविवार के दिन, जब काम नाहीं होत। पहले ख़ूब घुमाते होंगे? ऐसन कवनो बात नाहीं है। पहिले अउर अबमैं कवनो फरक नाहीं। न सावण सूखा न भादव हरा। कभी डाँटते-वाटते हैं आपको? डाँटत बहुत हैं। बात-बात में नुक्ताचीनी करत हैं, सब काम हमका आवऽला, ख़ुद बनाइ-खाइ सकित है, केहू क रोब नाहीं सहि सकित। कपड़े वगैरह आप कैसे पसन्द करती हैं? सफेद साड़ी हमका ज़्यादा पसन्द है अउर हलके रंग की हैंडलूम की साड़ी। तड़क-भड़क हमका अच्छा नाहीं लगत। बच्चियों को कहाँ तक पढ़ाने का विचार है? बच्चियों के बाप-दादा ही जानें। जौन बात में हमार बस नाहीं ओम्मन हम का राय देई?

इससे ख़याल आया कि इण्टरव्यूज़ का वादी स्वर ख़ासा बम्बई-विरोधी रहा है। शायद पाठक यह अनुमान कर बैठे कि 'सारिका' वाले बम्बई से बोर हुए पड़े हैं। बम्बई में रहकर बम्बई-वैरी समझा जाना ख़तरे से खाली नहीं। लिहाज़ा सन्तुलन और आत्म-रक्षा की ख़ातिर आज हम आपकी मुलाकात, 'सारिका' परिवार के एक ऐसे सदस्य से कराना चाहते हैं जो 'किसी भी कीमत पर बम्बई छोड़ने को तैयार नहीं हैं।' आप हैं **श्री आनन्द प्रकाश सिंह**। अपने पिता ख्यातनामा पत्रकार श्री राजबहादुर सिंह के पदचिह्नों पर

चलते हुए, आपने हिन्दी पत्रकारिता को अपनाया है। उस दिन इण्टरव्यूकार ने बन्धुवर से अनुरोध किया कि बम्बई-विरोधी इन सौ सुनार वाली चोटों का एकमुश्त जवाब दे डालें। शारीरिक, मानसिक और आध्यात्मिक, तीनों ही दृष्टियों से आनन्द प्रकाशजी इस काम के लिए सर्वथा उपयुक्त जान पड़े। काया किंचित कठोर, मांसपेशियों में तूफान से पहले का ठहराव जो यही कहता रहता है कि पड़ेगी तो बेभाव की। आँखों की कोरों और नाक की छोर पर विराजमान यह व्यंग्य-विद्रूप कि गुरु इतना बेवकूफ न समझो, हमने भी बड़ा ज़माना देखा है और तुम सरीखे तो साल में 365 देखते आये हैं। चेहरे पर हलकी-सी मुसकराहट। तात्पर्य यह कि वहाँ चुनौती आँखों में है और यहाँ अधखुले ओंठों पर। करीने के कपड़े और कायदे की बैठक। मितभाषण और वह भी एक घिसटती-सी बहर में फ़ाइलातुन, फ़अलातुन, फ़अलातुन फ़ेलन। अन्दाजे बयां कुछ ऐसा कि सुननेवाला हमेशा अपने को राज़दां महसूस करे। संक्षेप में यह कि जिधर से भी देखिये बन्धुवर कुछ भारी पड़ते नज़र आते हैं। इण्टरव्यू के लिए उनसे अनुरोध किया गया तो जवाब मिला, यहाँ नहीं बन्धु कहीं इतमीनान से बैठो तो बातें हों, ठीक है न? इस शर्त के अन्तर्गत हम दोनों फ़ोर्ट के एक रेस्तराँ में गये जो आनन्द प्रकाश जी को विशेष प्रिय है। यहाँ उन्होंने अपने प्रिय पेय का आर्डर किया—दो मैन्गो मिल्क लाना, बैरा। यह मैन्गो मिल्क वही चीज़ है जिसे बम्बई से बाहर की दुनिया में अमरस कहा जाता है। रसना को अमरस से भिगोने के बाद आनन्द प्रकाशजी मुझपर बरस पड़े।

"जोशीजी बात यह है कि अगर आपको बम्बई इतनी ही बुरी लगती है तो आप यहाँ से अपना टिकट क्यों नहीं कटवा लेते, कौन बम्बई ने आपको बाँध रखा है? कौन वह आपके बिना अनाथ हुई जा रही है। पहली बात तो यह किस डाक्टर ने आपसे कहा था कि आप बम्बई की हवा खा आइये। अगर मैं गलती नहीं कर रहा हूँ तो आपके इस डाक्टर का नाम निश्चय ही पेटपाल सिंह रहा होगा। तो समझे भाई, पेट पालने हम आये हैं, आप आये हैं, ज़माना आया है यहाँ। भाई, सच्ची बात तो यह है कि बम्बई में हर तरह के मज़े लेकर बम्बई को ही कोसना, यहाँ की हर चीज़ को 'बम्बइया' बताकर उसकी हँसी उड़ाना, आजकल के तथाकथित इण्टेलेक्चुअल लोगों—ख़ासकर

साहित्यकारों और कलाकारों का—फ़ैशन बन गया है। भाई जान, आप अपनी इण्टेलेक्ट लेकर फिर किसी एकान्त जगह क्यों नहीं पहुँच जाते! एक आपके ही कोई भाई-बन्द, बम्बई आये तो रोज़ यही कहते सुने गये कि बड़ी बोर जगह है। और वे इस नगरी में कुछ ऐसे बोर हुए कि यह नगरी अब उनसे बोर होने लगी है—हज़रते दाग की मानिन्द यहाँ जमकर बैठे गये हैं। तो जोशी जी बात यह है कि आप लोगों के मन में तमन्ना तो बम्बई में ओनरशिप फ्लैट की है और तौर-तरीका आप संयासियों वाला जताना चाहते हैं। अपने को सुसंस्कृत साबित करने के लिए बम्बई को संस्कृतिविहीन कहते डोलते हैं। हाँ, रोब ज़माने के लिए यह ख़याल कोई बुरा नहीं। बिजनेस के नज़रिये से भी यह एक अच्छा हथियार है। ओ हो हो, कलाकार साहब को कितना कष्ट हो रहा है इस निर्मम नगरी में!

"लोगों को बम्बई से शिकायतें भी अजीब-अजीब ढंग की होती हैं। एक बुजुर्गवार बम्बई से इसीलिए नाराज़ है कि यहाँ कोई किसी से कुछ कहता नहीं। बात यह है बन्धु कि बम्बई में सब अपने काम से काम रखते हैं। कामकाजी लोगों के लिए यही जीवन-दर्शन सही भी है। क़स्बेवाली आरामतलबी, क़स्बेवाला कौतूहल, वह जिज्ञासा और जुगुप्सा, वह अहंकार और व्यक्तिवाद यहाँ चल नहीं पाता। बड़े-बड़े अहम्‌वालों का वहम इस नगर ने दूर किया है। कुछ लोगों को शिकायत है कि इस नगर का जीवन मशीनवत् है, कुछ को यहाँ की रफ्तार बेढंगी मालूम होती है। कुछ को यहाँ कलाकारों का आदर कम नज़र आता है। जिसे वे मशीनवत् कहते हैं, उसे ही मैं अनुशासित कहना चाहूँगा जिन्हें यहाँ कर रफ्तार पसन्द नहीं उन्हें मैं यह याद दिलाना चाहूँगा कि वे भी कार के हकदार बनने के चक्कर में यहाँ आये हैं। जिनका कलाकार यहाँ कसकता है, उन्हें यह नहीं भूलना चाहिए कि सभी लोग कलाकार बन जायेंगे तो कारखानों की दुनिया कौन चलायेगा? बगैर कठिन परिश्रम के, बगैर कल-कारखानों के क्या कोई देश आगे बढ़ सका है?

"आबहवा, आवाजाही, साफ़-सफाई हर नज़रिये से बम्बई बेहतरीन है। मैं तो साहब एक बार आपकी दिल्ली में रहा था। बम्बई से ग्रेजुएशन के बाद वहाँ के एक सुप्रसिद्ध अंग्रेज़ी आर्थिक साप्ताहिक के सम्पादकीय विभाग

में जगह मिल गयी थी, वहीं एम.ए. भी ज्वाइन कर लिया था। लेकिन सच मानिये, एक क्षण भी वहाँ तबीयत नहीं लगी। दिल्ली तब (लगभग 15 वर्ष पहले) एक बड़ा-सा क़स्बा-सा था—बहुत बड़ा और बेढंगे तरीके से अलग-अलग बसा हुआ। तो साहब एम.ए. करते ही वापस बम्बई चला आया। दिल्ली के तमाम सरकारी आकर्षण भी मुझे रोक न पाये। भला हो वाज़िद अली शाह का—अवधवाले काफ़ी बदनाम हैं। लेकिन मुझे वह आरामतलबी, वह वातावरण पसन्द नहीं। मुझे वे भ्रम और ढोंग पसन्द नहीं जो छोटे नगरों और क़स्बों के जीवन में अकसर ही पाये जाते हैं। इसीलिए मैं बम्बई में रहता हूँ। और बाखुशी रहता हूँ।"

दिल्ली की देवियाँ

जी नहीं, सर्क्यूलेशनवालों ने हमसे कुछ नहीं कहा, हम खुद ही सयाने हो गये। अजी, इतना कुछ देखने-पढ़ने के बाद तो गधा भी समझदार हो जाता, और हम—इस कलम की कसम—अक्ल के मामले में गधे से साढ़े उन्नीस ही पड़ते हैं। पत्रिकाओं के मुख पृष्ठों पर, विज्ञापनों में, और 'नव-अ' कहलाये जानेवाले लेखन में, गरज़ यह कि जहाँ देखता हूँ तू ही तू है, उर्फ़ या देवी सर्वभूतेषु भ्रान्ति रूपेण संस्थिता। हमें इस नतीजे पर पहुँचना ही पड़ा कि इस स्तम्भ की लोकप्रियता के लिए यह नयी 'आंचलिकता' नितान्त आवश्यक है। इसमें हमें कोई ख़ास रूहानी परेशानी भी नहीं हुई क्योंकि एक तो हम वैसे ही शाक्त हैं और दूसरे, आपकी बद्दुआ से अब तक अकेले हैं।

'रेणु' का ताज़ा उपन्यास 'दीर्घतपा' लड़कियों के होस्टल के बारे में है। लिहाज़ा यह इण्टरव्यूकार भेड़चाल से राजधानी के एक गर्ल्स होस्टल की ओर निकल पड़ा। रास्ते में उसे बम्बई-छोड़ दिल्ली-बसे मगर मूलतः कैलासवासी किस्म के 'कविवर' मिल गये। आप दिल्ली और बम्बई की बिटियाओं के बारे में एक तुलनात्मक शोध-ग्रन्थ प्रकाशित किया चाहते हैं—विवाह के बाद। आपसे राह चलते जो जानकारी हासिल हुई वह सहृदय पाठकों की सेवा में यहाँ प्रस्तुत है। फ़रमाते हैं : बम्बईबाला या तो आपकी ओर 'झाँकती' नहीं या कुछ इस सवालिया अन्दाज़ से देखती है कि तुमको क्या लगता है? दिल्लीदेवी देखती है पर नहीं देखती; उसकी आँखें यही पूछती हैं कि जी, प्रेम क्या है और वासना क्या है, सच तो यह है कि दिल्ली महानगर नहीं, महाक़स्बा है और इसीलिए उसकी फ़िजा में 'निर्गुण' रोमान्स महकता है जबकि बम्बई में सगुण से ही साक्षात् होता है। फिर दिल्ली की देवियाँ

बम्बई की बालाओं से कई गुना अधिक फ़ैशनपरस्त भी हैं। बम्बई में फ़ैशन पैसे और परिष्कार का प्रतीक है; दिल्ली में वह दैनिक आवश्यकता-ब्राण्ड दिल्लगी है। अन्तिम अन्तर स्वास्थ्य सम्बन्धी है—दिल्लीवालियाँ बम्बईवालियों से प्रत्यक्ष ही अधिक स्वस्थ होती हैं। इससे ज़्यादा कुछ कहना रीतिकालीन कवियों से व्यर्थ की होड़ लेना होगा।

गर्ल्स होस्टल के चपरासी की सेवा में अपना परिचय-पत्र प्रस्तुत करने के बाद जब इण्टरव्यूकार विज़िटर्स रूम में पत्रकार **सत्या शर्मा** की प्रतीक्षा करने लगा तो उसे अपने चारों ओर कविवर के कथनों की पुष्टि नज़र आयी—ज़्यादा रोमान्स, ज़्यादा फ़ैशन और ज़्यादा स्वास्थ्य।

"आप किस दुनिया में खोये हुए हैं?" वह परिचित स्वर सुना तो ध्यान भंग हुआ। सत्याजी मेरे सामने खड़ीं थीं, या यों कहूँ कि जिन सत्याजी को मैंने तीन वर्ष पहले देखा था, उनका एक नवीन संस्करण मेरे सामने था। तीन साल पहले सत्याजी के बाल लम्बे मगर बेढंगे हुआ करते थे; उनका लिबास बहुत ही सादा और दबा-ढका हुआ करता था; चेहरे पर बस चश्मा ही चश्मा दिखायी देता था। और यह सत्याजी सीधे 'फ़ेमिना' के कवर से अवतरित हुई जान पड़ती थीं।

"आप, आप हैं या अपनी छोटी बहन?"

"आपने सुना नहीं था कि बदल गयी हूँ?"

"सुना तो बहुत कुछ था मगर पूरी तरह यकीन नहीं हुआ।"

"कुछ-कुछ तो यक़ीन हुआ होगा तभी न यह इण्टरव्यू का बहाना ढूँढा। छुट्टी पर आये हैं, सोचा होगा, यूँ समय अच्छा कट जायेगा।"

"मैं आपका मतलब समझा नहीं।"

"आप नासमझी का अभिनय अच्छा कर लेते हैं।"

"आपकी समझदारी की मैं दाद देता हूँ मगर यक़ीन कीजिए, मुझे कहानी-पत्रिका के लिए इण्टरव्यू लेना है।"

"मैं कहानी-पत्रिकाएँ नहीं पढ़ती। आपकी ये हिन्दी कहानियाँ कौन पढ़े? ख़ासकर नारी-प्रधान कहानियाँ, विशेषतः भड़ास-प्रधान कहानियाँ। आप पढ़ते होंगे, आख़िर हिन्दी साहित्य, लेखकों द्वारा, लेखकों के लिए, लेखकों

को लाखों में एक लखनेवाली नायिकाओं पर लिखा जाता है। मैं यह सब नहीं पढ़ सकती। मैं धर्मग्रन्थ और दर्शनशास्त्र पढ़ना ज़्यादा अच्छा समझती हूँ। आप मुसकराते हैं? आप समझते हैं, बालकटी लड़की का धर्म और दर्शन से कोई सम्बन्ध नहीं हो सकता। आप उसे अध्ययनकक्ष में देखेंगे तो यही समझेंगे कि शयनकक्ष का रास्ता शायद इधर से ही है। ग़लत कहती हूँ? फ़ैशन से लड़के 'स्मार्ट' बनते हैं और लड़कियाँ 'फ़्लर्ट'। लड़का दस लड़कियों को भरमाता है तो यह उसकी काबलियत है। लड़की दस लड़कों से बात करती है तो वह कुलटा है। यही न? आप लोग आधुनिक और प्रगतिशील बने डोलते हैं लेकिन आप हैं क्या? लोकतन्त्र की सुविधाएँ और सामन्तशाही के विशेषाधिकार चाहनेवाले दुरंगे! आप तो दोस्त की बहन से इश्क करके गौरवान्वित होंगे लेकिन आपकी बहन आपके दोस्त से प्यार करके खानदान की इज़्ज़त खाक में मिला देगी। यही न? तो मैं फ़ैशन करने लगी हूँ इसलिए बदचलन भी हो गयी हूँ। यही न? क्या-क्या सुना मेरे बारे में? न बताइये, आपकी मरज़ी। कोई बराबर घिघियाता रहे, कहे कि तुम्हारी कृपा-दृष्टि के लिए मैं अपनी जान तक दे सकता हूँ, उसे समझाया जाय कि आप बीवी-बच्चोंवाले आदमी हैं, जान-वान जो कुछ देना हो उनके लिए दीजिए, वह न समझे तो उसे दुत्कार पड़े और फिर वह यह कहता घूमे कि लड़की इतनी बदचलन है कि मुझे तो घिन आ गयी, उसी की बात सही मानी जायगी न? नहीं, यह मेरा व्यक्तिगत अनुभव नहीं है लेकिन देखती-सुनती तो हूँ। मैंने भी प्यार किया या नहीं, यह पूछने वाले आप कौन होते हैं? मैं अपने बारे में कुछ भी बताने के लिए तैयार नहीं, ख़ासकर किसी लेखक को, ख़ासकर ऐसे लेखक को जो इण्टरव्यू का बहाना लेकर आया हो। मुझे आपसे हमदर्दी है, बहुत निराश हुए होंगे आप। काश कि मैं आपकी कुछ मदद कर सकती। बदनाम लड़कियाँ तो कई हैं, लेकिन बदचलन कहाँ से लाऊँ? क्या कहा? आप आदर, अपनापन और अन्तरंगता के बिना किसी सम्बन्ध की कल्पना तक नहीं कर सकते। बातें सभी लड़के अच्छी बना लेते हैं—लड़कियों के सामने। लेकिन उनका असली मन तो पीठ पीछे बोलता है। अव्वल तो कोमल भावनाएँ आप जानते ही नहीं। ग़लती से जान भी लें तो उन्हें स्वीकार करने में हिचकते हैं। कैसा अहंकार है आप लोगों में! मुझे इस

अहंकार से, इस दुनियादारी से नफ़रत है। ये फ़ैशन, ये कटे बाल, आपकी दुनियादारी को चिढ़ाने और सताने के लिए ही हैं। मुझे इनसे कोई लगाव नहीं। कल चाहूँ तो जटायें रख लूँ, गेरुआ पहन लूँ। हाँ, इतनी हिम्मत है मुझमें। थोड़ी बहुत दीक्षा भी लेती रही हूँ। योगसाधना, योगासन, धार्मिक अध्ययन, यह सब किया है। देखिये, मैं पुण्यात्मा और पापी दोनों को कुछ समझ और मान सकती हूँ लेकिन आपके इन सामान्यजनों को नहीं जो समान रूप से निकृष्ट हैं। इस कड़वाहट के पीछे कोई कहानी है? हो भी सकती है। लेकिन क्या इण्टरव्यू के लिए इतना ही काफ़ी नहीं?"

संक्रान्तिकालीन भारत और उसके अधबदले मूल्यों से सौ. **अग्नेश्का कोआलास्का सोनी** को शायद सत्याजी जितनी नाराज़गी नहीं है। अगर होती तो वह भारत को अपनी ससुराल क्यों बनातीं? अग्नेश्काजी के पिता पोलैण्ड की राजधानी वारसा के पास लोज नगर में वकील हैं। आपके पति भारत की राजधानी में पत्रकार हैं। अग्नेश्काजी हिन्दी बोलती हैं, हिन्दुस्तानी पोशाक पहनती हैं। सुनहरे बाल, भूरी आँखें और ग़ौर वर्ण देखकर तथा उर्दू मिली हुई ज़बान सुनकर कोई भी यही अनुमान करेगा कि आप कश्मीरी हैं। विदेशीपन अगर झलकता है तो सिगरेट धड़ल्ले से पीने और अधखुले मुँह से बोलने की आदत में और ओठों से लेकर चिबुक तक मुँह को कँपकँपा देने तथा वाक्य अधूरा ही छोड़कर शेष अर्थ भंगिमा से पूरा करने की अदा में। कॉफ़ी हाउस में इण्टरव्यू का प्रसंग उठने पर बोलीं—"इण्टरव्यू? बेशक, मगर ख़ुदा के वास्ते वही सब न पूछियेगा कि भारत कैसा लगा? मुझसे यह प्रश्न बहुधा किया गया है और हर बार यही आभास मिला है कि उसके पीछे कोई सही जिज्ञासा नहीं। मैं तो यहाँ तक कहूँगी कि सही जिज्ञासा की यह कमी ही भारत की खुसूसियत है। शोध-प्रबन्ध की सामग्री जुटाने के लिए विश्वविद्यालयों के इर्द-गिर्द काफ़ी रह चुकने के बाद में इस नतीजे पर पहुँची हूँ कि भारत में विद्या भी वृत्ति नहीं, व्यवसाय है। डिग्रियों की यहाँ न कोई कद्र है, न कीमत। रेवड़ी की तरह बँटती हैं। योरोप में जितना ज्ञान विश्वविद्यालय में प्रवेश पाने के लिए अपेक्षित होता है, उतना यहाँ, माफ़ कीजिएगा, आपके कई पीएच.डी. वालों को भी नहीं होता। जिज्ञासा का

अभाव, कूपमण्डूकता, चापलूसी, अनुदारता, नौकरी-पेशा निगाहें—विद्या के क्षेत्र में इन्हें पाकर सचमुच बड़ी कोफ़्त हुई। प्रयाग विश्वविद्यालय में, शायद यह कहना उचित होगा कि प्रयागवास में, एक सुख ज़रूर मैंने पाया—साहित्यिक वातावरण का। मैं शमशेर बहादुर सिंह की विशेष आभारी हूँ। नये-पुराने हिन्दी-उर्दू साहित्य के सम्बन्ध में जितना उनसे मैंने सीखा, उतना शायद... शोध-प्रबन्ध का विषय? आधुनिक हिन्दी कविता। हिन्दी सीखी थी पोलैण्ड में। भारत आकर तो अंग्रेज़ी सीखी-समझी है। बग़ैर उसके तो यहाँ काम ही नहीं चलता। मेरे पति पंजाबी हैं। वह न शुद्ध हिन्दी समझे पाते हैं, न शुद्ध उर्दू। अधिकांश शिक्षित भारतीयों की तरह वह भी या अंग्रेज़ी बहुल हिन्दुस्तानी में ही बातचीत करते हैं। मुझे तो भारत आकर यह मालूम हुआ कि हिन्दी चकल्लस की चीज़ है। आप परिष्कृत वर्ग में एक वाक्य शुद्ध हिन्दी का बोल जाइये और फिर देखिये कैसा, ठहाका लगता है। जी हाँ, भारत आकर और भी कई भरम खुले। विदेशों में भारत को सँपेरों और राजाओं का देश समझने की ग़लती अमूमन की जाती है। एक और भ्रान्ति योरोप के शिक्षित वर्ग में दृष्टिगत होती है—भारत को आदर्श, अध्यात्म और अनुशासन का देश समझने की। अब यह देखिये कि भौतिक सुख की, रुपये-पैसे की, जितनी कद्र भारत में है, उतनी शायद...सम्भव है, किसी स्तर पर ज्ञान-विज्ञान का यहाँ सम्मान होता हो, मगर आम ज़िन्दगी में तो सिक्का ही सर्वोपरि है। रहा अनुशासन, वह यहाँ अभाव से ही आभासित होता है। लेटलतीफ़ी और काहिली के लिए हमारे पोलैण्ड वाले भी ख़ासे बदनाम हैं लेकिन वक़्त की पाबन्दी न करने की भारत में वह हद है कि बस! ग़ैरज़िम्मेदारी, लापरवाही, अति भावुकता, जब आलस में इतनी तमाम बातें और जुड़ जाती हैं तब...।

"बात शुरू से शुरू करूँ? मैं तो समझी थी कि इण्टरव्यू समाप्त हो चुका है। आपने भारत-सम्बन्धी प्रश्न कर लिया है और उसका ख़ासा खरा जवाब पा लिया है। अब यही पूछना शायद रह गया हो कि मैं भारत आयी क्यों? उसका जवाब इतना ही है कि भारत से मुझे अज़हद प्यार है। भारतीयों के दोष मुझे अपनों के दोष लगते हैं—यानी मुझे भी भारत की खामियों से वही खीज होती है जो किसी भी अन्य समझदार भारतीयों

को। एक खीज तो इसी बात पर है कि हम भारतीय विदेशियों की राय को इतना महत्व क्यों देते हैं? भारत से मेरा अनुराग? बहुत पुराना है। मेरे ख़याल से वही ठीक रहेगा—शुरू से शुरू करना। मेरे पिताजी वकील हैं। माताजी पोलिश साहित्य की प्राध्यापिका हैं। एक भाई है छोटा—इंजीनियरी पढ़ता है। पिताजी का आग्रह था कि मैं विज्ञान सीखूँ। मैंने जीव रसायन में बी.एस.सी. किया। लेकिन रुचि साहित्य में ही थी, इसलिए विज्ञान से भाषा विज्ञान की ओर गयी। संस्कृत भाषा और साहित्य का अध्ययन किया। भारतीय दर्शन और हिन्दी-उर्दू का थोड़ा परिचय पाया। सरकारी निमन्त्रण पर 59 में मैंने भारत-यात्रा की। सैलानियों जैसा सतही परिचय इस देश से हुआ। ऐतिहासिक परिवेश में ही खोये रहे। समकालीन बौद्धिक तथा सामाजिक वातावरण, जो भी जैसा भी है, अनजान ही रहा। अधिकांश विद्यार्थियों के ही सम्पर्क में आयी। उनसे हिन्दी की सही जानकारी, सही किताबें मुझे मिल सकीं। पोलैण्ड लौट कर संस्कृत की जगह हिन्दी को अपना मुख्य विषय बना लिया। यह धारणा बलवती होती गयी कि मुझे अन्ततः भारत में ही बसना है—भारत, जहाँ आज भी आस्था और आत्मीयता की झलक मिल जाती है। दुबारा भारत आने के लिए काफ़ी संघर्ष करने पड़े। पारपत्र, विदेशी मुद्रा वग़ैरह की जैसी दिक्कतें यहाँ हैं वैसी...मुझे अमरीका में बसे हुए पोलिश लोगों की फ़ाउण्डेशन से वज़ीफ़ा मिला लेकिन इस पर भी कुछ आपत्ति हुई। पूरा एक साल अनिश्चय में कट गया। आख़िर 61 में भारत पहुँची। अमरीकी फ़ाउण्डेशन के कोई साहब रवीन्द्रनाथ का नाम सुन चुके थे, लिहाज़ा मुझे शान्तिनिकेतन में भरती करा दिया गया। वहाँ बंगला सीखी। लेकिन आधुनिक हिन्दी-साहित्य के पठन-पाठन के लिए वातावरण उपयुक्त नहीं मालूम हुआ। मैंने प्रयाग विश्वविद्यालय में प्रवेश लिया। यहाँ वाकई यह महसूस हुआ कि साहित्यिक हलचलों की नगरी में आ गये हैं। मेरे प्रिय कवि? शमशेर, केदारनाथ सिंह और मुक्तिबोध।

"अब आप प्यार, शादी, इसके बारे में सवाल करने लगेंगे तो मेरी ज़बान पर ताला पड़ जायेगा। भूलिए नहीं, मैं एक भारतीय घर की बहू हूँ। शादी 63 में हुई— यहीं दिल्ली में। वसन्त के दिनों में। नहीं, यह मुझसे पत्रकार की हैसियत से मिलने नहीं आये थे। कहाँ, क्योंकर परिचय हुआ, यह सब

नितान्त व्यक्तिगत है। पहली बार जब मैं अपनी होनेवाली ससुराल में गयी तो माताजी काफ़ी विस्मित और आतंकित हुईं—मेम साहब को देखकर। पूछा—कौन है? इन्होंने बताया कि सहेली है। बाद में तो बिल्कुल अपना ही लिया। नहीं, कोई ख़ास प्रयास नहीं करना पड़ा। गीता के दो-चार श्लोक अलबत्ता सुनाये। देखिये, मुझे भारत शुरू से ही काफ़ी, काफ़ी क्या, निहायत ही अपना लगा। मुग़ालता कह लीजिए लेकिन मैंने यही माना कि इस देश को मैं अपना सकूँगी और यह देश मुझे अपना सकेगा। इनसे परिचय, दुबारा आने के दूसरे दिन हुआ। भारत के प्रतीक बन गये? सम्भव है एक अर्थ में, शायद एकाधिक अर्थों में। घरवालों को लिखा इस बारे में तो कोई ख़ास खुश वे हुए नहीं। बार-बार चिट्ठियों में यही राग अलापती रही तो आख़िर मान ही गये। ज़िद्दी? हाँ, शायद वह भी हूँ। सास से कोई विवाद नहीं होता। माताजी को मेरा स्वभाव मालूम है और मुझे उनका। पति से झगड़ने की बात मैं सोच भी नहीं सकती। एक तो झगड़ालू आदत नहीं है, दूसरे कुछ हिचक भी होती है। यूँ कहा जा सकता है कि अगर योरोप में शादी करती तो दाम्पम्य की पवित्रता में इतनी आस्था मुझे नहीं होती। लेकिन यहाँ रिश्ते के मानी ज़्यादा गहरे और एतबार से भरे हुए हैं। इसीलिए अब आज्ञा लेती हूँ। मैंने उनसे घण्टे भर में लौट आने के लिए कहा था।"

अग्नेश्काजी के बाद सौ. **इन्दु जैन** का ज़िक्र स्वाभाविक है। अग्नेश्काजी जिस आधुनिक हिन्दी काव्य का अध्ययन कर रही हैं, उसके विकास में इन्दुजी का भी योगदान रहा है। नयी कविता की साधिकाओं में आप अन्यतम हैं। आप प्रवृत्ति से कवयित्री, पेशे से प्राध्यापिका और प्रयोजन से गृहस्वामिनी हैं। जब इण्टरव्यूकार पहुँचा, इन्दुजी के व्यक्तित्व का तीसरा पक्ष प्रबल था। बच्ची 101 बुख़ार में पड़ी थी। दो-एक मिलनेवाले आये हुए थे। बातचीत डाक्टरों, नाटकों, बसों और फ़िल्मों के दायरे में घूम रही थी। इस बीच इण्टरव्यूकार कमरे की सजावट देखता रहा—चीनी, फूलदान, जापानी गुड़िया, आधुनिक चित्रकला, काली पृष्ठभूमि पर आरोपित गन्धराज के पत्ते, छोटी-छोटी मूर्त्तियाँ, बड़े-बड़े कैक्टस, बाहर बरामदे से झाँकते हुए फूलों के गमले। कुल मिलाकर यह कमरा किसी बिम्ब-बहुल कविता-सा प्रतीत हो रहा था। सत्याजी की तरह

इन्दुजी को भी अपने कटे हुए बाल बार-बार उँगलियों से सँवारने की आदत है। बालों और आँखों का भूरा रंग बरबस ध्यान खींचता है। इन्दुजी का अन्दाज़े बयां भी काबिले-ग़ौर है। तर्ज़ तरल और चपल सी रहती है। मगर बीच-बीच में सहसा किसी शब्द पर बलाघात किया जाता है। विराम-चिह्नों का काम एक अधूरी-सी हँसी से चलाया जाता है।

"आपसे किसने कह दिया कि हम कलकत्ता के हैं? हम तो दरअसल कहीं के नहीं! और कहाँ के नहीं! देखिये न, हम लखनऊ थे, चंदौसी थे, मेरठ, डालमिया नगर, लाहौर, दिल्ली। जिस वर्ष मेरा विवाह हुआ, उसी वर्ष डैडी गये थे कलकत्ता। विवाह को हो गये हैं 1 साल—जेनवरी फ़िफ्टी फ़ाइव में शादी हुई। यहाँ दिल्ली में तो हम कोई 5 साल से हैं। शादी? जी हाँ, ठहराई हुई। हाँ, शादी तय होने के बाद तो बहुत कुछ जान गयी—मसलन—अब इनके सामने ही बताऊँ? अपराइट, ईमानदार और बहुत ही भले आदमी हैं। यह बात बिल्कुल एब्सट्रैक्ट नहीं है। कांक्रीट बात की है। जब शादी हुई तब मैं एम.ए. कर रही थी। फ़ाइनल ईयर में थी। इम्तहान बाद में ही दिया था। कविता? बहुत पहले से लिखती हूँ। पहली कविता लिखी थी जब मैं थी 9 साल की। वह शायद 'शिशु' में छपी थी। शैशव की स्मृतियाँ? बिल्कुल शैशव की, मतलब एकदम छोटी थी, तबकी? लाहौर की हैं, उससे पहले दिल्ली में थी, उसकी कोई याद नहीं। खेल-कूद करते थे, कजिन्स के साथ। छत पर खेलते थे। 'सिकन्दर' फ़िल्म देखी तो ड्रामा खेलने का शौक चर्राया। सबसे ज़्यादा बेवकूफ़ी की बात? बेवकूफ़ हम थे ही नहीं। हाँ, कभी जौ बोकर गेहूँ उगाने की कोशिश ज़रूर करते थे। सर पर ऐसे फ़ितूर अकसर सवार होते थे। हाँ, सिर भी चढ़ाया गया—इतना कि मैं किसी की भी आलोचना बरदाश्त नहीं कर सकती। हम? पाँच भाई-बहन। एक बहन की डेथ हो गयी। मैं? सबसे बड़ी। रुआब करती तो हूँ लेकिन रुआब में कभी कोई आता नहीं। सब भाई-बहन यही कहते हैं कि मान लिया कि तू बड़ी है तो क्या हुआ? बचपन के बारे में सोचती हूँ तो क्या महसूस होता है? अलगाव। वह कोई और ही व्यक्ति था। पश्चात्ताप नहीं होता। संकोच भी नहीं। इतना ही है कि फिर से वह जीवन जी सकूँ तो कहीं-कहीं कुछ बातों को सुधारती आऊँ। किन बातों को? देखिये, न तो हम मेण्टल पेशेण्ट

हैं और न आप साइकैटरिस्ट, फिर आपको हम यह सब क्यों बताने लगे? आउटसाइडरवाली भावना कभी होती होगी लेकिन किसी को पता नहीं चलने देती। काफ़ी कण्ट्रोल है। हाँ, इन्हें तो मेरे मूड का पता चल ही जाता है। बहुत ही तीक्ष्ण दृष्टिवाले हैं। कविता कब लिखती हूँ? जब या तो इनसे झगड़ा हो जाता है या मतलब किसी ढंग से कोई बोझ होता है मन पर। फ़िक्स्ड टाइम तो इतना भी नहीं, कि न लिखूँ तो छः-छः महीने न लिखूँ। मेरे पति कविताएँ बहुत पसन्द करते हैं। हाँ, प्रेरणा भी देते हैं। अच्छा-साहित्य, चर्चा छोड़िये। मैं आपके इस तरह के सवालों से प्रोवोक होने की नहीं। मैं सारे साहित्यिक अखाड़ों से दूर रही हूँ। मुझे इस तमाम वाद-विवादों में कोई दिलचस्पी नहीं है। दूसरी दिलचस्पियाँ? बहुत सारी हैं। हाँ, साड़ी भी उनमें शामिल हैं। साड़ियाँ ख़रीदने में तो बहुत इण्टरेस्ट है। जो रंग नहीं होता अपने पास, वही अच्छा लगता है। बस कॉमन नहीं होना चाहिए। हाँ, पढ़ने में भी दिलचस्पी है। जो हाथ लगा, जो तबीयत में आया, वही पढ़ लेते हैं। कोई फ़िक्स्ड च्वॉइस नहीं है। नाटक देख लेते हैं, फ़िल्म देखने चले जाते हैं। कालेज में अंग्रेज़ी पढ़ाते हैं, घर में हिन्दी लिख-बोल लेते हैं। हाँ, घर का काम-काज भी करते हैं। बच्ची है एक—पिकी—पिंकी नहीं; जिसे देखो वही पिंकी कहने लगता है। पिकी, साहब, पिक से पिकी। फिर वही नयी कविता की बात! बस, मैं इतनी ही कहूँगी कि जिसे हम नयी कविता कहते हैं, वह कोई उपलब्धि नहीं है; उपलब्धि की ओर प्रगति भर है। मुझे साहित्यिक बातचीत से बहुत डर लगता है। और किससे डर लगता है? छिपकली से नहीं। चूहे से? हाँ, ज़रूर डरती हूँ। चूहे से तो दास्तोवस्की भी डरता था।"

चूहे से डरनेवाली इस महान् बिरदारी की एक सदस्या हैं सौभाग्यवत **विनोद कश्यप**। लेकिन शायद चूहे के अलावा विनोद जी और किसी चीज़ से नहीं डरतीं—माइक्रोफ़ोन से भी नहीं। विनोदजी आकाशवाणी से समाचार प्रसारित करती हैं और यह काम कितनी हिम्मत माँगता है, यह वही जान सकता है जिसका इससे सम्बन्ध रहा हो— मसलन यह इण्टरव्यूकार। समाचार-विभाग में आने से पहले विनोदजी नाटक-विभाग में थीं और दिल्ली से प्रसारित नाटकों में उनका वही दर्जा था जो बम्बइया फ़िल्मों में तब नरगिस का

रहा होगा। दरअसल विनोदजी कई तरह से नरगिसी हैं—वही गरिमा, वही आत्मसम्मान और अब वही 'कला से संन्यास' वाली भावना। विनोदजी को एक वाक्य में चित्रित करना हो तो यही कहा जा सकता है कि आप शत प्रतिशत, सर्वांगीण, सम्पूर्ण नारी हैं। दर्प और करुणा जैसे विरोधी तत्त्वों का आपमें समुचित सम्मिश्रण हुआ है। विनोदजी के पति हरीश कश्यप दिल्ली के प्रमुख उद्योगपति और व्यापारी हैं।

"मेरा क्या इण्टरव्यू लेना है आपने? आइ मीन आयम नथिंग टु राइट एबाउट। यह क्या उतारने लगे? ऐसी अंग्रेज़ी-पंजाबीवाली हिन्दी मेरे नाम से पेपर में दी न तो मैंने आपसे बोलना छोड़ देना है—जानते हो न मेरा टेम्परिमेण्ट कितना ज़िद्दी हैगा? ओ.के.। आप समझते हो, मैं हिन्दी धाराप्रवाह नहीं बोल सकती? अच्छा, अब पूछो और सुनो। वक़्त बिताने के लिए कामों की कोई कमी थोड़े है। कुछ समय रेडियो में कट जाता है, सुबह-शाम-दुपहर-रात जैसी भी ड्यूटी हो। ओ, माई 'ड्यूटी' अंग्रेज़ी लफ़्ज आ गया। आगे से मैंने ज़्यादा सावधान रहना है। ज़्यादा टाइम बच्चों के साथ बीतता है। आया है, मगर बच्चों के लालन-पालन का मैं खुद भी पूरा ध्यान रखती हूँ। जनाब, उन्हें पढ़ाती भी हूँ। यही वजह है कि उनका परीक्षाफल बहुत अच्छा हुआ है इस बारी। कोकिला स्टुड फ़र्स्ट—क्षमा कीजिएगा—क्लास में पहली आयी। खुद भी पढ़ती हूँ—ज़्यादातर कहानियाँ और उपन्यास। शाम को यह कि कभी क्लब हो आये—गप लगायी घण्टा-डेढ़ घण्टा। नहीं, मैं पीती नहीं। डान्स भी नहीं करती। आता है, और मुझे तो पसन्द भी है, मगर मेरे पतिदेव को यह सब अच्छा नहीं लगता। ही इज टू लेजी टु डान्स। फिर अंग्रेज़ी, हे भगवान! सिनेमा देखते ही रहते हैं—ऐसा ज़्यादा नहीं, यही हफ़्ते में एक पिक्चर। महीना में चार की एवरेज आती है। हाँ, मैं पूरी तरह से सुखी और सन्तुष्ट हूँ। मुमकिन है, मैंने वह उत्साह खो दिया हो लेकिन आकांक्षावाली बातों की ओर मन अब जाता नहीं। 'होम-वर्ड, हो गये हैं। घर, पति और बच्चे, यही सब कुछ है। शायद यह 'आदर्श हिन्दू नारी' वाली बात लगे आपको। लेकिन मैं ऐसा ही मानती हूँ। रोमानपरवर होना ठीक नहीं। व्यावहारिक नून, तेल, लकड़ी वाली दृष्टि अपनानी ही पड़ती है। ऊब से तो लड़ना होता ही है। एक्चुअली मैं कभी खाली बैठती ही नहीं। औरतों की बातचीत के सीमित

दायरे से भी दूर ही रहती हूँ। फ्रेंकली, आदमी ज़्यादा अच्छी बातें करते हैं। उनके अनुभव का दायरा बड़ा जो होता है। एनीवे, औरतों की गाड़ी-साड़ी वाली बातों से मैं तो उकता ही जाती हूँ। इसीलिए पार्टीज से मुझे ख़ास दिलचस्पी नहीं। घर भला। कुछ न कुछ करती ही रहती हूँ। पढ़ाई-लिखाई, सिलाई-बिनाई। बच्चों के कपड़े ख़ुद ही काटती-सिलती हूँ। अपने? अपने तो अच्छे दर्जी से ही सिलवती हूँ। कपड़ों का मुझे बहुत शौक है। कपडों की समझ ऐसी भी कोई बुरी नहीं है। समाज-सेवा भी अपने ढंग से कुछ न कुछ करती ही रहती हूँ। हमने एक क्लब बनाया हुआ है। ऊन ख़रीदते हैं, ज़रूरतमन्द लोगों के लिए जरसियाँ वग़ैरह बिनते हैं। और कुछ न हो तो बच्चे तो हैं ही—कोकिल और संजू। प्रभाव? मुझ पर सबसे ज़्यादा प्रभाव पड़ा है अपनी स्वर्गीया माताजी का। विधवा थीं। कैसे उन्होंने ख़ुद पढ़ा-लिखा और हमें पढ़ाया-लिखाया, यह सोच-सोचकर मुझे धीरज और हिम्मत का सबक मिलता है। बहुत पसन्द करती थीं मुझे। जिस दिन मुझे रेडियो में न्यूज़ रीडरशिप मिली है न, वह बहुत ही ख़ुश हुईं। बोलीं—"विनोद, तू मेरा बेटा है।" मैं भावुक नहीं हूँ लेकिन उस जुमले की याद करके मुझे रुलाई-सी आ जाती है। दूसरा प्रभाव? पति का, जिन्होंने मुझे झूठी तड़क-भड़क से दूर रहना, अपने घर को घर समझना सिखलाया है। नहीं, मुझे नयी पीढ़ी से कोई ईर्ष्या नहीं है। उसकी अंग्रेज़ियत उसे डुबायगी ही। मैं कोई ऐसी शुद्ध भारतीय भी नहीं। पूजा-पाठ? हाँ, करती हूँ। यह कहो कि रोज़ करती हूँ तो नहीं। मंगल को फ़ास्ट भी करती हूँ—हे भगवान, फिर अंग्रेज़ी—व्रत रखती हूँ। ओ हलो दियर, संजू! जोशी अंकल को पहचाना नहीं?"

तिपल्ले आयने में विनोदजी का अक्स मुसकराया। मुसकान पर उदासी या उदासीनता की एक छाया-सी दिखी, या शायद यह कल्पना का धोखा था।

कन्या-कुमारियाँ!

मनोविश्लेषणवादी चाहे कुछ भी कहें मगर यह इण्टरव्यूकार शब्द 'कन्याकुमारी' सुनते ही अपने को अकालवृद्ध अनुभव करने लगता है। इसका सम्बन्ध शायद कुमाऊँनी संयुक्त परिवार में बीते हुए बचपन के संसर्गों से हो। कन्याकुमारी-पूजन बच्चों के लिए उल्लास और उपहार का त्योहार हुआ करता था। नये कपड़े, जूते, रूमाल, गुब्बारे, खिलौने, मिठाइयाँ और हाँ, चाँदी की चमकती हुई चवन्नियाँ-अठन्नियाँ। त्योहार तो यह कन्याकुमारियों का होता था मगर हम बालकगण भी हैसियत बटुक-भैरक पंगत में जा बैठते थे; प्रसादाभिमुख होकर आरती और नैवेद्य ग्रहण करते थे। जो कुछ विधि पूर्वक नहीं पा सकते थे, वह बल पूर्वक ले ही लेते थे। वह संयुक्त परिवार अब नहीं रहा, उसके बहुत से सदस्य भी उठ चुके हैं। पारिवारिक एलबम के वे तमाम भूरे-सिलेटी चित्र, यादों की याद बनकर रह गये हैं। इन ढाई-तीन दशाब्दियों में कितनी मंज़िलें तय हो चुकीं, कितना दूर चले आये हम कि आज कुमारी-पूजन की तिथि और कन्याकुमारी की कथा कुछ भी ठीक से याद नहीं। शिवजी से कन्याकुमारी का विवाह क्यों नहीं हो सका, विवाह-सामग्री और स्वयं कन्याकुमारी क्योंकर पत्थर में बदल गयी, यह सब किन्ही सन्दर्भ-ग्रन्थों से मालूम किया जा सकता है। लेकिन क्या वे सबके सब हमारे लिए सन्दर्भहीन नहीं हो चुके?

इससे पहले कि हम बाकायदा रो पड़ें, इण्टरव्यू का सिलसिला छेड़ दें। पहले मिलिए **लीला पाण्डे** से जो हाल में देहरादून छोड़कर बम्बई में आ बसी हैं। मगर यह क्या? लीलाजी खुद रोनी सूरत लिए बैठी हैं! आश्चर्य! यही

कन्या-कुमारियाँ!

लीलाजी कभी अच्छी ख़ासी लड़कैंधी लड़की हुआ करती थीं, चवन्नी-क्लास जीभ-पकड़ू सीटी बजा लेती थीं और एक पलक को शास्त्रोक्त पद्धति से झपका देती थीं। आज अपेक्षाकृत अधिक सुखद और समृद्ध पारिवारिक परिवेश में उनकी सूरत का यही सवाल कि मैं क्यों पैदा हुई? खैरियत पूछी तो बोलीं—"मैं ठीक हूँ कहाँ। हमेशा एक-सा रहना हुआ क्या? छिः, कौन बजायेगा सीटी-फीटी! बचपना, बचपना हो जाता है। अब मैं वह लीला नहीं जो रही, सीरियस हो गयी, मिस्टर! यह लिख क्या रहे हो? हाय राम, मर गयी मैं तो—इण्टरव्यू! मुँह खोला नहीं कि लेखनी चल पड़ी। क्या मालूम था, इण्टरव्यू ऐसा होता होगा! एक गाना बनाना होगा—अल्लाह बचाये पत्रकारों से! बड़ी-बड़ी बातें क्यों न बताऊँ, बड़ी जो हो गयी हूँ। एम.ए. पास कर लिया है मिस्टर! डिवीजन? रायल, जनता एक्सप्रेस! यह लिखने की क्या ज़रूरत है, बताइये ज़रा? बेवकूफ़ बनाने का अच्छा तरीका निकाला है! कोंच-कोंचकर उलटा-सीधा बुलवाओ और उसे छपवाकर पैसे खुद ले जाओ! पिक्चर दिखानी पड़ेगी इसकी एवज़ में, कहे देती हूँ, अभी से, हाँ! शौक तो है, जितनी फ़िल्में देखने को मिल जायें, उतना अच्छा! मनोरंजन के और साधन क्यों नहीं होंगे? बहुत हैं। पढ़ना, नावेल-सावेल, पत्रिका-वत्रिका। 'सारिका' भी पढ़ती हूँ लेकिन इण्टरव्यू नहीं। कौन पढ़ेगा उन्हें, बोर! ज़रा यह भी लिखना तो जाने। बड़े-बड़ों को चुप कर दिया है मैंने, हाँ। लड़कों को पीटा तो नहीं, पीटने की तबीयत ज़रूर हुई कई बार। कौन पीटे उन्हें। एक सैण्डल मारो तो बूट मार देंगे और बूट, सैण्डल से तगड़ा ही पड़ेगा। हया थोड़ी है लड़कों में। न वे ईसा मसीह हैं, न शिवैलरस नाइट्स, कौन मारे उन्हें! अच्छा यह लड़का-प्रसंग बन्द! बिना छोरों-मोरों की बात के पूरा नहीं होता इण्टरव्यू? लड़कियों को क्यों पीटने लगी मैं? पत्रकार माने बेवकूफ़! सवाल किये जा रहे हैं, अरे मेरे भाई, कभी तो दिमाग़ से काम लिया करो! खेल? सब, वन टु आल! बास्केटबाल, बॉलीबाल, कब्बड्डी, गुल्लीडण्डा। गुड़िया? वाह, क्यों नहीं! जनाब, बिल्कुल लाजवाब गुड़िया है मेरे पास। रोज़ उसे नयी ड्रेस सिलवाकर पहनायी जाती है। कपड़ों का शौक मुझे भी है। एक से एक ड्रेस चाहिए मगर रंग वही दो—या सफ़ेद या गुलाबी। अच्छी गुड़ियों की बात बन्द, पढ़ने वाले कहेंगे कि है लीला बच्ची नादान, मिलकर

इसके खेंचो कान! सहेलियाँ? बहुत हैं। प्रेमी? प्रेमियों के लगाओ पलीता! लड़कों से जितना दूर रहो उतना अच्छा। मेरे पीछे? आते होंगे, मैं कोई पूछने थोड़ी जाती हूँ कि देखिये भाई साहब, आप हमारा पीछा कर रहे हैं क्या? जो लड़कियाँ लिफ्ट देती हैं, उनका पीछा करते हैं। क्या मिलता होगा इन्हें? काम न धाम, हर राह चलती के गुलफ़ाम, देहरादून के लड़के तो ख़ास कर। अरे, अरे लिख मत देना, गालियाँ देंगे मुझे। सभी लड़के गन्दे थोड़ी होते हैं। प्रेम बुरी चीज़ है, मैं यह थोड़ी कैरींऊँ! लोगों की यह जो धारना है कि प्रेमविवाह में तलाक हो जाता है करके, वह तो बेकार की बात है। होना होगा, वैसे भी होगा। रोमान्स-वोमान्स बस ठीक है, यानी चलता है। सिर फिरे छोरे-छोरियों में। कछु हज्ज ना है जामें। अजी, हमें प्रेम करना ही पसन्द नहीं, फिर प्रेमविवाह कइसन होई? घरवाले जहाँ करा दें, वहीं ठीक है अपने को तो। मुझे ऐसा नहीं कि करूँगी तो इसी से, नहीं तो मरूँगी। बचकानी बात, जैसे चाँद के लिए ज़िद कर रहे हों! आदर्श पति? वही जो आदर्श न हो, सामान्य हो, अपने सीधे-सादे टाइप का। बहुत अमीर, बहुत भावुक, बहुत बौद्धिक, बहुत शुष्क, बहुत दिलफेंक, बहुत कुछ भी न हो। बबुआ क्यों हो, जनाब, मर्द का बच्चा हो। मैं आदर्श हूँ कि नहीं, मैं क्या बताऊँ? अच्छा, चलो, शत प्रतिशत आदर्श हूँ। यह हुआ न जवाब? हाँ, तो फिर, कोई भी अपने दिल में तो अपने बारे में ऐसे ही ऊँचे ख़याल रखता है। आप कैसा समझते हैं अपने आपको इण्टरव्यू का बाप!

"सुन्दर और अपने राम! हरे कृष्ण, हरे श्याम! मैं सुन्दर हूँ तो सुन्दरी को क्या कहेंगे? इन्द्रलोक की अप्सरा? ठीक है अपना चेहरा; बस चलता है; देखनेवाले भौत जाद्धा बोर नहीं ना होते। खुद अपना चेहरा दिन में एक बार देखती हूँ, माँग काढ़ते समय। रिपीट वेल्यू नहीं है। सपने? ढेरों देखती हूँ। बताऊँगी थोड़ी। नहीं बताने वाले होते हैं तो? कौन दिखता है? भगवान, रिश्तेदार, कभी कोई, कभी कोई, कभी माता-पिता, जिनकी मुझे कोई स्मृति नहीं है ना वैसे, बहुत ही छोटी थी जब...। आइ ऐम सॉरी। रोना कभी आ जाता है, ऐसे भावुक मैं हरगिज़ नहीं। ऐसे ही जाने क्यों कभी-कभी। नहीं, पहले तो मैं बिल्कुल नहीं रोती थी। छिः भैया, यह मत लिखिये ना, मैं तो समझा रही थी। अजी हाँ, ऐसे रोज़-रोज़ रोने लगी तो हो गया बेड़ा ग़रक।

क्यों बताऊँ रोने की वजह! पाठक क्या रोयेंगे मेरे साथ-साथ जो उन्हें बड़ा बताना हो रहा है? अरमान? इतने हैं कि बस! ग़ालिब के तो कम निकले, अपने निकले ही नहीं। कला, संगीत, नृत्य, सब सीखूँ, ख़ूब चूमूँ-देखूँ नाम कमाऊँ। पूरा थोड़ी हो जाता है जो सोचो वो! बम्बई आकर तो और भी मुश्किल। यहाँ एक जगह पूरब तो दूसरी पश्चिम! कहाँ जायें? क्या सीखें? कर तो ख़ैर सकने ही वाले हुए लेकिन सब अपनी मर्जी का थोड़ा होने वाला है। बम्बई? विशेष पसन्द नहीं आया। भाड़भाड़, विचपिच, हाय तोबा! समुद्र का किनारा ज़रूर अच्छा लगता है। यहाँ की लड़कियों में एक बात अच्छी है—व्यस्त जीवन, काम से काम जी और फिर जै रामजी! दूसरी ख़ास बात बम्बई की यह कि जहाँ देखो जोड़े-जोड़े और दो-चार निगोड़े! प्रेमिका का हाथ पकड़े है लड़का ज्योतिष महाराज जैसा! छिः क्या प्रेरणा लेनी हो रही है इन बचकानी बातों से? मैं और बुढ़िया, हरगिज़ नहीं, पाँव कब्र में लटक जायें तब भी नहीं। मुझे अच्छा नहीं लगता यह आजकलवालों को अपने को बात-बात पर अधेड़ कहना-समझना। उम्र से क्या डरना हो रहा है और मरने से भी। आज मरो, कल मरो, नश्वर जीवन ठहरा। मुक्ति मिली, छुट्टी हुई! मरने की इच्छा? बहुत्ती है! ज़हर की पुड़िया मिलता कहाँ है? मुझे तो लगता है कि मैं डूबकर मरूँगी। पानी से विशेष मोह है। नहीं, टब में नहीं, दूर-दूर तक फैले हुए समन्दर में। कितना अच्छा है न डूबना, गहरे-गहरे चले जाना, मेरा मतलब है...हटाओ जो, बड़ा हो रहा है मेरा यह इण्टरव्यू!"

पुष्पा महेश्वरी इण्टरव्यू को बहुत 'बड़ा' माने दे बैठी थीं। बोलीं कि आप पहले से बता देते प्रश्न तो मैं उत्तर अच्छी तरह तैयार रखती। तैयारी में पुष्पाजी की आस्था प्रबल है। दसवीं की छात्रा हैं। स्कूल के अलावा 'कोचिंग क्लास' में भी जाती हैं। पूर्व सूचना के अभाव में भी आपके उत्तरों में काफ़ी 'तैयारी' नज़र आयी। आपने कहा—"मैं जो, न बहुत हुशियार हूँ, न बहुत बेवकूफ़। जी हाँ, घर में सबसे बड़ी हूँ। रुआब तो नहीं करती। बच्चे प्यार से रहते हें, डाँट-डपट से नहीं। पापा-मम्मी दोनों ही अच्छे लगते हैं। वैसे शायद हर बच्चे को माँ ही ज़्यादा प्यारी होती है। वैसे तो जी पापा ही हमारी बात सुनते हैं। डाँट-मार कुछ नहीं पड़ती। कभी नहीं। रोने की आदत

ही नहीं है। नहीं, वैसे मतलब कभी रोना आ ही जाता है। अभी चार दिन हुए, मेरा महँगा पेन खो गया, तब रोयी। नुकसान हो जाये तो बुरा लगता है। नहीं, मुझे कोई कुछ कहता नहीं। लेकिन ख़ुद को ही, मेरा मतलब, मन कैसा-कैसा हो जाता है। मूड? हाँ, वह ज़रूर आ जाता है। नियत, नियमित तो है नहीं। वैसे बहुत कमती आता है। कभी कहानी पढ़ते हुए, या जी, सिनमा देखते हुए, उदास-उदास हो जाता है न मन। मेरा मतलब है कोई 'टचिंग सीन' हो, ट्रैजेडी हो तब। उपन्यास? जी मुझे शरतचन्द्र के अच्छे लगते हैं। सिनेमा जितने माँ-बाप दिखा दें या देखने दें। कोई ख़ास ऐसा नहीं है, छुट्टियों में छः-सात देख ही लेते हैं।

"हीरो में मुझे तो कोई भी पसन्द नहीं है, अपेक्षाकृत कहें तो राजेन्द्र कुमार। हीरोइन नन्दा। वह आदर्श रोल करती है। मेरा आदर्श? पढ़ो-लिखो, तमीज़-तहज़ीब सीखो, माँ-बाप का कहना मानो। मैं जी, होम साइन्स, गृहविज्ञान, सीखना चाहती हूँ। ऐसा विचार है मेरा। माँ-बाप का विचार? शादी कराने का। मेरे इस बारे में कोई इरादे नहीं। बँध जाती है लड़की शादी से। ख़ैर, शादी करनी तो होती है, लेकिन जी कोई भी लड़की यह नहीं कहेगी कि उसे माँ-बाप का घर छोड़ पराये घर जाना पसन्द है। शादी ठहरायी हुई ही ठीक रहती है। माँ-बाप कोई जानबूझकर तो भाड़ में झोंकेंगे नहीं। जहाँ तक जी मैंने अपनी आँखों से देखा है, प्रेम-विवाह अन्त में असफल ही होते हैं। आदर्श लड़का? जो शरीफ़ नज़र आये। नहीं, नज़र ही न आये, हो भी शरीफ़। नम्र होने का। बहुत हँसी-खुशी न हो, रूखे मिजाज़ का नहीं। न घरघुस्स, न शास्त्री। घर के कामों में बहुत दिलचस्पी ज़रूर। घर जी, बिल्कुल आधुनिक है। सहेलियाँ मेरी इनी-गिनी हैं। अपने को लड़कियाँ न मिलने वाली बहुत हैं। पहनने का शौक तो जी मुझे भी है बालों का, एड़ियों का, बाकी सब, जो लड़कियाँ करती हैं न, मुझे पसन्द नहीं। रोमांस से चिढ़ भले न हो, लगाव भी नहीं है। लड़के आजकल के पूरे हैं। दादागिरी करते हैं सब! मुझे तो आज तक कोई पसन्द नहीं आया। नहीं, ऐसा भी नहीं कि मैंने लड़कों से बात ही करनी है। पास-पड़ोस वालों से करते हैं बातचीत। हाँ, कई लड़कियाँ लड़कों से भी बातचीत कर लेती हैं। बातचीत ही नहीं...भी। सस्ती बातें हैं ये सब। शादी के मामले में अगर मेरा बस चले

तो किसी डॉक्टर से शादी करूँ। डाक्टरों में सेवा-भाव होता है। दुःख-दर्द समझना आता है उन्हें। समझदार होना चाहिए, और गरिमावान भी। मतलब ऐसा हो कि लगे, हाँ, कुछ है। मुझे तो आज तक ऐसा कोई दीखा नहीं। छिछोरे ही लगते हैं। मीराबाई क्यों बनने लगी मैं! आप जो समझें कि मुझमें संयम है, तो ग़लत है। सांसारिक तो जी मैं भी हूँ। पूजा-पाठ में इतनी रुचि नहीं है मेरी। हाँ, आधुनिक भी हूँ। लेकिन जी आधुनिकता अश्लीलता में क्यों बदले? अंग्रेज़ों की तरह रहना और हर काम कायदे-करीने से हो। मेरा मतलब है, डिगनिफ़ाई रहें। लड़के-लड़कियाँ मिलें-जुलें आपस में, लेकिन हुल्लड़बाजी जो भी हो, मेरा मतलब है, शालीनता से हो। शौक मेरे? बिनाई, संगीत। गाती बस गुसलख़ाने में हूँ। इससे याद आया है, नहाना है, स्कूल का टाइम हो गया।"

पूनम अरोरा दिखने में पुष्पाजी की तरह वज़नदार हैं, अक़्ल में लीलाजी की तरह तेज़-तर्रार हैं। आप तेरह साल की हैं। माध्यम वाले स्कूल की आठवीं कक्षा में पढ़ती हैं। धड़ल्ले से बोलना, और सचमुच बहुत अच्छी अंग्रेज़ी बोलना, आपको आता है। हिन्दी भी आती है लेकिन उस पर पंजाबी संस्कार और परिवेश की छाप पड़ ही जाती है। पूनमजी बोलीं—"मै घर में बड़ी हूँ, आइ मीन, बहनों में। भाई तो ख़ैर कोई है ही नहीं। मेरी बात कोई सुनता ही नहीं। मेरी राय की किसी ने परवाह नहीं करनी है। इसलिए चुप रहती हूँ। यह गीगी है, मेरी बहन कितनी छोटी है लेकिन मेरी कही बात न सुनने की जैसे इसने कसम खायी हुई है। चुप ओय गीगी, बीच में नहीं ना बोल! ओ लड़की, मैं सोचती हूँ कि इसके जन्म के लिए मैंने कितनी-कितनी मनौतियाँ कीं। रोज़ मम्मी के सिर हुई कि प्लीज़ हमें कोई छोटा भाई दे दो। क्या मालूम था यह गीगीड़ी मिलेगी। नाव लिसन गीगीड़ी, इट इज़ माइ इण्टरव्यू, लैट मी डू द टॉकिग। स्टाप इट गीगीड़ी पढ़नें में? काफ़ी तेज़ हूँ, अस्सी-नब्बे ऐसे नम्बर लेती हूँ एक्ज़ाम में, मन लेकिन पढ़ाई-लिखाई में बिल्कुल नहीं लगता। ऐसा हुआ ना तो रिज़ल्ट बुरा हो; रिज़ल्ट बुरा हो तो ना पिक्चर्स देखने मिले, ना पार्टीज़ करने को। तो क्या करने का? खूब पढ़ने का। इज़ंट इट? पढ़-लिख के मेरे को कैसे भी विदेश जाने का है। मैं

डॉक्टर पूनम अरोरा पीएच. डी. लॉर्ड, वुडेन्ट आइ लुक दिस ऑर समथिंग! प्राफ़ेसर ना हो सकी तो एयर होस्टेस बन जाऊँगी। ख़ूब सैर करने को तो मिलेगी। शादी नहीं बना पाऊँगी तो क्या हुआ? पहली बात तो यह है कि मेरी जैसी सूरत वाली से शादी कौन करना चाहेगा? और चलो किसी ने चाह भी लिया तो मैं क्यों चाहने लगूँगी? कोई गया गुज़रा ही होना है न वह! आजकल के लड़के मुझे पसन्द नहीं ना हैं। श्रीमान चार सौ बीस, 'आवारा'। घर में और बाहर हर कहीं बदतमीज़ी उनका नारा। सो, मैं तो कविता करने लगी! लड़कियाँ भी ऐसी चटक-मटक नखरेवाली कि उन्हें मोर-मूर, फाख़्ता-फूख़्ता सबने मात कर देना है। चाल बनावटी, बोलचाल बनावटी। ओवर ड्रैस्ड-हस्सीज! कपड़े मुझे भी पसन्द हैं। आइ विश, एक पूरा वाडरोब उनसे भरा पड़ा होता। कपड़े सम्हालने का शऊर मुझे नहीं है। मम्मी इसलिए डाँटती है। वैसे उसे डाँटते रहने की कुछ आदत भी पड़ गयी है। ख़ूब ड्रेसेज़ हों, हरेक के लिए मैचिंग शूज़ हों, ढेर सारी आर्ट ज्वेलरी हो। दर्जनों गाड़ियाँ, स्वीमिंग पूल, नौकर-चाकर, ऑल द लक्ज़री, ऑल द गुड थिंग्स ऑफ़ लाइफ़। चुप ओय गीगी। तैंने कब तमीज़ आनी है? मुझे बिस्तर पर पड़े रहने का शौक है तो तुझे इससे क्या? आलस का अपना आनन्द है। मम्मी डाँटती है। हालाँकि वह ख़ुद भी आराम को 'बड़ी चीज़' मानती है। मम्मी-डैडी दोनों एक-से हैं। कभी कोई, अच्छा लगता है, कभी कोई वो भी प्रैजेण्ट दे, पिक्चर्स दिखाये, वही अपने लिए अच्छा! फ़िल्में महीने में दो तो देख ही लेती हूँ। काफ़ी मस्का-पालिश करना पड़ता है, रिव्यूज़ रटने पड़ते हैं, एक ख़ास गिड़गिड़ाती टोन में बोलना पड़ता है, डैडी प्लीज़। स्टॉप इट गीगी। सुनी ना आपने इसकी बातें? कहती है कि मैं राजेन्द्र कुमार से शादी करना चाहती हूँ। हाँ, वह दिखता कभी-कभी सपने में मुझे। जा तैने जो करना है कर ले। सपने में तो मुझे साधना भी दिखती है, मैंने उससे भी शादी कर लेनी है? फ़ुलिश गर्ल! हाँ, दिखते हैं सपने में, फ़िल्म स्टार, बातचीत होती है, पूछते हैं कि कहाँ रहती हो, क्या नाम है, वही सब उलूल-जुलूल बातें। मैं कोई क्रेज़ी नहीं हूँ उनके बारे में। नाट लाइक अदर गर्ल्स, तसवीर फ़िल्मी हीरो की चिपकाये हैं सीने से। आइ मीन आइ डोण्ट मून ओवर देन। सपने में दिखते हैं तो क्या हुआ? सपने में तो मुझे भूत भी दिखते हैं।

तो क्या इसका मतलब है कि मुझे भूतों से प्यार है? प्यार मुझे किसी से नहीं है। आइ डोण्ट डेट एनी वन। करती हैं लड़कियाँ, घूमने फिरने जाती हैं लड़कों के साथ, मगर मैं नहीं। मुझे लड़कों से कोई दिलचस्पी नहीं। बाद में हो जाये तो कह नहीं सकती। चुप ओय गीगी! वह मेरे बॉय फ्रेण्ड नहीं हैं, वह हमारे मामाजी हैं! सहेली? कुल एक है, शारदा। बातें हम करते हैं फ़िल्मों की, कपड़ों की, अपनी माताओं की, और क्या? बैठकर मास्टरनियों के कार्टून बनाते हैं। इज़्ज़त तो मैं करती हूँ मास्टरनियों की, लेकिन दूसरी लड़कियों की तरह खुशामद नहीं करती। और क्या? गाना गाते हैं, नाचते हैं। क्लिफ रिचर्ड्स और एलविस प्रेससी के गाने मुझे बहुत पसन्द हैं। नाच, भारतीय, विदेशी दोनों सीखे हैं। लेकिन इस मुटापे को लेकर क्या मटकें? स्टॉप इट गीगी! किसने कहा कि मैं फ़िल्म स्टार बनना चाहती हूँ? अमेरिका होता तो शायद बन भी जाती, खूबसूरत हीरोइन! लेकिन यहाँ हिन्दी फ़िल्म में स्टार बनने के लिए क्या मुँह लेकर जाऊँ, बल्कि, क्या नाक लेकर जाऊँ। ओ लॉर्ड, आइ विश, इस नाक का कुछ कर सकती! गीगी, यू शट अप। पकौड़े जैसी है, कैसी भी है, मेरी नाक है न। तू क्यों फ़िकर करती है दादी अम्मा? अच्छा ठीक है, मैं नहाने में एक घण्टा लगाती हूँ, कपड़े पहनने में दो घण्टे, सजने-संवरने में तीन घण्टे। ओ. के., मैं अमीर आदमी से शादी करना चाहती हूँ। हाँ, तू कहती रह गीगी, बोले जा। तू ही सब जानती है। अंकल आप इसका ही इण्टरव्यू ले लो, मैं चली।"

आँखों में पानी और नाक पर ग़ुस्सा लिए, पूनमजी वाक-आउट कर गयीं। पाँच साल की शरारती पुड़िया गीगी पास बैठी हँसती रही। फिर उसने सहसा गम्भीर होकर प्रस्ताव किया—"अंकल, आप मुझसे शादी करोगे? करोगे तो कर लो वरना मैं किसी इंगलिशमैन से कर लूँगी।" शायद इण्टरव्यूकार की नियति में यही लिखा है कि उसे बहुत प्यार मिलेगा—बच्चों से। इसी प्यार के मारे वह अपने अगले पात्र के विषय में कुछ लिखते हुए हिचक रहा है। अज्ञेय और इलियट के अनुसार लेखक के मन में पात्र के प्रति जो तटस्थता होनी चाहिए, वह यहाँ काफ़ी मुश्किल हो जायेगी। **इन्दिरा श्रीवास्तव उर्फ़ इन्दुवा** से यह इण्टरव्यूकार स्नेहपाश में बँधा हुआ है। है माने इस समय भी,

और इसके रहते लिखना असम्भव हुआ जा रहा है। दो साल की इन्दिराजी इस वक़्त इण्टरव्यूकार के दायें हाथ को झूला बनाये हुए हैं। कभी-कभी ऐसा प्रतीत होता है कि आप पिछले जनम में सर्कस वाली रही होंगी। तरह-तरह की बेतुकी और ख़तरनाक कसरतें करना आपका प्रिय मनोरंजन है। 'कलैया' यानी कलाबाज़ी खाने में आपको माहिरी हासिल है। इन्दिराजी उस परिवार की 'रानी बिटिया' है जिसके साथ मैं एक महीने से रह रहा हूँ। इस महीने भर में इन्दिरा जी मुझे दूर ही दूर से देखने की स्थिति से आगे बढ़ती हुई मेरे साथ सौ फीसदी दादागिरी करने की स्थिति पर आ पहुँची हैं। उन्हें इस विषय में टोका जाये तो ख़ुद भी निहायत ही शिकायती स्वर में बड़बड़ाती हैं—"दालादीदी कलत है, मारब!" उन्हें कभी दुत्कारा जाये तो फ़ौरन तेवर बदलकर कहती हैं—"हुट! भग! शत अप!" ईंट का जवाब पत्थर से देने के सिद्धान्त में आपको पूरी आस्था है। किसी ने हाथ उठाया कि इन्होंने घूँसा मारा। आपको इस बात पर विश्वास ही नहीं हो पाता कि आपकी उपस्थिति किसी को कभी खल भी सकती है। हर डाँट-फटकार को आप पहले पाँच-दस मिनट तक हँसी मज़ाक ही समझती हैं और सुनकर खड़ी मुसकराती रहती हैं। जब यक़ीन हो जाता है कि मामला गम्भीर है तो फ़ौरन कैकेयी का स्मरण करके तमाशाए तिरिया चरित शुरू कर देती हैं। चीखना, चिल्लाना, हाथ-पाँव पटकना, सिर फोड़ना और क्या नाम कहते ही क्या? कुल मिलाकर यह कि उस वक़्त 'रानी बिटिया' 'रोनी बिटिया' नज़र आती है। रोना इन्दिराजी को अकसर आता है। कुछ निश्चित अवसर हैं उनके। एक तो तब, जब आप कपड़े पहन चुके हों और वह खोज-खाजकर आपके जूते ला चुकी हों और आप उन्हें पहनकर अकेले ही बाहर जाने लगे हों। 'घुम्मन! घुम्मन!' की रट लगाकर इन्दिराजी घर भर को और पास-पड़ोस को भी सिर पर उठा लेंगी। रोने का दूसरा अवसर तब आता है जब इन्दिराजी का पेट शिकायती चिट्ठी भेजता है कि इधर दो घण्टे से कोई माल-टाल नहीं मिला। फिर मजाल है जो इन्दिराजी खाये बग़ैर चुप हो जायें। वैसे खाने की कोई भी चीज़ कभी भी इन्दिराजी के दृश्यपट पर रखना, एक अच्छी ख़ासी मुसीबत मोल लेना है। जब तक उसे नहीं खा लेंगी तब तक आपका दिमाग़ खाये जायेंगी। इस सिलसिले में स्वर पहले खुशामदी रहेगा;

चाऽ चाऽ जी; फिर कुछ आक्रान्त; चाचाजी, चाचाजी; फिर सर्वथा क्रुद्ध! च्चाचाचजी। इन्दिराजी को तब भी रोना आता है जब आपको अपनी बड़ी बहन विजया के मुकाबले में हीन ठहराया जाये। किसी से भी पीछे माना जाना या रह जाना आपको गवारा नहीं। जो दूसरा करेगा, वही आप भी करेंगी—चाहे शीर्षासन ही क्यों न हो। दादाजी प्राणायाम करने बैठे वो पहले आपने अपने नथुने बन्द किये और फिर दादाजी के नथुने दबाकर नाक में दम कर दिया। जब कभी यह इण्टरव्यूकार घर पर लिखने बैठता है, इन्दिराजी को काग़ज़-कलम देना अनिवार्य हो जाता है। बड़ी बहन पढ़ने बैठती है तो सिलेट-किताब छीनकर आप पढ़ाकू बन जाती हैं। श्रीधर चाचा पढ़ाने बैठते हैं—"गऊ, गणेश दोनों को भजना।" इन्दिराजी फ़रमाती हैं—"भदना!" "कछुआ छोड़ कबूतर रखना!" आप कहती हैं—"कचुआ!" गायन सिखाइये, "सा-रे-ग-म" तो आप 'ले' या 'शा' की ही रट लगाये जाती हैं। इन्दिराजी को कपड़ों का शौक काफ़ी है और आपकी मनपसन्द पोशाक वही है जो हव्वा की पसन्दीदा थी। यूँ कहें कि इन्दिराजी कपड़े, पहनने के लिए नहीं, उतारने के लिए पहनती हैं। नल और साबुन, कंघी और काजल से आपको सख़्त नफ़रत है। टब में पानी भर दीजिए टखन-टखने, तो खड़ी होकर अपनी तोंद उससे धो लेंगी। साबुन भी ख़ुद लगायेंगी और तोंद पर ही लगायेंगी। गरदन से ऊपर साबुन-पानी का लगना आपके विचार से सर्वथा शास्त्र-विरुद्ध है। इन्दिराजी फ़िल्में देखने अकसर जाती हैं और अपनी 'रनिंग कमेण्ट्री' से अज्ञानी दर्शकों को स्थिति-अवलोकन कराती हैं, यथा 'ललका!' 'ललकी!' 'गान्ना!', 'नाच्च!', 'माला!', 'भाग्गा!' आदि। इन्दिराजी अकसर पूरे जुमले बोलने की कोशिश करती हैं तब उनकी भाषा इहलौकिक नहीं रहती। इसी वजह से उनसे इण्टरव्यू एक ही प्रश्नोत्तर तक सीमित रह गया।

"लड़कों के बारे में आपका क्या ख़याल है, इन्दिराजी?"

"इन्दिला लरकन केयाल आपला, हुट, मारब, मारब तोका, अइं यइं यइं, आपन-शापन जाला, कौनो, हुट शत अप।"

इसके बाद यह बेशरम इण्टरव्यूकार भी कुछ पूछता तो कैसे?

□□